MINERVA 歴史・文化ライブラリー 27

# ブロンテ姉妹と15人の男たちの肖像

作家をめぐる人間ドラマ

岩上はる子
惣谷美智子 編著

ミネルヴァ書房

# はしがき

『ブロンテ姉妹と15人の男たちの肖像』という書名から、読者は、どのような興味をかきたてられるだろうか。たしかに、この書名にはいくぶん挑発的な意図が込められている。本書の狙いは、「男」との関わりを通して、ブロンテ姉妹の息づかいを感じとることにある。そこには、「男」に注目し、また「男」という切り口から光を当てることで、彼女たちの人生あるいは作品について、これまで見えなかった側面が映し出されるだろうという期待がある。本書では、実在と虚構とを問わず、姉妹の人生を横切った多彩な男たちを取りあげ、新しい角度から伝記や作品を読み直すという野心的な試みがくり広げられる。その一つひとつが、時間と場所の隔たりを超えて、ブロンテ姉妹の生きざまを追い求める試みである。

人間を中心におくという視座をもうけたのは、二一世紀に入ってから、かつてポスト構造主義の荒波によって押し流されたかに見える「歴史」や「作者」が批評のなかに戻ってきたように思われるからである。一九九〇年代にはポスト構造主義が盛んで、その教義は「インテンショナル・ファラシー（意図の誤謬）」であり、作品の分析に作者の意図は無関係とする見方であった。さらに、フランスの批評家ロラン・バルトは「作者の死」を唱え、「作者」という概念そのものに疑問を投げかけた。テクストの意味は不安定で、テクストと外の世界の関係は激しく揺らいだ。イギリスの批評家テリー・イーグルトンによれば「事実」とは「作られる」ものなのである。文学は文学理論によって解体させられているのではないか、というような状況がそこにはあったと言えるだろう。

しかし、そうしたポスト・モダンの文学批評や文化批評をリードしてきたイーグルトンが、今世紀に入ると、その題名も『アフター・セオリー』（二〇〇三）を著し、その第一章を「文化理論の黄金時代は遠い過去のものとなっている」の一文で書き起こしている。あるいはまた、独自の脱構築批評を展開してきたアメリカの批評家ヒリス・ミラーも『文学の読み方』（二〇〇二）において、ものを読むことの出発点として、時を忘れてひたすら読みふける「熱狂としての読書」に一章を割いている。もちろん、だからといって「理論」は終わったのだ、これで理論以前の無垢の時代に安んじて戻れるのだ――ということにはならないのは明らかである。それでもなお、読者として作品を読みふける素朴な読書体験の根底にある人間への興味、物語性への希求が、批評理論の嵐のなかで居場所を失ってしまったわけでもなかったこともまた明らかである。

こうした批評の流れのなかで、ブロンテ研究においてもカルチュラル・スタディーズの視点から多彩な研究がなされる一方で、伝記研究においても大きな成果があった。その背景には、マーガレット・スミスの編集になる『シャーロット・ブロンテ書簡全集』（一九九五、二〇〇〇、二〇〇四）によって信頼できる資料が整備されたことや、ジュリエット・バーカーによる『ブロンテ家の人々』（一九九四）がブロンテ伝記の歴史基盤を打ち立てたことが大きい。姉妹の脇役でしかなかった父親パトリック・ブロンテの手紙や伝記、あるいはシャーロットの夫アーサー・ニコルズの伝記も出版された。

ブロンテ姉妹は作品以上に作者について語られることの多い作家である。シャーロット・ブロンテの死から二年後に出版されたギャスケル夫人による伝記（一八五七）以来、無数の物語が作り出され大衆化されるなかで、ルカスタ・ミラー（二〇〇一）の言葉を借りれば「神話」が生み出されてきた。事実の裏付けのない物語化に対してはトム・ウィニフリス（一九七三、一九八三）などが「事実と虚構」の判別を厳しく迫っているが、その一方でブロンテ姉妹が文学以外のメディア（舞台劇、映画、ミュージカル、テレビドラマなど）において、再生産され続けているのも事実である。翻案や派生作品なども、ブロンテ姉妹の受容の一つの形として、パッツィ・ストーンマン（一九九六）などの研究者によって取りあげられている。いわばブロンテたちの「その後」が研究の対象となってきているのである。

事実に基づく実証的な研究として盤石に思われた伝記研究も変化と無縁ではない。一九九四年のバーカーの大作以来、それほど本格的な伝記が出ていないのは、もはや付け加えるべき新たな事実は見つかりそうにないということもあるだろうが、「ゆりかごから墓場まで」を跡づける従来の伝記の形が後退していることを示唆しているとも考えられるだろう。事実はそれ自体では情報に留まるものであり、解釈されることによって意味が生み出される。伝記作家が対象とする作家の内側にどこまで迫れるのかは不明であるし、踏み込んでみたところでそれは推測にすぎないのかもしれない。しかし、推測あるいは解釈がなければ、伝記は血肉を欠いた、ただの骸骨になってしまうだろう。伝記研究の根底には、ぬぐいがたい人間的なもの、理論には還元しえないものがある。言ってみれば「生身の人間と人生に触れている」といった感じであろうか。日記や手紙の一次資料を元に、それらの事実を生きた人間の息づかいに迫ろうとする新たな伝記や評伝が、今やライフ・ライティングやメタ・バイオグラフィーとして書かれようとしている。新しい読みの始まりである。

本書では第I部において、ブロンテたちの人生に立ち現れた実在の男たちを取りあげた。まず身内である。第1章（奥村）は、ギャスケル以来「厳格な父親」という負のイメージを担わされてきたブロンテ師について、最新の伝記や書簡を資料に、愛情あふれる父親の姿、教区にあって精力的に活動した牧師の人間的な姿を描きだしている。第2章（廣野）では、姉妹の名声からひとり除外されたかに見えるブランウェルについて、彼の破滅の実相に迫るとともに、その存在が逆説的に作家ブロンテ姉妹を生みだすことに貢献したことを論じている。シャーロットの作家としての命運を尽きさせた者として悪評を立てられてきた夫ニコルズだが、第5章（江﨑）は、最新の評伝や資料を読み込み、シャーロットの夫としてしか知られることのなかったニコルズの温かな人柄と、伴侶に対するシャーロットの愛情を伝えている。

シャーロットの報われない恋の相手として、作品に色濃い影を残す恩師エジェおよび出版社主ジョージ・スミスも欠くことはできない。第3章（木村）は、シャーロットの想像力の源泉となったエジェについて、伝記的な事実が示す姿、姉妹の見た教師の顔、他の生徒の証言や著作などを資料に、エジェの実相に多角的に迫っている。第4章（岩上）は、『ジェイン・エア』の成功によって共に世に出た作家と出版者のあいだの微妙な距離を探り、『ヴィレット』の創作においてカラー・ベルであることを選び取ったシャーロットの作家としての意識を考察している。

同時代を生きた批評家・作家からは、シャーロットと接触のあったルイスとサッカレーが登場する。ヴィクトリア朝の多芸多才な文筆家G・H・ルイスを取りあげた第6章（谷田）は、この時代における女性がものを書くことへの批判を軸に、ルイスの女性作家に対する偏見とわたりあったシャーロットの果敢な姿を伝えている。第7章（新野）は、シャーロットが「知の巨人」として英雄視したサッカレーについて、互いにきわめて異質でありながら意識しあっていたことを示し、かれらの矛盾した感情の根底に潜む共通項に対して、自伝性と匿名性の視点から切り込んでいる。

第II部では、ブロンテ姉妹が創りだした男たちを取りあげた。まず第8章（馬渕）はシャーロットの習作の多くで語り手を務めたチャールズを取りあげ、語りの特徴の変遷を追うことで小説家シャーロットの自己形成を跡づけている。続いて『ジェイン・エア』からは主人公ジェインをめぐる二人の男（ロチェスターとシン・ジョン）が登場する。第9章（永井）は、不可解な魅力をもつロチェスターが読者を刺激し、翻案という形で、舞台、劇、映画、ミュージカルなど、異なる表現形式を通じて（再）形成される過程を掘り起こしている。第10章（市川）は、シン・ジョンのインドにおける宣教の使命を支える彼の欲望の本質を、ヴィクトリア朝前期の男性性の構築と帝国主義的文化支配の枠組みから読み解いている。

『嵐が丘』からはキャサリンをめぐる二人の男（ヒースクリフ、エドガー・リントン）、そして「アウトサイダー」としてのヒンドリー・アーンショーが登場する。力強さ、荒々しさなどがヒースクリフの「男性的な」特徴と捉えられがちだが、実はキャサリンには「男」を超越した存在であることを求められる一方、彼はイザベラにはサディスティックに「男」の能力を発揮する。「男性」ヒースクリフの抱える諸問題を読み解いていくのが第11章（鵜飼）である。異端のヒーローであるヒースクリフの対極をなす文化的な優雅さを備えたエドガー・リントンを取りあげた第12章（中尾）は、キャサリンとヒースクリフの異様な恋愛に不可欠の存在として、この「書斎の貴公子」の存在を捉えてみせる。第13章（山内）は、当時の家父長制社会においては旧家の長男という優位な位置にあったヒンドリーだが、実はヒースクリフ以上にアウトサイダー的な存在であったことを作品から読み解いていく。

シャーロットの最後の男『ヴィレット』のポール・エマニュエルに「隠れロマンティック・ヒーロー」の片鱗を見出し、姉妹が創りだしたヒーローたちの磁場に位置づけるのが第14章（惣谷）である。最後の15章（植松）は、アンの『ワイルドフェル館の住人』におけるアーサー・ハンティンドンを取りあげる。妻の手記によって「極悪の夫」とされた彼の言い分に耳傾けるとき、この暴君の背後に現れてくるのは、当時のごく平均的な紳士階級の実像であることを知らされるのである。

ブロンテ姉妹とジェイン・オースティンは、日本においてもファンの多い英国作家である。それぞれに学会まである。日本ブロンテ協会の二〇一三年大会が勤務校で開催されることになったとき、何か新しい視点から姉妹を取りあげたシンポジウムを組めないものか思案した。そんなとき偶然目にしたのが、英国ブロンテ協会の『ブロンテ・スタディーズ』（第三六巻第一号、二〇一一）の特集だった。ブロンテ姉妹に影響を与えた人物、出版者、批評家、作品の登場人物など、さまざまな男たちを取りあげた一二点の論文が収録されている。そこからいくつか選んで、それを軸にパネリスト（木村、岩上、谷田、惣谷）がそれぞれの見方を展開する形で、「ブロンテ姉妹と男たち」と題するシンポジウムを行った。本書の出発点はここにある。

ブロンテ姉妹を取りまく男たちをテーマとした読み物を刊行したいとの呼びかけに対して、執筆者の方々はほとんど即答する形でご賛同くださり、バラエティに富んだ魅力あふれる文章をお寄せいただいた。編集は、それらを誰よりも早く読むことのできる喜びと共に、一般の読者に読みやすい体裁でお届けする責任の重さを感じながらの作業だった。本書がブロンテ姉妹の新しい読み方・楽しみ方を示す一つの例となり、ブロンテの「その後」の研究の発展につながれば、これ以上の喜びはない。

二〇一五年八月一八日

岩上はる子

# ブロンテ姉妹と15人の男たちの肖像——作家をめぐる人間ドラマ

目　次

はしがき

# 第Ⅰ部

# 姉妹を取りまく男たち

市原　順子（荷葉）印刻
（出典：Anne Brontë. *Agnes Grey*. Annotated by Taeko Tamura. Osaka Kyoiku Tosho, 2000）

# 第*1*章　パトリック・ブロンテ

## ──「厳格な父」の神話──

奥村真紀

荒涼たる荒野《ムーア》に囲まれた人里離れた寒村で、身を寄せ合って後世に残る文学作品を書いた孤高の姉妹──ブロンテ姉妹に対しては、このようなイメージが強固に付きまとってきた。実際、姉妹たちの作品、特にセンセーションを巻き起こしたシャーロット・ブロンテの『ジェイン・エア』(一八四七)が出版された直後から、男性の筆名を用いて書かれた彼女たちの傑作は、偏屈で厳格な宗教者である父に従順に仕え、飲酒とアヘンで身を持ち崩した一家の放蕩息子を献身的に世話しながら書かれた、姉妹の天才の産物であるとみなされてきた。確かに、一家を次々に襲った死や、ブランウェルのスキャンダラスな不倫、シャーロットの既婚者への抑圧された恋情、荒野を離れては生きられなかったエミリの神秘性といった一家の歴史は物語の要素を多分に含み、人々の興味を引き付ける要素があるのは事実であろう。しかしその歴史は現在、いわばブロンテ「神話」となり、『ジェイン・エア』や『嵐が丘』(一八四七)といった作品を読んだことのない人でも、多くがその名前を知っているほど、「ブロンテ姉妹」という記号は現代文化のなかに浸透し、流通している。

実際、ブロンテ姉妹は特に伝記において言及されることの多い作家である。ストーンマンが指摘するように、シャーロットの『ジェイン・エア』やアンの『アグネス・グレイ』（一八四七）が自伝の形式をとったことも関係するのだろうが（216）、一八四七年一〇月の『ジェイン・エア』の衝撃的なデビュー直後から、作者は誰なのかという問題がしきりに持ち出され、さらに同年一二月の『嵐が丘』と『アグネス・グレイ』の出版後は、作者の「ベル」たちが同一人物なのか否かという議論が文壇を席巻した。つまり、無名の作家が書いた『ジェイン・エア』があまりにドラマチックに文壇に登場したために、出版直後から作品そのものへの評価よりも、むしろ一般的にはその作者に対する興味がかきたてられたのだといえるだろう。しかもその作家は、ハワースという片田舎でひっそりと暮らす牧師の娘であり、とてもあのようなセンセーショナルな小説を書けるだけの経験をしていない女性だったのである。その興味は、シャーロットの死後にエリザベス・ギャスケルが出版した『シャーロット・ブロンテの生涯』（一八五七）を通じてますますかきたてられた。そして、ギャスケルが作り出したロマンチックなブロンテ姉妹像は、父パトリックをはじめ、家族や親友が示した違和感とは無縁のところで、熱狂的に受け入れられていく。それは三月二五日に出版された初版二〇二一部が、四月二二日に一五〇〇部、五月四日に七〇〇部、増版されたことからも明らかである（Barker 613）。

ギャスケルの描いた伝記は、まさに人里離れた荒野にたたずむ牧師館の主として偏屈で厳格な父パトリックを描き出し、理想的なヴィクトリア朝女性として存在した娘たちの姿を強調している。母親を早くに亡くし、取り付く島もない厳格な父親のもとで緊密に結びつき、女性としての務めを果たしながら傑作を書いた姉妹をギャスケルは称賛し、彼女たちに欠点があるとすればそれは環境のためだと断じたのだった。そしてその姉妹の美徳と並んで強調されたのが、ハワースという場所の特異さと、父親のエキセントリックともいえる厳しさであった。もっともこの伝記は、今では小説家ギャスケルならではの想像力と筆致によって、シャーロットの名誉のために歪曲された部分が多いことが、批評家によって指摘されている。しかし、姉妹の名を現代まで有名にしているのは、ギャスケルの伝記によって作られたいわゆるブロンテ神話であることは疑問の余地がなく、その後も彼らの人生に対する興味はおびただしい数の伝記を生み出している。本章ではまず、ギャスケルの伝記が描いたパトリック・ブロンテ像を検証し、そのイメージを最近の伝記的資料と比較することで、パトリックの実像と、彼が娘たちに与えた影響について考えてみたい。

## 1　エリザベス・ギャスケル著『シャーロット・ブロンテの生涯』——神話の誕生

### 出版の経緯——ギャスケルの偏見

一八五五年のシャーロットの死後、『ジェイン・エア』の作者は再び大きな注目を浴びることとなった。ハリエット・マーティノウ［英国の女性ジャーナリスト。社会や宗教・歴史など幅広い著作がある］の大げさな追悼記事を皮切りに、多くの新聞が賛辞のみならず、好奇心に満ちた中傷を掲載し、特異な環境のもとに才能を開花させた悲劇のヒロイン、シャーロット・ブロンテに関する情報は大衆の欲望の対象となっていった。最初、パトリックも夫のアーサー・ベル・ニコルズも、それらの記事を威厳をもって無視する態度をとっていたが、シャーロットの親友エレン・ナッシーの強い勧めによって、パトリックは娘の名誉挽回のために、娘と親交のあったギャスケルに短い伝記を書いてくれるように依頼する。すでにシャーロットの伝記執筆に強い興味を示していたギャスケルはすぐに承諾し、シャーロットについての情報を家族や友人から収集する試みに着手する。

バーカーによると、ギャスケルはそもそも執筆前からパトリックに対する偏見を持っており、彼が娘の性格形成にかなり影響を及ぼしたと考えていた（782）。ギャスケルが初めて牧師館を訪れたのは一八五三年九月のことであり、そのとき、パトリックは副牧師ニコルズの娘への求婚に立腹し、シャーロットとの関係が微妙なものになっていた。

彼に対する彼女の見方は、すでにレディ・ケイ＝シャトルワース［シャーロットとギャスケルの共通の友人］のゴシップによって毒されており、ミセス・ギャスケルがパトリックに出会ったそのときが、彼が父権を行使していた唯一のときだったこと、そして、結果として彼と娘の関係が今までになく不調であったことは、不幸なことだった。彼女は、パトリックが家庭の暴君で、「決して結婚すべきではなかった」男で、子どもを持ちながら、その孤独を愛する利己心のせいで、娘に自分の家にいてさえ孤立した生活を運命づけた人間であるという、拭いがたい印象を持って帰ることになったのである。この結果が、『シャーロット・ブロンテの生涯』に現れた曲解された肖像となったのであった。（Barker 741）

ギャスケルが描いたパトリックは、偏屈で人好きのしない孤独な人間で、「もちろん研究に忙しく」、「生来子どもが好きでなく、子どもたちが頻繁にやってくると妻の体力に差しさわり、また快適な家庭生活を乱すと感じていた」（41）。また彼は「子どもたちを頑丈で衣食の楽しみに無関心な人間に育てたいと思っていた」（44）。そのため、彼は子どもたちの色付きのブーツを炉に放り込んだり、妻の絹のガウンを切り裂いたりする極端な人間であったとギャスケルは描写する。彼女の偏見は、実際にパトリックに会ったとき、彼が礼儀正しく、感じが良かった（Barker 741）にもかかわらず、彼女のパトリック観を強固に作り上げてしまっていた。それゆえにギャスケルは、のちのシャーロットの流行遅れの服装や人見知りすら、すべて父親の育て方の影響だとみなしたのである。

またグリーンは、ギャスケルがマーサ・ライトの証言を鵜呑みにして、伝記を書いたことが問題だったと指摘している。グリーンによると、彼女はパトリックの妻マライアが死の床についていたときにその看護に雇われたのだが、のちにパトリックは彼女を解雇したので、彼女は恨みを持っていたのである（123）。彼女の証言に基づいて、ギャスケルは幼少期のブロンテ家の子どもたちが、青白く、覇気がなく、子どもらしくなかったと描写し、それは偏狭なパトリックが子どもたちに肉を食べさせず、ジャガイモばかりを食べさせたからだという証言を披露した。しかし子どもたちに元気がなかったのは、母親と姉二人を次々に亡くした時期だったことを考えると至極当然のことであり、日常的には子どもたちは普通に楽しい生活を送っていたとグリーンは論じている（125-126）。ブランウェルの親友のフランシス・レイランドは、一家の召使いだったタビー・アクロイドが、子どもたちの大騒ぎに慌てふためいていたと書いているし、子どもたちの子守だったセアラ・ガースも、子どもたちは質素ながらも肉を含む食事をたっぷり与えられ、元気に遊んでいたと証言している。また、家族の友人であるウィリアム・デアデンは、パトリックは子どもたちと一緒に荒野へ散歩に行き、彼らの議論や遊びによく加わったと伝えている（Green 126-128）。

伝記が出版されたとき、ギャスケルはパトリックからの批判を覚悟していた。本当のところ、彼はギャスケルが描いたような世捨て人ではなく、様々な活動を通じて多くの友人を得、その中にはデアデンのように、ギャスケルの伝記に描かれたパトリックの肖像に対して激しく抗議したものもあった。しかし、実際にパトリックがギャスケルに修正を要求したのは食生活の誤りの部分のみであり、偏屈な家長として描かれたことに対しては、彼は一切文句を言わず、逆にデアデンの暴走に対してギャスケルを擁護する立場をとった。

回想録の主要な誤りとして――私が挙げておきたいのは、私が娘たちの食事に制限を加え、彼女たちに菜食をさせていたということです。こんなことはしたことがありません。伯母の死後、家政については娘たちはやりたいようにやっていました。彼女たちの体質が虚弱であることを考え、私が彼女たちに何度も与えていた助言は、フランネルを着て、消化できるだけの健全な動物の肉をとり、よい空気と運動を適度に取り入れ、勉強や執筆に時間をかけて打ち込みすぎないようにということでした。

(P. Brontë, *Letters* 252)

彼は自分の描写については、追伸で穏やかに「第一巻の五一、五二ページで私について書かれている常軌を逸した行動［暖炉の前の敷物を燃やし、椅子の背をのこぎりで切ったという描写］は、実際根拠はありません」と述べているのみである。さらに、デアデンに対する彼の手紙は、パトリックの穏やかで忍耐強い性格を如実に表している。

数行だけあなたを煩わせることを申し上げます。回想録について、ミセス・ギャスケルに反対することをこれ以上書かないでいただきたい。彼女はすでにとても厳しい試練に遭っておられ、それはいつも有名な作家に降りかかる運命です。彼女は第三版で私に関する間違った文章を削ると約束されました。それが私が今、合理的に期待し、願うことのできるすべてですし、それ以上のことは安全に分別をもってなされることはできないでしょう。私についていえば、人知れず静かに隠遁生活を送りたいのです。心を地上ではなく天上のことに定め、全力で勤めを果たしたいのです。(P. Brontë, *Letters* 263)

また、パトリックは同じ忍耐強さで、一抹のユーモアを交えながら、当のギャスケルにも励ましと感謝の手紙を送っている。

私がいくらか偏屈であることは否定しません。もし私が世間の物静かで穏やかな普通の人の一人だったら、おそらく私は今の私ではなかったでしょうし、あんな子どもたちを持つことはなかったでしょう……あなたが私に欠点があると言っても、私は少しも怒っていません。私にはたくさんの欠点があるので――そしてイヴの娘であるあなたにも、おそらく欠点があるでしょう。時が過ぎ、永遠が近づいてくるにつれて、私たちはどちらもより賢明に、より良い人間になれるよう努力しましょう。(P. Brontë, *Letters* 258-259)

これらの手紙が示すのは、寛容で冷静な宗教者の姿である。彼は娘の名誉を回復しようとするギャスケルの意図を理解し、それを自己主張で損なわないように気遣ったのである。

## 偏屈で厳格な家長としてのパトリック――従順な娘の神話

それでは、ギャスケルがパトリックを変わり者の頑固な老人として描き、またそれが一般にこれほど定着してしまったことにはどのような意味があるのだろうか。ギャスケルは、「この伝記を書くように依頼されるという栄誉に最初に浴したとき、私にもっとも強く浮かんだ困難は、彼女にもっとも近く、親しい友人たちの個人的な話をあまり混ぜ込むことなく、シャーロット・ブロンテが実際、どんなに気高く真実でやさしい女性であったかを、どうすれば示すことができるのかということであった」と述べている（419）。実際、衝撃的な『ジェイン・エア』の発表後、この小説は称賛と同じく批判も受けてきた。『嵐が丘』もまた同様であり、粗野で不道徳な作品として酷評された。シャーロットが妹を弁護するために用いた手段は、『嵐が丘』に序文を付け、それが洗練されていないことを認めながらも、小説の欠点を環境のせいだと主張することだった。ギャスケルもまた、女性らしくないと批判された友人を擁護するために、その欠点は環境――荒涼とした場所と厳格な父親――のせいだと主張し、彼女の女性らしさを強調することに心を砕いた。ギャスケルは伝記の第二章を「私の親愛なる友、シャーロット・ブロンテの人生を正しく理解するために、彼女の場合には他の人の場合よりも特に、読者は彼女が幼少期を過ごした特異な人々や社会を知っておくべきだと思われる」と書き起こしている（15）。

ギャスケルはハワースの辺境ぶりや特異性を強調したが、実際には一九世紀半ばのハワースは産業革命の中心地に近い大きな町で、その人口の多さからパトリックはハワース教区で多忙を極めていた（Green 92）。バーカーによると、ギャスケルが描いた「不衛生で野蛮で短命な」ハワースは一七〇〇年代のハワースであり、彼女は一八世紀半ばのハワースの牧師『ウィリアム・グラムショーの生涯』を多く引用している（91）。一九世紀に入って急速に成長した産業都市ハワースが時代遅れの辺境として描かれたように、シャーロットに対する批判の矛先をそらせるために、愛情深く寛容なパトリックは伝記の中で、気難しく偏屈な父親へと変貌したのである。実際、ヴィクトリア朝の女性作家は男性の領域に図々しくも踏み込む怪物であるという批判を恐れ、無意識のうちに葛藤し、女性らしさから逸脱しないように気を付けた。エレイン・ショーウォルターは、ヴィクトリア朝女性作家は「当時の人々にとってまず女性であり、芸術家であることはその次であった」(73) と述べているが、「ミセス」・ギャスケルという名で、小説家として成功をおさめたギャスケルもまた、この伝統の中でシャーロットを擁護しようとしている。『ジェイン・エア』の成功の後、「シャーロット・ブロンテという存在は二つの平行した流れ――作家カラー・ベルとしての人生と、女性シャーロット・ブロンテとしての人生――に分かれた。それぞれの性質に属する別々の義務があり――対立するものではなく、調和させることは不可能ではないが、難しいものであった」(271) とギャスケルは述べている。そしてギャスケルは晩婚だったシャーロットを何よりも従順な娘として描き、その美徳を際立たせるために、家長としての父親をより一層気難しく、権威的に仕立てあげたのである。

父親への献身ぶりを顕著に特徴づけるエピソードは、シャーロットの結婚であろう。自分の副牧師であったニコルズの娘への求婚にパトリックは激怒し、猛反対した。ギャスケルはそれを、「常々結婚というものに反対だった」(420) 偏狭な父のプライドであって、従順な娘はただ従うしかなかったと描写している。パトリックが結婚に反対し、辛辣な言葉をニコルズに投げかけたのは事実であるが、それは独身主義者であったからではない。実際、その直前にシャーロットはスミス・エルダー社の主任であったジェイムズ・テイラーから求婚され、パトリックは将来性も収入も十分にある彼と娘の結婚には乗り気で、自分は邪魔せず下宿をするとさえ言っている (Barker 671)。バーカーが示唆するように、パトリックの拒絶は自慢の娘に対するプライドだけでなく、ニコルズが当時の慣習通り、まず自分に伺いを立てなかったことや、収入が少ないことも関係していたのだろう。インガムは、娘が彼の精神的支えであったからだと論じているが、七四歳という彼の年齢を考えるとこれもあり得ることである（34）。

このように、ギャスケルの伝記はパトリックについての誤った像を伝え、パトリック自身が訂正しないまま、それが熱狂的に大衆に受け入れられたことで、その後の神話が確立していくことになったのである。

## 2　努力家、社会活動家、そしてリベラリスト——神話と実像のはざまで

### 生い立ち——野心と家族愛

パトリック・ブロンテ（図1-1）は、一七七七年三月一七日のセント・パトリック・デイにアイルランド、カウンティー・ダウンのドラムバリローニー教区にあるエムデイルの、二部屋しかないかやぶき屋根の農家で生まれた。ブロンテ神話はパトリックの父ヒューは極貧だったとしているが、実際にはそれほど困窮してはいなかったようで、パトリックは比較的長い学校教育を受けることができた。詳細は分かっていないが、彼はその優れた能力によって一六歳で自分の学校を設立したと言われている。そしてその優れた能力が認められて、教区牧師であったトマス・タイ師の助力によって、ケンブリッジ大学のセント・ジョンズ・コレッジに入学する。識字率が極めて低かったこの時代、アイルランドの片田舎においては、彼の名前は一貫したつづり方がなく、「プランティー」や「ブランティー」など、幾通りもの名前で記載されていたが、この時に彼は、自分の名前を「ブロンテ」にしたと考えられている。

その時すでに二五歳になっていたが、彼は給費生として勉強し、トップクラスの成績を修めて、いくつもの奨学金を受けることで収支を合わせて卒業した。バーカーは彼がフェローとして大学に残ることも考えていたと指摘するが、経済的な問題もあり、最終的にはパトリックはイギリス国教会の聖職者になる道を選んだのだった（14）。

一八〇六年一〇月一二日、エセックスのウェザーズフィールドで、パトリックは聖職者としての第一歩を踏み出した。その地で彼はメアリ・バーダーという女性と出会い結婚を考えるが、メアリが非国教徒であったことも影響してか、最終的には破局する。次いで彼はウェリントン、そしてヨークシャーのデューズベリー、そして一八一一年にハーツヘッドへと転任し、精力的に仕事をこなした。すでに彼は一八一〇年頃から詩を書き始め、「冬の夕べの想い」を匿名で発表しているが（Barker 41）、この頃から本格的に執筆をはじめ、『草屋詩集』を一八一一年に出版する。また、この時代に彼はのちに妻となるマライア・ブランウェルに出会う。マライアはペンザンスの裕福な商人の娘で、すでに二九歳になっていた。二人は出会ってすぐに婚約し、パトリックは彼女のために書いた詩をのちに『田園詩人』（一八一三）の中に収めている。彼らは一八一二年一二月二九日に結婚式を挙げ、一八一四年に長女マライアを、一八一五年に次女エリザベスを授かった。一八一五年、ラッダイト運動の中心地だったハーツヘッドから、一

**図1-1**　老年のパトリック・ブロンテ

（出典：Dudley Green. *Patrick Brontë: Father of Genius.* The History Press, 2010）

家はソーントンへ移る。友人にも恵まれ、一八一六年に三女シャーロット、一八一七年に長男ブランウェル、一八一八年に四女エミリ、そして一八二〇年に五女アンが生まれた。この間に彼は初めて“Brontë”の名前で『森の草屋』（一八一五）を出版し、地元で大きな成功をおさめている（Barker 69）。続いて一八一八年には『キラーニーの乙女』と題する散文を出版した。

一八二〇年四月にパトリックはハワース教区に着任するが、翌年に妻マライアを亡くすという悲劇が彼を襲う。ハワースでの彼の仕事は多忙を極めていたが、昼間は病気の妻を看護してもらうために人を雇ったものの、夜間の看病は彼が一手に引き受けていた（Green 93）。妻の看護と牧師としての勤めで精神的にも肉体的にも疲れ切っていたが、パトリックは妻が亡くなるまでの間にあった「六三回の葬儀のうちのたった一回と、一九二回の洗礼式のうちの二回を欠勤しただけで、二一回の結婚式はすべて執り行った」（Barker 102）。これは妻に対する深い愛情とともに、パトリックの強い責任感と精神力を如実に物語っている。彼は妻の治療費で借金に苦しみ、経済的には友人の助けで乗り切ったものの、妻の死後、子どもたちのことを考えて何度か再婚を試みている。これも、彼が子どもを顧みなかったという伝説が間違っていることを裏付けるエピソードだといえるだろう。

妻マライアを亡くしてからもパトリックの不運は続いた。一八二五年には長女マライアと次女エリザベスが相次いで亡くなり、一人息子のブランウェルが何をやってもうまくいかず、身を持ち崩していくのをそばで見つめなくてはならなかった。次第に彼は健康を害し、慢性的な気管支炎と消化不良に悩まされた上に、白内障のために何度も失明の危機にさらされた。さらに、ブランウェル、アン、エミリと、次々と子どもを亡くし、最後に残ったシャーロットまでも彼に先立った。それでも彼は最後まで精力的に牧師としての勤めを果たし、一八六一年六月七日に八四歳の人生を閉じたのだった。

アイルランドから単身ケンブリッジ大学にやってきたパトリックは、才能ある努力家であり、勉強にも牧師としての勤めにも熱心に取り組んだ。特にケンブリッジ時代、独学で勉強していたにもかかわらず、彼は経済的な困窮を優秀な成績で奨学金を得て乗り越えていったのである。自らの力で活路を切り開いていった父の野心と努力は、シャーロットに大きな影響を与えている。彼女は、学校を開くためにブリュッセルで教育を受けたいと願ったとき、伯母に手紙を書いて援助をこのように訴えている。「パパはたぶん、こんな企てを途方もなく野心的だと思うでしょう。でも、野心を持たずに人は立身出世できるでしょうか。パパがアイルランドを出てケンブリッジ大学に向かったとき、彼も私が今そうであるのと同じくらい野心的だったのでしょう」（Gaskell 167）。

## 子どもたちへの配慮——教育の重視

パトリックは実際、現実的な人間でもあった。教育に対して熱心で、特に娘たちの教育に心を砕いたのは、当時としては特筆すべきことである。イギリスに係累のない自分に万一のことがあった場合には、子どもたちは家も収入も失ってしまうという状況をかんがみ、大家族を養うには十分でない収入のなかから、彼は短い期間ではあるが上の娘二人をウェイクフィールド近郊のクロフトン・ホールという寄宿学校にやった。もっともこの学校はパトリックの収入に見合わず、彼はやがてカウアン・ブリッジに新設された、牧師の娘たちのための学校に娘たちを通わせることになる。この悪名高い学校は、マライアとエリザベスの夭折の原因となり、のちに小説『ジェイン・エア』のなかでローウッドとして再現され、物議をかもすことになるのだが、開校当時、パトリックにはそのようなことを予見することはできなかった。グリーンが述べているように、牧師の娘たちのための学校は、チャールズ・シメオン［英国国教会の福音主義運動を指導した聖職者〕やウィリアム・ウィルバーフォース〔奴隷廃止論者・政治家。ケンブリッジ時代のパトリックのパトロン〕をはじめとした著名人が支援者として名を連ねており、設立者のウィリアム・カールス・ウィルソンは、ブラッドフォード教区の日曜学校や聖書協会でよく知られた福音派の聖職者であったため、パトリック自身も知っていた可能性がある（100）。また、その学校にはパトリックの知人の聖職者の娘たちもおり、パトリックがその学校が娘たちによい教育を授けてくれると信頼したのは、決して彼の独りよがりではなかったのである。

さらに、入学に際してパトリックが娘たちに選んだ授業は、彼が娘たちをよく観察し、理解していたことを示している。頭脳明晰で優秀だったマライアに対しては、将来ガヴァネスとして働けるように、彼は三ポンド追加してフランス語と絵を習わせているが、その判断が正しかったことは当時マライアを教えた教師が認めている。エリザベスに対しては基礎的な授業のみを選んでおり、彼女の将来には家政婦などを考えていたようである（Green 100）。この事実からも、パトリックは子どもたちを理解し、気にかけていたよき父親であり、ギャスケルが描いた家族に無関心な父親ではなかったことは明らかであろう。

実際、のちにシャーロットが『ジェイン・エア』で描いたローウッドは、フィクション――小説や記憶――が、神話になっていく過程をはっきりと示している。小説の中で、幼いジェインは憎しみを込めてブロックルハースト師を偽善者と弾劾し、やさしい友へレン〔姉マライアがモデルだと言われている〕に対する不当な仕打ちに憤り、学校の劣悪な環境や不十分で不衛生な食事を告発している。ウィリアム・カールス・ウィルソンは確かにカルヴァン派の影響を強く受けていたと指摘されているし、シャーロットが嫌悪を込めて書いた食事についても、事実として料理人がずさんで不衛生だったと言われている。

しかし実際には、パトリックは自分の目で学校を見学し、娘たちと一緒に学校の食事をとり、知人の経営と知人の娘たちを見て、娘たちを預ける決断をしたのである（Green 101）。また、家族の友人であるエリザベス・ファースも学校を訪れているが、何も記録を残していない（Green 101）。その事実から考えても、八歳の鋭敏なシャーロットにとって強烈な体験だった学校生活は、幸福な経験ではなかったとしても、決して特異なものではなかったと考えられる。グリーンが指摘するのは、悲劇は単純にシャーロットが考えたように学校のせいだけで起こった訳ではなく、もともとの姉妹の病気［バーカーはその春、姉妹が百日咳と麻疹で苦しみ、体がまだ弱っていたと指摘している］や経営の失敗を含めた、複合的な原因があったはずだということである（105）。しかし、鋭敏な子どもの経験に基づいて描かれたフィクションのローウッドは実体験と容易に混同され、「自伝」と題された『ジェイン・エア』に書かれた劣悪な学校の描写は社会問題となった。その学校を知らなかった人にも、ギャスケルの伝記は学校の名前を告げ、何人もの名前を挙げて批判した。ギャスケルの伝記はのちにカールス・ウィルソンからの訴訟を受けているが、これは彼女が自分の執筆に都合のいい話を伝記の中で使ったことを示している。そしてまたこれは、個人的な記憶や伝聞が、ギャスケルの伝記を媒介にいかに事実となり、神話となっていくかの一例である。

二人の娘を失った後、パトリックはシャーロットとエミリを家に連れて帰り、自分で子どもたちに教育をほどこした。彼はケンブリッジ大学で古典を学んだ経験があり、ブランウェルにも必要な教育を与えることができたし、実際ブランウェルは父の教育のおかげで、のちに家庭教師の職を得ている。その後、彼はシャーロットとエミリとアンをマーフィールドのロウ・ヘッド・スクールに入学させ、必要な教育を受けさせた。画家として身を立てようと考えていたブランウェルだけでなく、娘たちにも画家から絵の手ほどきを受けさせたし、彼自身が音楽好きでもあったので、ピアノを買い入れて音楽のレッスンも受けさせた。彼は限られた収入から、子どもたちにできるだけの教育を与えたのである。

## 社会活動への貢献——教育と布教、労働者への共感

パトリックは牧師としての勤めに熱心に取り組み、教区民のために積極的に活動した実務家でもあった。特に教育にかける熱情は大きく、自分の子どもたちだけでなく貧しい教区の子どもたちにも教育を与えるべく、デューズベリーでもソーントンでも日曜学校で中心となって活動した。ハワースに至っては、一八二〇年のパトリック着任の際には、村には日曜学校すらなかった。ハワースはそもそも非国教徒の多い地域で、彼らは自分たちの学校を創設することに熱心で、多くの困難があったが、パトリックは粘り強く運動を続けて一八三一年に日曜学校のための用地を手に入れる。さらに彼は教会学校を創設して布教活動の一環とするため、国民教育協会に対して一八四三年から一八四五年までに二六通の熱情あふれる手紙を送り、一八四四年の教会学校の開校にこぎつけるのである［パトリックの手紙は財政面の援助を求めるものが多く、教師の着任後も手紙のやり取りは続いた］。生徒たちは週二ペンスの学費で、読み書きや計算から音楽まで教えてもらうことができ、開校から一か月も経たない間に、その学校は一七〇人もの生徒を受け入れた（Green 216）。教育の与える利益を確信し、パトリックは国民教育協会に満足の手紙を送っている。「幼い子どもたちも、知識への道が喜びに至る道だとわかって、喜び勇んで知識を身に着けようと勉強に励んでいます。これは当然そうあるべきだと思います。なぜなら、『知識への道は楽しさへの道であり、その道は平和である』のですから」（P. Brontë, *Letters* 163）。

これは同時にハワースでは少数派であった国教会の布教活動でもあった。彼は牧師として説教をする

ことを大事な勤めであると考えており、どんな時でもその勤めを放棄することはなかった。彼は雄弁な説教者であり、ほとんどの場合は即興で聴衆に語りかけ、わかりやすく伝えたとされている。ギャスケルも、白内障のために説教壇まで人に連れて行ってもらう必要があった時でさえ、彼の説教は「全盛期と同じ活力と力で語られ」、効果的だったと感動を伝え、彼は盲目になっても、時計も見ずに三〇分ぴったりで説教を終えたというエピソードまで付け加えている（241）。

教区のために、彼は衛生面の改善ときれいな水の供給を求めて、精力的に活動を行った。また彼は死刑廃止論者であり、国教会の牧師でありながらカトリック解放運動に賛成の立場をとっていたことも彼のリベラリストとしての一面を伝えている。さらに、ハワースでもいつも問題となっていた教会維持税についても、彼は自分の不利益にもかかわらず柔軟な態度を示し、非国教徒の反対をおもんぱかって教会維持のために寄付を募ることもした。悪名高い新救貧法が一八三四年に制定された時には、救貧院の劣悪な環境を批判し、新聞に反対意見を投稿している。教区牧師として、そして自身が経済的な困窮を経験して、貧しい人々や労働者に対する共感を、彼が失わなかったことは間違いない。

## 執筆活動

パトリックはまた、ブロンテの名を冠した著作を最初に出版した人物である。前述したように、彼は三冊の詩集と短編小説『キラーニーの乙女』という文学作品を上梓しており、副牧師だったウィリアム・ウェイトマンを悼む説教を含め、何篇かの説教を出版し、さらに新聞などに多く寄稿した。若いころから、彼は先任の牧師たちが布教活動の一環として著述を出版しているのを目の当たりにしており、彼にとってものを書くことは自然なことであった。ただし、パトリックはあくまでも宗教者であり、彼の作品は多くが宗教的な主題を扱っている。それは『草屋詩集』に寄せた彼の広告文に明らかである。

これは主に社会の下層階級の人に向けて書かれている。……無学で貧しい人たちのために、作者はあまり多く書かないようにしたし、多くの問題があって悩ましいテーマにはしていない。そしてできる限り、形式においても文体においても単純でわかりやすく明快なものとなるようにした。作者は……本のなかの本である聖書に助けを求めた。……作者の願いは……すべての人に、真に幸福になりたい人は真に宗教的でなくてはならないことを示すことである。(P. Brontë, *Works* 19)

その宣言の通り、この詩集では貧しく質素な生活が信仰によって素晴らしいものになっていることが示されている。

パトリックは数編の個人的な詩を残しており、『田園詩人』のなかには妻マライアに寄せた二篇の詩も含まれている。バーカーは『田園詩人』を評価し、ほとんどは教訓的な詩であるが、パトリックの自然への愛が見られると指摘する。「自然界の美しさは、パトリックにとって神の顕現であった。それは彼が子どもたちに伝えることになった信念であり、子どもたちはみんな、彼がこの韻文で最初に表現した自然への情熱を共有したのだ」(59)。そしてバーカーは、この影響がもっとも強くブランウェルとエミリに現れていると論じる。また、『森の草屋』にある散文のプロットは、『ジェイン・エア』との類似点も確認できる。確かにパトリックの作品はそれ自体が文学作品として論じられることはなかったが、その作品は子どもたちに影響を及ぼしたであろうし、何よりも父の出版された著作を見て育った子どもたちに、文学的野心を植え付けたのではないだろうか。

## 3　社会的・文学的存在として――神話の終焉

「ブロンテ姉妹」の名は彼女たちの傑作、特に大衆文化においては何度も舞台化や映画化によって再生産された『ジェイン・エア』と『嵐が丘』によって、永遠のものとなった。しかし、現代に映画やテレビドラマを通して一般に流通している姉妹の作品は、多くの場合、原作そのものではなく、特異な人生を送った天才姉妹といういわゆるブロンテ神話に影響されて作られた翻案作品である。そして逆にまたそれらの翻案作品は、その人気ゆえに「ブロンテ神話」をますます強固なものにしている。換言すれば、現代でもブロンテ姉妹の人生に対する興味や関心は、大衆文化における姉妹の作品解釈に影響を与え続け、同時にその作品解釈である翻案作品は、作家たちにこうあってほしいという受け手の期待を反映して、一般に流通するブロンテ姉妹のイメージを記号として作り上げ、広めてきたのである。そしてそのイメージとは、ほぼ例外なく、ギャスケルが描き出した偏屈な父親と堕落した息子、そして勤勉で理想的な娘たちという構図に沿ったものなのである。

その意味で、偏屈で厳格な父というパトリック像を必要としてきたのは、姉妹をメロドラマ的ヒロインとして称賛したいという大衆の願望であり、特に一九世紀の女性作家であったギャスケルにとっては、姉妹の「女性らしさ」に焦点を当てるために、憎むべき家長としてのパトリックを作り上げることが必要だったのである。理想的な娘たちに人々が共感を寄せるための引き立て役として、パトリックはブロンテ神話の中に強固に組み込まれてきた。しかし、パトリックの影響なくしてブロンテ姉妹は存在しなかったであろうし、今後はパトリックの社会的、文学的貢献ももっと注目されていくことであろう。

## 引用文献

Barker, Juliet. *The Brontës.* London : Phoenix, 1995.

Brontë, Patrick. *Brontëana : The Rev. Patrick Brontë, A. B., His Collected Works and Life.* Ed. J. Horsfall Turner. Bingley : T. Harrison & Sons, 1898. Rpt. as *Patrick Brontë : His Collected Works and Life* (1898). n.p. : Kessinger Publishing Company, n.d.

Brontë, Patrick. *The Letters of the Reverend Patrick Brontë.* Ed. Dudley Green. Stroud, UK : Nonsuch Publishing Limited, 2005. 本章では *Letters* と略記。

Gaskell, Elizabeth. *The Life of Charlotte Brontë.* Ed. Angus Easson. London : Oxford UP, 1996.

Green, Dudley. *Patrick Brontë : Father of Genius.* Stroud, UK : the History Press, 2010.

Ingham, Patricia. *The Brontës.* London : Oxford UP, 2006.

Showalter, Elaine. *A Literature of Their Own : British Women Novelists from Brontë to Lessing.* Princeton : Princeton UP, 1999.

Stoneman, Patsy. "The Brontë Myth." *The Cambridge Companion to the Brontës.* Ed. Heather Glen. Cambridge : Cambridge UP, 2002.

# 第2章　ブランウェル・ブロンテ
## ——一家の希望の星、あるいは敗北者——

廣野由美子

パトリック・ブランウェル・ブロンテは、謎の多いブロンテ家のなかでも、最も不可解な人物である。ブロンテ家の六人の子どもたちのうち、上の二人マライアとエリザベスは夭逝し、残る四人きょうだいのうち、シャーロット、エミリ、アンの三姉妹は短い生涯のうちに才能を見事に開花させ、文学史に燦然と名を連ねる作家となった。ひとり名声から除外されてしまった唯一の男きょうだいブランウェルは、いまでは姉妹たちの肖像画［ナショナル・ポートレイト・ギャラリー所蔵］の作者、そして彼女たちの伝記にときおり影のように出没する不運な人物として、記憶されるに留まっている。ブランウェルとは、三姉妹にとってどのような存在であり、ブロンテ文学にいかなる影響を与えた人物だったのだろうか（図2-1）。

幼いころブランウェルは、空想の世界を創る遊びを考え出し、父に買ってもらった木の兵隊を姉妹たちに分け与えて、彼女たちをこのゲームへと駆り立てた。ことにシャーロットとは意気投合して、「グラスタウン」や「アングリア王国」などの創造に後々まで没頭し続けた。ブランウェルの再評価を試みた伝記作者デュ・モーリアは、「姉妹たちが、ただひとりの男きょうだいパトリック・ブランウェル・

**図2-1**　1834年頃ブランウェルによって描かれたブロンテ姉妹の肖像画

ナショナル・ポートレイト・ギャラリー所蔵。エミリとシャーロットの間の空間には，もともとブランウェルが描かれていたが，作者自身によって自画像が消し去られた。

（出典：Juliet Gardiner. *The World Within: the Brontës at Haworth*. Collins & Brown, 1992）

ブロンテによって、大部分霊感を吹き込まれ、導かれたファンタジーの世界に住んでいなかったら、彼女たちの小説は生まれていなかっただろう」（xix）とさえ言う。ブランウェルは、家族みなから愛され、きょうだいのなかでも最も有望な才能の持ち主として、その将来が大いに期待された。彼はまさしくブロンテ家の「希望の星」だったのである。

しかし、ブランウェルの人生は目立った成功をほとんど示すことのないまま、下降の一途を辿り続けた。はじめは画家になるためにロンドンで専門教育を受けようとするが、志を果たさず、のちに肖像画家の仕事をしたり、鉄道会社に就職したりしたときにも、いつも短期間で挫折し、失敗を繰り返す。そして、家庭教師として雇われていた家で不祥事を起こし、解雇されてから、三一歳で破滅的な死に至るまでの最終段階で、彼の命運は急下降した。

他方、このようなブランウェルの有様を間近で見ていた姉妹たちは、学校で学んだり、学校教師や家庭教師をしたり、学校経営の計画に備えて留学したりするなど、代わる代わる牧師館と外の世界との間を往復しながら、女性としての義務に縛られつつ生活の手段を得るための苦心を続けていた。そして、ブランウェルがいよいよ再起不能となった晩年は、三姉妹が小説を書き始め、その作品が世に出るという最もスリリングな時期と重なっている。ことにブランウェルの後半生は、姉妹たちにとって重荷とストレスの元凶でしかなかったという印象が、色濃い。しかし、その表層の奥に、ブロンテ文学の特質に関わるような深層が隠されているのではないだろうか。この仮説を出発点として、以下、ブランウェルの衰運を辿り、彼の破滅と三姉妹の小説の誕生とが、どのような内的関連を持つかを、伝記資料をもとに探ってみたい。

## 1　転落への道

### 最初の挫折

パトリックは、上の四人の娘マライア、エリザベス、シャーロット、エミリをカウアン・ブリッジの牧師の娘たちのための学校に［マライアとエリザベスはこの学校で発病し、帰省後に死亡した］、のちにシャーロット、エミリ、アンをロウ・ヘッド・スクールに入学させている［シャーロットは、のちにはロウ・ヘッドで教師を勤めた］。しかし彼は、ブランウェルだけは家に留め、自ら息子に、古典・文学を中心とした教育を施した。周囲はブランウェルを学校に行かせるようにと勧めたが、興奮しやすい情緒不安定なこの少年が、学校生活向きではないと、パトリックは考えたようだ。彼は、一八二九年にキースリー在住の画家ジョン・ブラッドレーを雇って、子どもたちに絵のレッスンを受けさせ、特に素質のあったブランウェルには、のちにリーズの有名な画家ウィリアム・ロビンソン［1799-1838。ロイヤル・アカデミーで学び、ウェリントン公爵の肖像画を描いたことで有名］のもとで油絵を習わせた。

一八三五年、ブランウェルが一八歳になろうとしていた時期、一家はブランウェルにどのような職業に就かせるか、そのためにいかなる教育が必要かということを話し合った。父親の職を継いで牧師になることや、大学へ行くという選択肢が、議論に上ったとは、いずれの伝記にも書かれていない(1)。むしろブランウェルが芸術的な才能によって、ブロンテ家に名誉をもたらすことを、本人も家族も熱望していたようである。こうしてブランウェルは、画家になるためにロンドンのロイヤル・アカデミーに入学することになり、絵画教師ロビンソンの紹介状を携えて、故郷から旅立った。ところが、彼はロイヤル・アカデミーに行かず仕舞いで、ハワースに帰って来た。首都ロンドンで優れた美術作品を見て、自信をなくしたブランウェルは、その痛手から逃れるために、元ボクサーのトム・スプリングが経営する酒場に入り浸って所持金を使い果たし、無残にも帰郷したのだと、一般には信じられているが、真相は不明である。のちにエレン・ナッシーは、ギャスケル夫人から尋ねられたとき、「ブランウェルがロイヤル・アカデミーに行けなかったのは、行状のせいなのか、資金不足のせいなのかはわかりませんが、おそらく両方面からの障害があったのではないでしょうか」(Du Maurier 46) と述べている。他方、『ブロンテ家の人々』の著者ジュリエット・バーカーは、ブランウェルはただ、ロイヤル・アカデミーに行くにはまだ準備不足で、「自分の計画が時期尚早であるとわかり、入学志願の手紙を投函しなかったのだろう」(227) と推測している (図2-2)。

## 立身出世の試み

ブランウェルはいったん牧師館に戻ったあと、ふたたびリーズのアトリエでロビンソンのレッスンに就いて、肖像画の技術習得のために励んだ。そして、ブラッドフォードで肖像画家として身を立て、何度か依頼を受けて仕事をし、報酬を受けるまでの進展を示した。しかし、結局生活は成り立たず、経済的に行き詰って、画家の仕事を断念して牧師館に戻ることになる。この時期のブランウェルについては、放蕩で身を持ち崩し、多額の負債を作ったという説が広まっている。しかし、ブライアン・ウィルクスは著書『ブロンテ家の人々』において、当時、銀板写真が出回るようになったため、肖像画を描く仕事は、急激に衰退していたという社会事情を指摘し、ブランウェルの失敗について、次のように分析している。

ブランウェルはいつも、姉妹の服のように時流に立ち遅れ、進歩についてゆけない人間だった。父親が授けてくれた教育は、あいにく、急激に変化しつつあった一八三〇年代の世界に彼を適合させてくれるものではなかった。……ブランウェルにとって悲劇的だったのは、彼の父親が社会の分岐点だった時代に教育を受けたことである。パトリックの経験はすべて工学技術以前、工場や大都市への移行以前、ダーウィンの『ビーグル号航海記』以前の世界に属していたのだ。……工業化によって発展した新興都市ブラッドフォードで油絵を描くことは、商業上の座礁を意味した。ブランウェルは精彩を欠いた典型的なインテリであった（Wilks 81-83）。

**図２－２**　ブランウェルの自画像

（出典：図２－１に同じ）

一八四〇年、ブランウェルは短期間、カンバーランドで家庭教師を勤めたのちに、リーズ・アンド・マンチェスター鉄道会社に就職し、サウアビー・ブリッジ駅の事務員として働き始める。その後、昇任してラデンデン・フット駅の会計駅員に配置換えになるが、会計簿に欠損が生じ、責任をとって退職へと追い込まれて解雇され、一八四二年に牧師館へ帰る。この時期にブランウェルは、ハリファックスで芸術家や作家たちとの交流をもち、文化的に恵まれた環境のなかで過ごしていたとする説もあるが（Barker 369-370）、一般には、飲酒にふけり、仕事がルーズになって、彼の怠慢が鉄道会社の知るところとなっていたときに、会計問題が発覚したとするような否定的な見方が色濃い。シャーロットはエレン・ナッシーに宛てた手紙で、「私の遠い親戚のパトリック・ボウアナージス［イエスが弟子ヤコブとヨハネに与えた「雷の息子たち」を意味する名で、シャーロットがパトリックに与えたニックネーム］とかいう人が、リーズ・アンド・マンチェスター会社で、荒々しい放浪と冒険に満ちたロマンチックな旅する騎士のような事務員としての才能で、運試しを始めました」（Barker 346）と述べているが、この口調には、自分を失望させた弟に対する嘲笑の響きが聞き取れる。芸術家と鉄道員とのイメージ的な落差からも、家族が味わったであろう失望を推測する伝記作者たちが、ブランウェルの生活を過度に荒廃したものとして描きがちになった可能性も、否定はできない。

いずれにせよ、ブランウェル自身の本来の情熱の対象が、鉄道でなかったことは、たしかである。彼の行動全体を眺めると、絵画よりも文学のほうに情熱がいっそう注がれていたように思える。ファンタジーの世界で、劇を作ったり新聞や雑誌を発行したりする遊びに興じていた幼少時代から、立身出世のための活動を続けていた時期に至るまで、彼はつねに書き続けていたからである。シャーロットが教師をしていたときも、彼はさまざまな即興的作品を書いては、親密な姉に書き送っていた。また、ブラッドフォードで肖像画家になる前から、雑誌『ブラックウッズ・マガジン』の編集者に何度も手紙を書いて、寄稿者になりたいと申し出たり、ワーズワースに手紙を書いて、自分の詩を送り、意見を求めたりしていた。ブラッドフォードを去ったあとも、『ブラックウッズ・マガジン』の寄稿者だったド・クィンシーや、有名な湖畔詩人サミュエル・コールリッジの息子ハートレー・コールリッジに自分の詩を添えて手紙を送っている。(2) 鉄道員を止めたあとには、友人たちの助力で、一八四一年八月に『ハリファックス・ガーディアン』に詩を発表しているが、これは、ブロンテきょうだいのなかで最初に活字として発表された作品であった。したがって、この路線でブランウェルがその後も文学作品を書き続けたならば、もしかしたら、彼が三姉妹と対等に名を連ねる作家になっていた可能性もありえたかもしれない。しかし、現実にはそうはならなかった。女きょうだいのなかでただひとりの男だったという環境が、皮肉にも裏目に出たとも言えようが、家族の期待を一身に集めつつ甘やかされて育った彼には、姉妹たちのように実人生を耐え抜く辛抱強さが具わってはいなかったようだ。それがいよいよ判明することとなる最後の試練が、彼を待ち受けていたのである。

## ソープ・グリーンでの事件の真相

ブランウェルの転落のきっかけとなったのは、アンの口利きによって家庭教師として雇われたソープ・グリーンのロビンソン家で、彼と、約二〇歳年上のロビンソン夫人との間に起こった恋愛沙汰であった。この出来事の真相はどのようなものだったのか、ロビンソン夫人とはいかなる女性だったのかという点を、主としてギャスケルとバーカーの伝記を比較考察しながら、明らかにしてゆこう。

ギャスケルは『シャーロット・ブロンテの生涯』の初版において、この一件について次のように述べている。これは、ロビンソン夫人側の弁護人による訴訟に応じて、第三版では削除された部分である。

できることなら避けたかったが、このことは述べておかなければならない。これは、ある意味では周知の事実として、多くの人々によく知られているが、それだけではすまない。罪の相手である男性の悲惨さ、生涯にわたる痛烈な悲惨さ、堕落した習慣、早死——長らく続いた彼の家族の激しい苦悩——を、このあさましい女に示してやることによって、生き延びたばかりか、立派な身なりをし、溌剌とした未亡人として、華やかなロンドンの社交界に出入りしているこの女にも、少しは悔恨の情を目覚めさせることになるかもしれない。(3)（273）

実名は伏せられているものの、ロビンソン夫人を明らかに悪者として規定し、悔恨を促すことを目的として書かれていることからも、ギャスケルの伝記の勧善懲悪的な傾向がうかがわれる。この事件についてギャスケルは、年上の女が将来有望な若い男を誘惑し、その結果、「男性のほうが犠牲者となって、彼の人生は台無しになり、罪を犯したという自責の念と苦悩とで押しつぶされてしまい、男性の家族もひどい恥辱に苛まれた」のに対して、女性の側は何ら損害を受けることがなく栄えていたというように見るのだ。ギャスケルは、「ブロンテ家の人々が早死したのは、一部はロビンソン夫人のせいだろう」（281）とまで言って、彼女を糾弾する。(4)

ギャスケルは最後に、ブランウェルの死について述べたくだりで、「最期の発作に襲われたとき、彼のポケットは、彼が慕った女性からの古い手紙でいっぱいだった。彼は死んだ！　彼女はまだ生きている——メイフェアに。……金輪際、彼女からは目を背けよう」（353）と締め括っている。(5) このようにギャスケルは、ロビンソン夫人への怒りと呪いの言葉で、ブランウェルの一件を閉じる。ブランウェルを被害者として位置づけることによって、ブロンテ家の名誉を挽回しようとするのが、ギャスケルの基本的な態度であると言えよう。

それに対してバーカーの伝記は、あくまでも中立の立場から、事実に立脚して真相を究明しようとする。ブランウェルが突然ロビンソン家から解雇された理由としては、ブランウェルが書類を偽造したり、幼い生徒エドマンドに同性愛的に言い寄ったりしたというような諸説を挙げたうえで、なかでもロビンソン夫人との情事の露見という出来事が、その原因として最も信憑性が高いことを、バーカーは検証している。そして、ロビンソン一家がスカーバラに発ったあと、ブランウェルが休暇でハワースに帰郷する前に、夫人を追ってスカーバラへ行き、近くの船小屋で彼女と密会しているところを、同家の庭師ロバート・ポテージが気づき、ロビンソン氏に知らせて事が発覚したのだという推論を導き出している。

ロビンソン氏が死んだあと、夫人との再婚がかなわぬことを知ったブランウェルは、完全に打ちのめされてしまう。この件に関して、ギャスケルの伝記では、ロビンソン氏が残した遺言書に、「妻に遺されたいかなる財産も、彼女が二度とブランウェル・ブロンテに会わないという条件で遺譲される」(283)という旨のことが書かれていたため、それを知ったロビンソン夫人が、ハワースに使用人を遣って、ブランウェルにそのことを伝えさせたのだと説明されていた。バーカーの伝記では、ロビンソン氏が作成した遺言書は、未亡人の再婚を妨害するためのものではなく、ブランウェルの名前にさえ触れていなくて、その目的は、俳優ヘンリー・ロクスビと駆け落ちした長女リディアに財産譲渡しないことにあったと、説明される(493)。では、ロビンソン氏の遺言書のために夫人とブランウェルが引き裂かれたという解釈を、いったい誰が捏造したのかという疑問について、多くの批評家は、ブランウェルに責任があるとしてきた。しかしバーカーは、ロビンソン夫人が、遺言書を利用してブランウェルを寄せつけないように目論み、遣いの御者を通じて、「巧妙にも、ブランウェルに効果的に訴えるように、計算づくで自分自身を描いて見せた」(495) と推測する。

他方ロビンソン夫人は、有利な再婚相手の候補として狙いをつけたスコット氏に接近する。これについては、ロビンソン家の娘たちエリザベスとメアリが、元家庭教師のアンに寄こした手紙のなかに書かれていたことをもとに、次のように述べられている。

レディー・スコットが亡くなるより六か月も前、それは、ロビンソン夫人がその男やもめと結婚することに成功した九か月前のことだが、彼女の計画が、その娘たちをとおして、ブロンテ家の人々の知るところとなった。ほかのことは別としても、これは、死を迎えつつあった女性の夫を追いかけるというロビンソン夫人の不品行と、計画を推し進める彼女の冷酷さを裏付けている。(Barker 551)

そのほか、さまざまな客観的な事実をもとに真相を炙り出しつつ、バーカーは、ロビンソン夫人の有罪を立証してゆく。このロビンソン夫人像から、私たちは彼女がブランウェルの破滅のもとであったことを知り、伝記作者としてのギャスケルの直観に狂いがなかったことも、改めて確認できるのである。

## 2　ブランウェルとシャーロット

### ブランウェルの末路

ロビンソン夫人との再婚がかなわぬことを知ったあとのブランウェルは、落胆のあまり心身ともに再起不能の状態に陥ってゆく。このあたりの状況については、ギャスケルの伝記では、「ブランウェル・

ブロンテについてさらに述べるべきことはすべて、私ではなくシャーロット自身の口から語ってもらおう」(284)と述べられ、弟について言及したシャーロットの手紙を並べるという手法が取られる。したがって、そこから浮かび上がってくるブランウェル像は、シャーロットの目をとおして見られた姿であり、時として彼女の主観によって歪められていることも否定できない。

そこで、より正確なブランウェルの実像を浮かび上がらせるために、バーカーの伝記にそって見てゆきたい。まず、当時のブランウェルの創作活動からも、彼の心身の状況がいかなるものであったかが推測できる。ロビンソン夫人に対する希望が奪われたあとのブランウェルの詩には、病的な精神状態が反映されるようになったこと(513)、詩に絵を添えるという習性が、過度のアルコールに溺れるにつれ、さらに顕著になっていったこと(514)、酒を飲む代わりに、ものを書くことに惨めさからの逃げ場を見つけようとしたが、書くものすべてが陰鬱な気分の色を帯び、気晴らしになるどころか惨めさを増大するだけであったこと(523)などを、バーカーは指摘している(図2-3)。

**図2-3**　ブランウェルによって描かれた「パロディ」と題するスケッチ

死神が彼に格闘を挑んでいるさまが描かれ，背景にハワース教会が見える。

（出典：図2-1に同じ）

では、ブランウェルの衰弱の状況は、病理学的観点から見ると、どのようなものだったのだろうか。ブランウェルはジョウゼフ・ベントリー・レイランド[1811-51。彫刻家。ハリファックスでのブランウェルの友人」宛ての手紙で、自分が「気絶した」と書いているが、この気絶は、ほぼ間違いなく過剰なアルコール摂取によるもので、振顫譫妄症《しんしんせんもう》の症状だった可能性がある（544）。また、ブランウェルは、家中で蔓延していたインフルエンザの感染からも免れなかったはずで、その症状のために、すでにかかっていた結核の徴候に周囲が気づかなかったのではないかと推測される（564）。

死期の迫ったブランウェルの様子についても、バーカーの伝記では詳しく描写されている。臨終を目前にした息子に、パトリックが救済を求めるように懇願したこと。最期の夜中ずっと、ブランウェルが自分の「無駄にした人生、浪費した若さ、そして不名誉について、悔恨の念をこめて」（567）話したこと。翌朝、ベッドの周りに集まった一家の立ち会いのもとで、最期まで完全に意識を保っていたブランウェルが、ほとんど立ち上がるほど痙攣し、死んで父親の腕のなかに倒れ込んだこと。こうした壮絶な一幕が、資料をもとに再現されるのである。

## シャーロットの反応

しかし、以上のようなバーカーが示すブランウェル像と、シャーロットの手紙をもとに浮かび上がってくるブランウェル像との間には、いくぶんずれがある。そこから、シャーロットの見方はいささか厳しすぎるのではないかという疑いが生じてくる。子ども時代からともに空想の世界を共有して刺激し合い、離れていたときにも励まし合ってきたシャーロットとブランウェル。二人の親密な関係は、ブランウェルの晩年、どのように変質していったのだろうか。

バーカーは、エレン・ナッシーに宛てたシャーロットの手紙のなかに、「ブランウェルに対するシャーロットの辛辣さと軽蔑」、「シャーロットが弟について不平を言うときの個人攻撃の調子」（471）

を見出す。また、恩師マーガレット・ウラーに宛てた手紙のなかで、ブランウェルが職を探そうとしないと言って、シャーロットが非難していることを取り上げて、バーカーは次のように述べている。

シャーロットは、彼が職を探さないといって非難しているが、彼女自身も二年間無職の状態で、実質的には父とアンに養ってもらっていた。シャーロットが家で必要とされていたというのは、いかに彼女自身が気慰めにそう思ってみたところで、口実として成り立たなかった。というのは、エミリが完璧に有能な主婦であったことは明らかで、彼女はシャーロットがブリュッセルに行っていたときと同様、シャーロットの助けなしで、家の切り盛りをすることができたからだ。……またシャーロットは、ブランウェルの自制心の欠如と、それが家族にもたらすひどい影響について批判しているが、厳しく自分の感情を抑えて、ブランウェルのように自分の不幸を口に出したり騒いだりすることを控えていたにもかかわらず、彼女の極度の意気消沈は、やはり家族や友人たちをも同様に悩ませたのだった。彼女の鬱積した気持ちの唯一のはけ口は、エジェ氏との文通だったが、弟の行動に対して非難がましくなっていたときでさえ、その手紙はどんどん抑制を欠いた苦悩に満ちたものとなっていた。(471-472)

このように、ブランウェルとシャーロットを比較すると、そこから意外な共通点が浮かび上がってくることがわかる。つまり、職を探そうとしなかった点、家族を悩ませていた点、表現の仕方こそ違うが既婚者に対する恋情を抑制しきれなかった点などである。

では、本来なら同情すべき立場にあったブランウェルに対して、なぜシャーロットは、そこまで手厳しかったのだろうか。「彼女は自分の苦しみを黙って耐え忍び、変わることのない惨めな喪失感に身を委ねることのないよう、厳しく自制しなければならなかった。だのにブランウェルのほうは、すっかり自分の苦しみに浸かって好き放題で、相手かまわず自分のことを話して聞かせるのだった」(470)と、バーカーは分析する。つまり、シャーロット自身、エジェ氏に対する失恋を耐え忍んでいたため、失恋の苦しみに溺れているブランウェルの姿が甘えと映り、苛立ちと怒りを覚えたのだと考えられる。また同時に、シャーロットは「ブランウェルのなかに、自らの性向に屈してしまったときの自分自身の運命の実例を見た」(510)とも、バーカーは指摘している。すなわち、シャーロットは、もし自分がエジェ氏との関係に溺れていたとしたならば陥っていたであろう自身の姿を、奈落に落ちてゆくブランウェルのなかに見たというわけで、それだけ姉弟間の距離は切迫していたのである。

では、シャーロットはブランウェルの死に対して、どのような反応を示したのだろうか。シャーロットは生まれて初めて立ち会った死を見つめながら、弟に対する哀れみが湧き上がってくるのを感じたことを、手紙で告白している。ふつうブランウェルに関する伝記は、シャーロットの弟に対する同情と慈悲に満ちた手紙を引くことによって、閉じられる。たとえばウィルクスの伝記でも、「身内をどれだけ憐れんで許し、惜しむことができるかは、最期のときが来るまでわからないものです」というエレン・ナッシー宛ての手紙と、「弟が犯した過ちや、彼が引き起こした痛みはすべて消え、彼の苦しみだけが思い出されます」というウィリアム・スミス・ウィリアムズ［1800-75。スミス・エルダー社の原稿閲読者。シャーロットが有望な作家であることを最初に認めて彼女を励まし、文通を続けた］宛ての手紙が引用され、シャーロットの「許し」で閉じられている(123)。

しかし、バーカーはそこで終わらせない。「いまなら衝動的な弟の罪を許せるように感じたが、シャーロットはそれを忘れることができなかった。彼の生には――死はそうではなかったとしても――彼女には無視することのできない苦々しさがあった」（568）というように、シャーロットの心理を追う。そして、ブランウェルの死の一週間後に、ウィリアムズに宛てた手紙を引用して、シャーロットが、弟の死は「懲罰というより恵み」であると言い放ち、「すばらしい経歴になったかもしれないものが、突然早々と、名もなく閉ざされるのを見ることになった」と言って憤りの感情を示し、「弟に関しては、過ちと苦痛の記憶以外何も残っていません」と突き放していることなどを暴露する。この手紙についてバーカーは、次のように述べている。

このように彼の死亡を伝えながら、シャーロットは、かつて彼に対して抱いていた愛情を最後は破壊してしまうまで、弟との関係をむしばんだ毒々しさを露わにしている。彼は彼女の期待に添えなかったという許し難い罪を犯したのだ。慎重な口調にもかかわらず、彼女の感情の力点は、「無名《オブスキュア》のまま」という一語に注がれている。手紙のほかの部分はいつものきちんと整った筆跡で書かれているのに、その一語だけは突出している。それを綴った文字は、抑えることのできない残忍さの発作のなかで書かれたかのように、ともども潰れている。（568）

これは、死者をも許そうとしない、自分にも他者にも容赦のないシャーロットの厳しさ、「名を成すこと」への彼女の強い執着心を抉り出した洞察であると言えよう。

## 3　小説家の誕生

### ブランウェルが三姉妹にもたらしたもの

ブランウェルが破滅してゆくさまを見ながら、姉妹たちは小説を書くという新しい試みを始め、互いの作品を読み合う。その状況について、ウィルクスは次のように解説する。

シャーロットの『ジェイン・エア』やエミリの『嵐が丘』、アンの『アグネス・グレイ』が、ブランウェルの病の最悪の時期に執筆されたことは、信じがたいくらいだ。彼を寄せつけなかった逃げ場が、姉妹たちにとっては、慰めと脱出の手段の役割を果たしたのにちがいなかった。……大酒飲みで麻薬を常用していた者といっしょに生活するという、このような失意のただ中にあって、彼女たちは夢を信じ続け、そのうえ学校設立の計画がすっかり失敗してからは、作家として世に出ようとし始めたのである。(110)

この論調は、いかにブランウェルが一家の重荷であったか、それにめげることなく勇敢に立ち向かっていった姉妹たちがいかに強く健気であったかというように、両者の対照性と優劣を強調するものである。ブロンテ姉妹たちが大きな苦悩にもかかわらず夢に支えられて強く生きるというイメージには、なにか美化された伝説のような雰囲気が漂う。

では、ブランウェルが堕落せず成功していたら、姉妹たちはもっと容易に小説が書けたのだろうか。

もし一家の唯一の希望の星であったブランウェルが、その期待に応えて名を成すような功績を上げていたら、姉妹たちは精神的にもっと彼に依存し、家庭教師や学校教師など、当時女性の仕事として一般に認められていた職業の枠内での活動から、これまでどおり踏み出すことができなかったかもしれない。したがって、ブランウェルの破滅にもかかわらずではなく、彼の破滅があったからこそ、小説家ブロンテ姉妹が誕生したという逆説も可能であるように思えるのだ。

第一に、姉妹たちは、ブランウェルにまったく望みがないと見限ったとき、これまで期待をかけてきた男の脆さを知り、自分たちが男に成り代わろうという気持ちに踏み切れたのではないだろうか。三人は最初の詩集を出版するとき、偽名を使用したほうがよさそうだと考えて、カラー／エリス／アクトン・ベルという男性のペンネームを使用した。そうする必要があったのは、「女性作家は偏見をもって見られがちだという漠然とした印象」(Bell xliv) があったからだと、シャーロットは、妹たちの略伝のなかで述べている。したがって、彼女たちはそのペンネームに表されているとおり、男性作家と互角に生きる道へと向かったのだと言える。最初の詩集がわずか二冊しか売れなかったときも、「成功はしなかったが、私たちは挫けなかった。ただ成功しようと努力するだけで、私たちの生活はわくわくとしたものになり、もう続けるしかなかった。私たちはそれぞれ散文の物語を書き始めた」(Bell xlv) とシャーロットは述べている。姉妹たちのこの元気は、いったいどこから生じてきたのか。それは、失明しかけた父親と、病床に伏したきょうだいという介護の必要な二人の男性に代わって、自分たちこそ、将来を切り開く主導権を握っているのだという自覚だったのではないだろうか。このように、女性としての真の精神的な自立に至ったことが、彼女たちが作家となるための推進力となったとも考えられるのである。

　第二に、姉妹たちはブランウェルをとおして、人間の激情や苦悩、堕落、破滅などの有様を間近に目の当たりにしたからこそ、そのような極限的なものを、文学作品のなかで書くことができたとも言えるだろう。ことに、激情によって身を滅ぼすヒースクリフやヒンドリー、酒浸りの退廃した生活から抜け出ることのできないアーサー・ハンティンドンやロウバラ卿、ラルフ・ハタズリーなど、エミリやアンの小説の登場人物たちに、ブランウェルの影が色濃く見られることは、疑いない。したがって、ブランウェルは図らずも、妹たちに小説の題材を提供し、結果的には、それがブロンテ文学に特有の要素を与える一助となったと言えるだろう。

　第三に、ブランウェルの再起不能がもたらした失意や落胆を乗り越えるために、姉妹たちは並々ならぬエネルギーを要し、それが創作の原動力になったとも考えられるのではないだろうか。彼女たちは、それまでにもファンタジーや詩を書いていたが、小説を書こうという強い衝動が生まれたのは、この不幸な状況が弾みとなったからではないか。小説の創作・出版計画にいちばん熱意を示したのは、シャーロットであったが、それはたんに彼女の野心的な性格を反映しているだけではなく、先にも見たとおり、自らの失恋体験ゆえに、同じ理由から生じた弟の破滅の姿を見ることによって、彼女の苦悩は妹たちよりも先に極限に達していて、それを乗り越えるために絶大なエネルギーを発揮したのだというような推測も、成り立つように思われる。

### 除け者ブランウェル

　ブランウェルは、姉妹たちが詩を出版したことも小説を書いていることもまったく知らなかったと、シャーロットは後日述べているが、その真偽は定かではない。バーカーは、ブランウェルが家のなかで姉妹の本の数多くの新刊見本を目にしたはずであるとし、実際、ブランウェルが姉の『ジェイン・エア』の成功を自慢していたと、彼の友人が述べていることなどを指摘している。また、レイランド宛ての手紙で、ブランウェルが「家の静けさ、そして自分の苦しみの性質を家族にほとんどわかってもらえない無力さ」（488）を嘆いていることからも、彼がいかに強い疎外感を味わっていたかが推測される。ロビンソン夫人に対して抱いていた希望がすっかり打ち砕かれてしまったあとのブランウェルの敗北の姿は、次のように描かれる。

彼は酒を飲んで忘れることに慰めを求めて、書くことに真剣に取り組む試みを、いっさい捨て去ってしまった。一八四七年から一八四八年にかけて書かれた、わずかに現存する詩は、昔のものを書き直しただけで、しかも未完のままである。……いまや発表できる望みのあるものといえば、十代に書いた詩のみであり、アングリアは彼にとって抜け出すことのできない泥沼となっていた。（Barker 524）

ここでは、ブランウェルが文学的才能を持ちながらも、自らの苦悩を乗り越えるための因《よすが》として、文学に身を投じることができなかったゆえに、最後の砦を失い、作家として芽を出すチャンスを永久に失ってしまったさまがうかがわれる。ブランウェルを除外して、自分たちの「物書きチーム」の結束を固め、小説家として華々しく世に打って出た姉妹たちと比較してみたとき、そのコントラストはいっそう際立つ。ともに文学的素養を培いつつ育った四人のきょうだいのなかで、なぜかくも著しい明暗が生じたのだろうか。それは、優劣や資質的な差というよりも、むしろ「書かねばならない」という内的理由をどこまでも持ち得たか否かにかかっていたように思える。ブロンテ姉妹は、ブランウェルから、ただ打撃を与えられただけではなく、副産物として、その「内的理由」を獲得し、彼を踏み越えることによってより大きな存在となる契機を得たと言えるのではないだろうか。

以上見てきたように、ブランウェルの破滅と、ブロンテ姉妹が小説を書き始めたこととは、偶然時期が一致していたのではなく、互いに切り離すことのできない密接な関連があるように考えられる。つまり、ひとりの孤独な敗北者の生き様が、三人の小説家を誕生させる触媒作用の役割を果たしたとも言えよう。

＊　本章は、『ブロンテ・スタディーズ』第四巻第五号（日本ブロンテ協会、二〇〇七）に掲載された拙論「ブランウェルの破滅――その実相とブロンテ姉妹への影響」を発展させ、大幅に改訂したものである。

注

（1）「その気になれば、ブランウェルはオックスフォード大学かケンブリッジ大学に行けたはずだったが、教会の職に就く意志がなければ、そうしてもほとんど利点がなかった。法律か教育関係の職に就くつもりならともかく、そのほかでは、大学教育を受けても、自動的に得られる就職口はなかったのである」（Barker 247）とバーカーは述べている。

（2）コールリッジだけが返事を出し、それ以外はいずれの場合も、ブランウェルの手紙に対する返事はなかった。ブランウェルはコールリッジの応答に狂喜し、早速、アンブルサイド郊外のライダル・ウォーターに彼を訪問して助言を受けたが、それから二か月もたたないうちに、家庭教師の職を雇用主ポスルスウェイトから解雇され、詩人として身を立てる計画が頓挫した。（Barker 333）

（3）以下、ギャスケルの『シャーロット・ブロンテの生涯』からの引用は、断りのない場合は、初版（Ed. Alan

Shelston）をテキストとする。第三版（Ed. Angus Easson）からの引用の場合は，括弧内に Gaskell, 3rd ed. と記して頁数を示す。

（4）この部分は第三版では省かれ，ブランウェルの行動が家族に苦悩をもたらしたというふうに書き換えられることになった。（Gaskell, 3rd ed. 225）

（5）この箇所も，第三版では省かれている（Gaskell, 3rd ed. 289）。なお，アンガス・イーソンは，「ブランウェルのポケットに手紙が入っていたことについて，シャーロットは言及していないし，それがロビンソン夫人からのものだった可能性はなさそうである」（539）と，注を付している。

## 引用文献


Barker, Juliet. *The Brontës.* London : Weidenfield and Nicolson, 1994.

Bell, Currer. "Biographical Notice of Ellis and Acton Bell" (1850). *Wuthering Heights.* By Emily Brontë. London : Penguin, 2003.

Butterfield, Mary. *Brother in the Shadow : Stories & Sketches by Patrick Branwell Brontë.* Bradford Libraries and Information Service, 1988.

Du Maurier, Daphne. *The Infernal World of Branwell Brontë.* 1960 ; rpt. London : Virago, 2006.

Gardiner, Juliet. *The World Within : the Brontës at Howorth.* London : Collins & Brown, 1992.

Gaskell, Elizabeth. *The Life of Charlotte Brontë.* 1st edition. Ed. Alan Shelston. 1857 ; rpt. Harmondsworth : Penguin, 1985.

Gaskell, Elizabeth. *The Life of Charlotte Brontë.* 3rd edition. Ed. Angus Easson. 1857 ; rpt. Oxford University Press, 2001.

Wilks, Brian. *The Brontës.* London : Hamlyn, 1975.

# 第3章　コンスタンタン・エジェ
## ――妻子あるカリスマ教師――

木村晶子

つらく悲しい失恋が、あとから振り返れば豊かな人生経験になることもある。さらに、その経験が優れた芸術作品を生み出す原動力となることもある。シャーロット・ブロンテにとって、ベルギー留学中の恩師、コンスタンタン・ジョルジュ・ロマン・エジェへの片思いはまさにその創作活動の源となった。一八四二年二月、姉妹による学校経営を志す二五歳のシャーロットは、フランス語習得のため、エミリを伴ってブリュッセルのイザベル通りにあるエジェ夫人の女学校に寄宿生として留学した。夫のエジェは名門男子校アテネ・ロワイヤルの専任教師だったが、妻の女学校でも授業を担当しており、ブロンテ姉妹にもフランス語の個別指導をすることとなった。エジェの存在がなかったら、『ジェイン・エア』も『ヴィレット』も書かれなかっただろう。つまり、彼に対する熱く苦しい想いこそが、シャーロットの想像力に翼を与えたのであり、その意味で、エジェこそ、作家シャーロットの人生におけるもっとも重要な男性だったに違いない。

## 1　秘められた恋

### 隠された手紙の公開

エジェに対するシャーロットの片思いが明らかになったのは、二〇世紀になってからだった。シャーロットの早すぎる死の後、父ブロンテ師からの依頼を受けて、友人だった作家エリザベス・ギャスケルは、伝記『シャーロット・ブロンテの生涯』（一八五七）を執筆したが、そこでは純粋な師弟関係としてしかエジェとの関係は描かれていない。実は、資料収集のためにブリュッセルに行ったギャスケルは、エジェからシャーロットの手紙を見せられて彼女の恋心を知り、良き妻・良き娘としてのシャーロット像を描く伝記の中で、妻子あるエジェへの禁断の恋など、とうてい公にはできないと感じたのだった。

一八八七年のオーガスタン・ビレルによるシャーロットの伝記には、「……伯母の死後、良心の声に反して彼女はひとりでベルギーに戻った。エジェ夫人の態度は冷たくなった。ミス・ブロンテはエジェ氏と、より親しくなった」(82) とあり、ブライアン・ブラッケンは、著名な政治家ビレルによる伝記だっただけに不倫の恋の憶測を広めたはずだと述べている (15)。だがビレルは、「天才的才能によって書かれた作品から、作家の心の秘密を無理に引き出そうとするのは避けるべきだ」(78)、「『ヴィレット』から作者の人生に興味をもつにしても、それはそれで読者諸氏の想像力に任せればよい」(79) と、あくまでもこの恋を口にすべきでないこととしている。エジェの死後、一七年が経過した一九一三年になって、エジェの息子ポールがシャーロットから父親に宛てた四通の手紙を大英図書館に寄贈したことで、長らく封印されてきた彼女の苦しい恋の秘密が広く知れわたることになったのである。(1)

### シャーロットからエジェへの手紙

シャーロットの手紙は、ベルギーから故郷ハワースに帰った彼女がフランス語で書いたもので、フランス語を忘れないためという言い訳があるものの、エジェへの絶ちがたい恋心を痛いほど伝えている。親しい友達や家族も、シャーロットがこのような内容の手紙を書いているとは知らなかったという（Ingham 23）。それぞれかなり長い手紙だが、その中から一部を引用してみたい（すべてフランス語の原文の英訳からの拙訳）。

• 第二の手紙（一八四四年一〇月二四日付）からの抜粋

……六か月もの間、先生からのお手紙をずっと待っています——六か月というのがどんなに長いかおわかりでしょう！　でも文句を言うつもりなどありません。先生がすぐお返事を書いてくださって、この手紙を託したわたしの知り合いの紳士か、彼の姉妹に渡してくだされば、必ずわたしの手元に届きますから、そんな悲しみなど吹き飛んでしまうでしょう。どんなに短いお手紙でも嬉しいです——ただ、先生、ご自身の健康状態や奥様とお子さんたち、家庭教師や生徒たちがどうなさっているかをぜひお伝えください。

• 第三の手紙（一八四五年一月八日付）からの抜粋

……［手紙を託した人物から、エジェの返事がないことを知らされて］このことばの意味を悟って、同じ立場の人に声をかけるならこう語るだろうと自分に言い聞かせました、「あきらめなさい、自分の落ち度ではない不幸を悲しんではいけない」と。必死で涙をこらえて、愚痴を言わないようにしました。

……昼も夜も、安息も安らぎもありません。眠ろうとすると、いつも厳しく真面目で、いつもわたしを怒っている先生に会う夢をみて苦しくなってしまいます。だから、また先生にお便りするのをゆるしてください。この苦しみを和らげる努力をしなかったら、どうやって生きていけるでしょう？

この手紙を読んだら先生が不愉快になるのもわかっています。先生はまた、わたしがヒステリーだの神経症だの、暗い考えにとらわれているだのとおっしゃるでしょう。先生、それでもかまいません、自己弁護する気もありませんし、どんな批判も受けます。ただわたしにわかっているのは、先生の友情を完全に失うなんてことは絶対に受け入れられないということです。後悔の念で絶え間なく心をずたずたに引き裂かれるよりは、この上ないほどの肉体的苦痛に耐えるほうがましです。先生がわたしとの友情を完全に断ってしまわれたら、わたしにはまったく希望がなくなってしまいます。先生がわずかを、ほんのわずかでいいのですから、わたしに与えてくだされば、わたしは満足できるのです、幸せになれるのです。生き続ける理由、仕事をし続ける理由ができるのです。

•第四の手紙（一八四五？年一一月一八日付）からの抜粋

……先生の最後の手紙がわたしを支えてきました——半年にわたってわたしの滋養だったのです。今はもう一通の手紙が必要です、きっと先生は書いてくださいますよね。わたしに友情を抱いているからではなく（そんな感情はきっとおもちではないですね）、魂に対する思いやりをもつ先生なら、ごくわずかな時間を惜しめばいいようなことで、こんなにも人を長く苦しめたりしないはずですから。わたしに手紙を書くのを禁じ、お返事をなさらないことは、私の唯一の地上の喜びを奪うこと、最後の特権を奪うことです。この特権をけっして簡単に手放しはしません。

エジェは最初に一通返事を書いたものの、おそらく彼女の恋愛感情に気づいてそれ以降は返信しなかったと思われる。返信しないことが、シャーロットに一方的な恋愛感情の過ちを知らせる最善の策だったとしても、なんと第三の手紙の隅には、靴屋の住所と名前を含む鉛筆書きのメモがあった。そもそもこれらの手紙は、エジェが屑籠に捨てたのを、エジェ夫人が拾って保管したものだとも言われている。シャーロットの魂の叫びに満ちた手紙は、エジェにとってはそんなにも無価値だったのだろうか。

ここからわたしたちは、想像をたくましくしてエジェ像をいくつも作り上げることができる。情熱的な生徒に想いを寄せられて迷惑がる教師、妻を愛する模範的な夫、あるいは恐妻家、それとも、これほどまでに女性の心をとらえる魅力的男性など。確かなのは、シャーロットが「友情」と呼んだもののかけらもエジェから受け取れぬまま生涯を閉じたこと、しかしエジェが『ジェイン・エア』のロチェスターや『ヴィレット』のポール・エマニュエルというヒーローとして小説の中で生まれ変わり、今日にいたるまで独特の形でその面影が生き続けていることである。

図3-1　50代後半のコンスタンタン・エジェ（ジョセフ・ジェラード）

（出典：Lyndall Gordon. *Charlotte Brontë: A Passionate Life.* Vintage, 1995）

## 2　エジェの経歴[2]

### 青年時代

一八〇九年七月、エジェは三代に渡って金銀製品を扱う裕福な商人の息子としてベルギーに生まれた。祖先はウィーンの宝石商で、ドイツ、そして二〇〇年前にベルギーに移住してきたが、一八一五年、エジェがまだ幼い頃、父親が友人に融資したために破産してしまう。こうした一家の没落の不名誉から逃れるためとレベッカ・フレイザーは推測しているが、一八二五年、エジェは一六歳でパリに行き、四年あまり弁護士の秘書となるが、資金不足により法曹界でのキャリアを断念する。パリでは劇場で拍手をするアルバイトもしており、コメディ・フランセーズで役者を観察した経験が教師の仕事に役立ったと言われている。

一八二九年に父が亡くなり、二〇歳になったエジェはブリュッセルに戻り、翌年、マリー・ジョセフィーヌ・ノイエと結婚する。折しも一八三〇年には、オランダからの独立を目指すベルギーの革命が勃発し、エジェも参戦したが、バリケードで共に戦っていた妻の弟は戦死した。一八三〇年一〇月、エジェはアテネ・ロワイヤルの国語と数学の教師となり、つかの間の平穏な時期が続き、長男も誕生した。ところが一八三三年、妻と幼い長男は、当時流行したコレラに感染してともに亡くなってしまう。スー・ロノフはこの悲劇以降、エジェが怒りを爆発させる性格になったと推測しているが、「癇癪を起したあとにはとてもやさしくなって本来の心の温かさを示した」という息子のことばも引用している(2011：29)。

## 再婚後の生活

一八三六年、エジェはクレール・ゾイ・パランと再婚し、彼女の経営する女学校に住まいを移す。彼女はエジェより五歳年上で、髪は赤褐色で青い眼をした美人だった。パラン家はフランス出身で、彼女の父はフランス革命を逃れてブリュッセルに移住して結婚し、一八〇四年に第三子として彼女が生まれた。父の姉妹で修道女のアンヌ＝マリーも、フランス革命で修道院が廃止されたため、同じくブリュッセルに来て小さな女学校を経営した[3]。叔母にあたるこの女性の影響力は大きく、姉妹二人は修道女となり、彼女も信仰心の篤い女性として育つ。叔母の死後、彼女がイザベル通りに女学校を移して経営を引き継ぎ、寄宿生と通学生の両方を受け入れた。こうした経歴からも理解できる、彼女の敬虔で落ち着いた振る舞いが、女学校の評判を高めたと言われている。エジェ夫妻は四人の娘と二人の息子に恵まれた。シャーロットが留学したころまだ幼かった夫妻の娘ルイーズは、のちに風景画家となり、シャーロットの手紙の公開にも尽力することになる。深い信仰と教育への情熱を共有する、五〇年を超える夫妻の結婚生活は幸福なものだったという。

エジェは、アテネ・ロワイヤルでは修辞学と文学を教え、妻の女学校では授業の他にも演劇の朗読の夕べを開いた。良妻賢母を理想とする保守的ジェンダー観の持ち主で、女性が文学を職業とすることにも否定的だったが、実生活では学校経営をする職業婦人の妻をもち、女性の高等教育にも理解があった。また、教師の仕事の他にも熱心なカトリックとして慈善事業にも積極的で、労働者や貧しい人々に無料で授業を行っていた。一八五三年には、エジェはアテネ・ロワイヤルの校長に就任するが、学事監督の功利的教育方針に反発して二年後に辞職している。それでも自ら希望して最年少クラスの授業を続け、妻の学校でも一八八二年まで指導した。一八九〇年の妻の死後は、エジェの健康状態は急速に悪化する。演説の名手だったにもかかわらず失語症すら患い、一八九六年に八六歳で亡くなった。

こうしたエジェの経歴からは、著名な教育者だっただけでなく、社会的にも尊敬され、子どもにも恵まれ、妻への愛をまっとうした良き家庭人という人物像が浮かぶ。ギャスケルもエジェと話をして好感を抱き、「やさしくて賢く、善良で信仰心の篤い人物」(140) と述べている。ちなみに、シャーロットの死後、寄宿学校を訪れるブロンテ・ファンに対し、エジェ夫人は会わなかったものの、エジェは常に丁寧に応対し、シャーロットの書いた作文を記念に与えることすらあったという。

## 3　教師としてのエジェ

### ブロンテ姉妹の教師としてのエジェ

エジェが、カリスマ性をもつ教師だったのは確かなようだ。彼には「知的魅力によって人を惹きつける優れた才能があり、それによって生徒の心に入りこみ、好奇心を刺激し続ける力」（Lonoff 1996 : xxvii）があった。また、生徒たちをあえて挑発、批判して泣かせた後でやさしくすることもあり、それが若い人の心を文学に向けるひとつの方法だと感じていた。生徒をよく観察して的確な指導をする洞察力もあったという。

シャーロットとエミリがエジェ夫人の寄宿学校に留学して、彼の指導を受けたのは、エジェが三二歳のときで、彼はシャーロットより七歳年上だった。まだ姉妹がフランス語の初心者だったにもかかわらず、エジェは文法や語彙の演習ではなく、フランス語を母語とする上級生向けの方法をとった。それは著名な文人の著作を音読し、それぞれの文体や技法の特色を学んだ後、似たような文体で自分自身の考えを表現することだった。エジェが姉妹に読ませたのは、シャトーブリアン、ユーゴー、ラマルティーヌ、ミュッセら、フランスのロマン派の作品で、語学習得の初期段階では、名文家の模倣が重要だという信念をもっていた。「わずかながらでも個人授業をしてもらえるのは例外的な恩恵であり、すでにかなりの妬みや嫉みのもととなっています」（*LCB* I 285）と一八四二年五月のシャーロットから親友のエレン・ナッシーへの手紙にあるように、二つの学校での教育と教会の慈善事業に加え、大家族の主《あるじ》として多忙を極めていたエジェにとって、個人授業はまさに特別扱いであり、姉妹に目をかけていたことがわかる。二人の才能や並外れた努力によるところが大きかっただろうが、年齢的にも他の生徒よりはるかに上だった姉妹の、フランス語習得による経済的自立の必要性にもエジェは同情したと思われる。姉妹に対する父親的な愛情は、一八四二年一〇月、伯母の死によって姉妹が帰国したときの、父ブロンテ師への彼の手紙にも表現されている。エジェは熱いことばで姉妹の優れた資質と努力、善良さを称え、二人を家族同然に感じると述べ、さらに一年以上の教育が必要なので再びブリュッセルに戻るようにと力説している（ただし、この手紙はすべて一人称複数「わたしたち」を主語としており、妻と共有する感情の表現となっている）。あくまでも教師と生徒という関係においては、エジェは愛情に満ちた熱心な教師だったのである。

## ブロンテ姉妹の異なる反応

ところが、エジェの教育に対する姉妹それぞれの反応はまったく違っていた。シャーロットは先に引用した手紙で「小柄で色黒の醜い男で、表情は変化に富み、ときには狂った雄猫、まれに狂乱状態のハイエナまがいの形相をする」（*LCB* I 284）とエジェの感情的な態度を表現していたが、しだいに彼を崇拝するようになる。彼女は真面目に課題をこなし、エジェの綿密な添削を思いやりの表れだと感じ、心から感謝した。

しかしエミリは、エジェの指導法に反発し、いかにもエミリらしく、いかに著名な作家であろうと模倣を嫌悪した。ロノフによれば、実際にはエジェがエミリの課題にはかなりの自由を認めたため、エミリの作文は著名作家の文体の模倣ではなく彼女の個性を示すものだった（1996：xxxiii）。姉妹がともに必死に努力したことは確かで、とくに到着した時点ではほとんどフランス語ができなかったエミリの進歩は目覚ましく、わずか四か月で優れた作文を書くまでになった。内気ながらも自分の意志や信念を決して曲げないエミリの頑なさに苛立ちを感じたに違いないエジェが、エミリの才能と論理的思考力を高く評価し、シャーロットではなくエミリの作文を保管していたのは興味深い。リンドール・ゴードンは、エジェこそが、その後何十年にもわたって牧師館外でエミリの天才を認めた最初の人物であり、並外れた判断力の持ち主だったと述べている。さらに、シャーロットにとっては男性観を覆した人物であり、父パトリックや、彼女が文学を志したいと相談する手紙を書いた詩人のロバート・サウジーと違って、彼女の創作の才能を本気で伸ばそうとしてくれた最初の男性だったと指摘する（98）。また、彼女の経歴において、一対一の密な関係で彼女自身の内面に向き合ってくれた男性も、エジェが初めてだったと推測できる。

## もうひとりの生徒から見たエジェ

ヴォルテールやルソーに関する研究書や小説も著わしているフレデリカ・リチャードソン・マクドナルドは、ブロンテ姉妹の留学からおよそ一七年後に、姉妹と同じくプロテスタントの英国人としてエジェ夫人経営の寄宿学校に留学し、一九一四年に寄宿学校の思い出を出版している。ここではその著書『シャーロット・ブロンテの秘密とエジェ夫妻の実像』をもとに、シャーロットとは別の目からみたエジェと夫人を見てみたい。マクドナルドがこの学校で学んだのは、彼女の母親がこの学校を卒業した親戚の娘の優れた人格に感銘を受け、娘にも同じ教育を受けさせたいと考えたためで、一八五九年、マクドナルドは、一四歳のとき初めてエジェに会った。この年は、『ヴィレット』出版の四年後、ギャスケルの伝記出版のわずか二年後だったが、マクドナルドの母親はこの学校がブロンテ姉妹の留学先とは気づかなかったという。マクドナルドは、シャーロットの片思いに同情し、ロマン主義者の崇高な情熱だと称え、作家としての彼女を尊敬する一方で、エジェ夫人をモデルにした『ヴィレット』のマダム・ベックや『教授』のゾライードは嫉妬による不当な歪曲だとし、夫人を擁護している。また、『ヴィレット』の無神経な女生徒たちとは違って、生徒はみな思いやりに満ちていたと述べている。

当時のエジェに関しては、容貌は『ヴィレット』のポール・エマニュエルとは異なり、もはや頭頂部も薄くなり、恰幅もよくなって僧侶のように見えるが、老けた感じはなく眼差しは鋭いままで、敬愛する作家の詩や文章を朗読する際の表情は素晴らしかったと語っている。とはいえ、マクドナルドの描くエジェ像はそれほど良いものとは言えない。彼女によれば、エジェは、非常に尊敬できる天才的教師でありながらも、人間的温かさに欠けていた。人の愚かさに対しては容赦なく、王政を擁護する保守派で厳格なカトリック教徒であり、名誉欲も強く、個人主義や個人の権利や自由に関しては否定的だった。

また、エジェは英国風アクセントを嫌悪し、感情を表に出さない英国人気質も嫌っていたという。マクドナルドが他の女生徒たちと違ってめったに泣

図3-2　1846年頃のエジェ一家（アンジェ・フランソワ）

（出典：Juliet Gardiner. *The World Within: the Brontës at Haworth.* Collins & Brown, 1992）

かないことも、エジェの反感をかった。エジェが彼女だけを不当に扱った「ピクニック事件」についても語られている。生徒たちが郊外へピクニックに出かけた際、招いてくれた屋敷の庭のスグリの実を食べないでほしいという伝言の手紙が届かず、すでに生徒たちは実を食べてしまっていた。エジェは、許可なく実を食べるような悪事を働くのは唯一の外国人のマクドナルドに違いないと名指しで非難したが、怒ると手が付けられなくなる彼の癇癪を恐れて、だれも反論できなかった。あとになって生徒たちが夫人にすべてを打ち明けたため、エジェもひそかに自分の過ちを後悔したはずだが、いっさい謝罪はなかった。「ピクニック事件」のエジェの独断的で感情的な態度が、マクドナルドの心に深い傷を与えたのは確かだろう。

### もうひとりの生徒から見たエジェ夫人

エジェに対する否定的な見方と対照的に、マクドナルドは、エジェ夫人については非常に肯定的である。夫人は愛情深く思いやりに満ちており、分け隔てなく「少女の集団に対する絶え間ない愛情と目配り」（191）を示していた。エジェ夫人は、『ヴィレット』の陰険な校長マダム・ベックとは似ても似つかず、「尽きることのない愛情に満ちた理想の校長で、その愛が学校全体にゆきわたるほどの影響力をもっていた」（191）という。シャーロットが憎悪したマダム・ベックの（実際はエジェ夫人の）「監視」は、むしろ生徒たちを守るための方策であり、シャーロットの描写は歪んでいるとしか言えないが、恋ゆえの嫉妬による歪曲はしかたないことだとマクドナルドはシャーロットを弁護している。

さらにピクニックの事件後、マクドナルドが夫人とふたりきりで話し合った際に、怒りに満ちた反抗的態度をとったところ、夫人は、「かつてあなたのように、不正などないところに不正を感じて怒り、礼を失した自分の方が間違っていることにも気づこうとしなかった生徒たちがいました。そんな人たちは一生、この上なく不幸です。……固定観念にとらわれて、満たすことのできない欲望の奴隷になった人たちは、味方になるはずの人も敵としか見られなくなるのです」(259) と語った。このときの夫人は明らかに悲しげで傷ついたようすだったため、マクドナルドは夫人に赦しを乞う気持ちになった。必死に謝罪するマクドナルドを、夫人はやさしくいたわったという。夫人のことばは複数形の生徒について語られているため、特定できるわけではないが、いかにもシャーロットとの関係を示唆するかのようである。

## 4　シャーロットの文学とエジェ

### シャーロットの創作活動におけるエジェの功績

マクドナルドの記述からは、エジェの人間的魅力についていくつかの疑問符が加わってしまう。しかし、シャーロットとの関係において、エジェを評価すべき点はその文学的功績だろう。彼はシャーロットの小説の男性のモデルになっただけでなく、創作活動にもっとも大きな影響を与えた人物である。エジェはシャーロットに作家になることを勧めたわけではなく、あくまでも教師にする目的で指導したが、フレイザーによれば、読者を魅了するブロンテ姉妹のヨークシャー的な自由な創作力を、「地に足の着いた現実的なものにしたのはエジェ」(2003：186) だった。シャーロットは長年心の中で創りあげてきたアングリア物語の空想の世界から旅立つ必要があり、それを可能にしたのが彼だったのである。

かつてのロウ・ヘッド・スクールの教育は道徳面、精神面では有益だったが、知的な面では最低限でしかなく、ほとんど独学で文学を学んできた彼女にとって、エジェの教育はまさに熱望していたものだった。エジェがシャーロットの作文を綿密に添削したことはすでに述べたが、その際、細部までの正確さ、形式の留意を要求し、冗長な文章癖を直し、ことばのリズムの感覚を鋭敏にした[4]。またフランスのロマン派文学を読ませることで、小説家が詩人でもあり得るのだという確信を与えた。さらに、エジェが与えた課題は、初めて彼女に批評家のように思考することを要求するものだった。著名な文学者の文体やその背後にあるものの見方を分析し、それを汲み取ってから模倣しなければならなかったのだ。これより前に、シャーロットはたとえばバイロンを真似て習作を書いたこともあったが、それは人物やストーリーの模倣で、作家の文学観とは無縁だった。ロノフのことばを借りれば、「エジェは彼女がしていることを明確に意識させる手助けをした。彼女の文学的衝動に道筋をつけ、あるべき形を与えた」（1996：xxxix）のだった。

そしてフレイザーは、エジェがシャーロットの文学の批評家であると同時に、創作活動を化学反応に喩えた場合の〈触媒〉の役割を果たしたと論じ、こう指摘する。ブリュッセルの経験こそがシャーロットの創作世界に現実性をもたらし、カリスマ的とはいえ一介の教師にすぎない彼が、シャーロットの初期作品におけるバイロン的オルターエゴであるザモーナ公爵と融合して『ジェイン・エア』のロチェスターが誕生した。『ジェイン・エア』のソーンフィールドの庭での有名な愛の告白の場面は、「英国の庭ではなく楽園に転化されたブリュッセルの寄宿学校の庭」（2003：190-191）だというのである。エジェとザモーナ公爵の共通点は既婚者だったことだけで、外見も何も正反対だったと述べるジュリエット・バーカーも、エジェがシャーロットの男性主人公のあるべき姿を「永久に、根本的に変えた」（427）と語っている。

### エジェと『ヴィレット』のポール・エマニュエル

『ジェイン・エア』は、確かにシャーロットの現実ではかなえられなかった願望を成就した作品であり、ロチェスターの愛の告白はシャーロットの想像力がつくりあげた「楽園」でこそ可能だった。『ヴィレット』は、結末こそハッピーエンドとは言えないものの、ブリュッセルでの経験をより直接に反映した小説である。架空の町ヴィレットはブリュッセルで、物語の舞台となる寄宿学校はほぼエジェ夫人の女学校の忠実な再現だという。主人公ルーシー・スノウの恋の相手となる教師ポール・エマニュエルのモデルがエジェであることは、彼の容貌、気性、習慣を知る人だれもが気づいたと言われている。

図3-3　イザベル通りとエジェ寄宿学校（1909年）
（出典：Juliet Barker. *The Brontës.* Weidenfeld & Nicolson, 1994）

しかし、物語のプロットは現実とはかけ離れているとして、ロノフは次のように指摘する。まず決定的な点は、愛妻家のエジェがシャーロットに女性としての魅力を感じなかったのと違って、ポールはかつて婚約者を喪った独身者で、ルーシーを深く愛していることだ。また、ルーシーが大胆にポールと機知に富んだ会話を交わすのと違って、シャーロットは常にエジェに従順だった。教師としても、ルーシーが問題児を罰して生徒たちを決然とコントロールするのに対し、シャーロットは教えることにも不安を抱き、教室で少なくとも一度はエジェの助けを必要とした。そして、エジェ夫人をモデルにしたマダム・ベックはルーシーとポールの仲を引き裂く悪者だが、先のマクドナルドの記述からも明らかなように、実際は夫と子どもたちに愛され、生徒たちからも敬愛されていた（2011：36）。

やはり、現実ではかなわない恋の実現、実際には欠けていた彼女の魅力がここでも表現されている。エジェを投影したポールが真に愛しているのはシャーロットを投影したルーシーであり、ルーシーは孤独で貧しいながらも男性を惹きつける知性と内面的魅力を備えているというプロットの中核は、まさに『ジェイン・エア』と同じである。[5] だが、マダム・ベックの造型に見られるのは、願望充足にとどまらない嫉妬や復讐心と言えるほどの暗い感情であり、どれほど深くシャーロットが苦しんだかの証に思える。さらにマダム・ベックに加えて、物欲に満ちたカトリックの人物たちが恋の成就を妨げようとする展開には、シャーロットのブリュッセルでのカルチャー・ショックや疎外感だけでなく、イギリス国教会の牧師の娘としてのカトリックへの反感も反映されているだろう。

## 5　不倫の恋の相手としてのエジェ

### 二度目のブリュッセル滞在の苦悩

伯母の死後、ハワースに戻ったシャーロットは一八四三年一月、今度はひとりでブリュッセルに戻り、フランス語の学習だけでなく、英語教師として授業を担当することになる。エジェ夫人が夫に対するシャーロットの師弟愛を超えた感情にどのように気づいたかは定かではないが、しだいに夫人の態度は冷たくなり、夫妻との接触の機会は激減し、エジェに対する彼女の英語のレッスンもなくなってしまう。マーゴット・ピーターズは、「夫人は穏やかに抜け目なく巧妙に、慎重でありながら容赦なく、シャーロットと夫の仲を近づけまいとした」（128）と、マダム・ベックとエジェ夫人を重ね合わせているとしか思えない描写をしている。ピーターズも指摘するように、シャーロット自身があからさまな愛情表現をしたとは思えず、自分の恋愛感情を認めていなかった可能性も大きい。ただ、シャーロットのエジェ夫人に対する嫌悪感も増していった。こうしてエミリもいない二度目の滞在はつらく淋しいものとなり、『ヴィレット』に描かれているように、ほとんど人気《ひとけ》のない寄宿学校に残され、英国人の友人たちもブリュッセルを去ってしまった八月の休暇中には、シャーロットは孤独に苦しみ、嫌っていたはずのカトリック教会で懺悔すらしたのだった。「彼女の本能のすべてが、既婚男性を相手にした妄想がますますひどくなっていくことの不道徳を感じ取り、だれかに話さずにはいられなかった」（424）とバーカーは解説している。秋にはシャーロットは帰国を申し出て、一度はエジェに引き留められるものの、一二月には最終的な帰国の決断を下し、翌年一月に故郷に戻ることになった。

シャーロットにとっては苦い思い出となった二度目のブリュッセル滞在だったが、帰国直後の親友エレンに宛てた手紙には、「どんなに長生きしようとも、エジェ先生との別れのつらさを忘れることはないでしょう――あんなに誠実でやさしく、私利私欲のない友だった彼を悲しませるのは、わたしにとってもほんとうに悲しいことでした――先生は別れるときに、教師としてのわたしの能力の証明書のようなものをくださいました」（*LCB* I 341）と、「友」としてのエジェへの信頼がつづられている。

## 失恋からの再生へ

シャーロットが、自分を理解する「友」、崇拝する「ただひとりの恩師」と感じたエジェが、恋愛の対象となっていったのは自然なことだったかもしれない。文学的教養と熱意あふれる指導に加え、エジェは彼女が従うべき権力の象徴ともなった。[6]「最初は、権力を行使するのではなく権威に服従することはとても変な感じだったけれど……今では従うことが自然で、命令することはとても不自然に思える」（*LCB* I 284）と彼女自身が表現したように、ブロンテ家の長女としての責任感と自立への憧れを抱きつつも、エジェの「権威への服従」によってこそ、彼女は深層の不安感を消せたのではないだろうか。

では、エジェ本人には、どの程度シャーロットの恋心をかきたてた責任があるのだろうか。エジェは既婚者らしからぬ不適切な言動はしなかったはずだが、パリの秘書時代には雇い主の恋文を代筆した経験もあって、人の情に訴える文才があっただけでなく、エミリよりはるかに多くの時間と労力をシャーロットの指導に費やしたことから、シャーロットが好意をもたれていると感じたとしても無理はないとロノフは述べている（1996 : xlvi-vii）。また、そこにはもっとも愛を語るのにふさわしい言語と言われるフランス語の要素もあっただろう。シャーロットにとって、フランス語の表現とエジェへの恋は切り離せないものだった。帰国後も、彼女は彼との再会を夢見て、毎日フランス語の本を半頁暗記し、「フランス語を発音していると、先生とおしゃべりしているようで楽しいのです」（*LCB* I 358）と、エジェへの手紙に記している。

だが、残念ながらその会話能力を発揮する機会は訪れなかった。そして「こんなにも寂しく静かで世間から隔絶された場所」（*LCB* I 341）、ハワースで、決して成就することのない恋の相手は非日常の象徴となって、彼女の作品の人物として別の命と人生を与えられることになる。ベルギーからの帰国後三年以上が過ぎた一八四七年一〇月、『ジェイン・エア』が出版され、ベストセラーとなるのだった。

＊　本章はシンポジウムでの口頭発表「Sue Lonoff, "The Three Faces of Constantan Hege" を読む」を大幅に加筆

修正したものである。

## 注

(1) これらの手紙の寄贈は、英国人ジャーナリスト・美術評論家でエジェ家の知人だったマリオン・H・スピールマン(1858-1948)の助言によるもので、スピールマンは一九一九年に「ブロンテからエジェへの手紙の秘められた過去」と題する文章を記し、手紙の背景を解説した。
　しかし、ブライアン・ブラッケンはスピールマンの記述の数々に疑念を呈している。たとえばエジェ夫人が捨てられた手紙を拾って半世紀も保存していたという記述が、エジェ自身がギャスケルや他の人々に手紙を見せている事実と合わないこと。エジェ夫人が夫の代筆をしたというが、文学の教師エジェがそうさせたとは考えにくいこと。エジェ夫妻の娘ルイーズが一八六六年にパリの著名な文士によるブロンテ姉妹に関する講演を聞いたところ、エジェ一家、とりわけエジェ氏のシャーロットに対する冷たさが非難されていたというが、調べてもそのような講演の記録が見つからないことなどである。

(2) エジェの経歴については、スー・ロノフの姉妹の留学時代の文章を集めた著書および『ブロンテ・スタディーズ』(2011)収録の「エジェ氏の三つの顔」と、シャーロットの伝記の中でもエジェに関する記述が多いレベッカ・フレイザーの伝記、ブロンテ協会ベルギー支部のウェブページなどを参考にした。

(3) この叔母と『ヴィレット』に登場する修道女の幽霊との関連性も推測できるだろう。

(4) ロノフはこうした指導が有益な想像力の統御となった一方で、センチメンタリズムを好む傾向もあったエジェによって、シャーロットの誇張された表現が助長される面もあったと指摘している。(1996 : lvii)

(5) のちにシャーロットが心惹かれたジョージ・スミスをモデルにしたグレアム・ブレトンではなく、ポールが真の恋人になることは、何年ものあいだエジェが彼女の感情を支配し続け、自分の真の理解者だと感じていたことの証であり、伝記作家としては非常に興味深いとフレイザーは述べている。(2003 : 193)

(6) インガムは、シャーロットが従順さを示したのは父、エジェ、夫ニコルズの三人だけだったと述べている

(19)。またフレイザーは、エジェが父ブロンテ師と似た気質、エネルギーの持ち主だった点も注目に値すると指摘する。(2003：191)

## 引用文献


Barker, Juliet. *The Brontës.* London : Weidenfeld and Nicolson, 1994.

Birrell, Augustine. *Life of Charlotte Brontë.* London : Walter Scott, 1887.

Bracken, Brian. "Marion Spielmann's Brontë-Heger Letters History : Fact or Fiction?" *Brontë Studies* 38-1 (2013) : 8-18.

Brontë, Charlotte. *The Letters of Charlotte Brontë.* Vol. 1. Margaret Smith Ed. Oxford : Clarendon, 1995. 本章では *LCB* と略記。

Brontë, Charlotte. "The Recently Discovered Letters from Charlotte Brontë to Professor Constantin Heger." *Brontë Society Transactions* 5 (1914) : 49-75.

Fraser, Rebecca. *Charlotte Brontë.* London : Methuen, 1988.

Fraser, Rebecca. "Monsieur Heger : Critic or Catalyst in the Life of Charlotte?" *Brontë Studies* 28. (2003) : 186-194.

Gaskell, Elizabeth. *The Life of Charlotte Brontë.* The Works of Elizabeth Gaskell, Vol. 8. London : Pickering & Chatto, 2006.

Gordon, Lyndall. *Charlotte Brontë : A Passionate Life.* London : Vintage, 1995.

Ingham, Patricia. *The Brontës.* Oxford : Oxford UP, 2006.

Lonoff, Sue. *The Belgian Essays : Charlotte Brontë and Emily Brontë.* New Haven : Yale UP, 1996.

Lonoff, Sue. "The Three Faces of Constantin Heger." *Brontë Studies* 36-1 (2011) : 28-37.

Macdonald, Frederika Richardson. *The Secret of Charlotte Brontë followed by some reminiscences of the real Monsieur and Madame Heger* (1914). Reprints from the collection of the U of Toronto Libraries, U of Toronto

Libraries, 2011.
Peters, Margot. *Unquiet Soul : A Biography of Charlotte Brontë.* London : Hodder and Stoughton, 1975.
Spielmann, Marion H. "The Inner History of the Brontë-Heger Letters." *The Living Age* 301 (1919) : 345-350.

# 第4章　スミス・エルダー社主ジョージ・スミス

## ――出版界の貴公子――

岩上はる子

一九世紀に広く流行した疑似科学の一つに骨相学がある。頭蓋骨の形から人の性格や知力を判断しようとするもので、次の一節は、ある骨相学者による一人の女性の性格鑑定書からの抜粋である。

気質はおおむね神経質。脳は大きく、前頭部がとくに際立つ。このご婦人は家庭においては優しく深い愛情を示すだろう。……その情愛は深く永続的である――さらに言えば、これこそ彼女の性格の第一の要素である――だが、友人の選択においてはきわめて慎重で、それは好ましいことである。なぜなら、彼女が全面的に共感できる水準に達するだけの素養を備えた人間に出会うことはまれだからである。（*LCB* II 657）

「このご婦人」の名はミス・フレイザー。誰あろうシャーロット・ブロンテその人である。一八五一年六月、ロンドンに滞在していたシャーロットは、二六日にジョージ・スミスに連れられて、評判の骨相学者ブラウン博士を訪ねたのである。その際、二人はフレイザー姉弟という偽名を使っていた。ブラウン博士は、診断した相手が人気作家シャーロット・ブロンテと、その出版社主ジョージ・スミスであることなど知る由もなかった。

ミスター・フレイザーの鑑定は、スミスの回顧録の言葉を借りれば、「あまり芳しいものではなかった」(95)ようだが、彼はシャーロットに乞われて自分の鑑定書を送っている。二人はそれぞれの鑑定書をどのように読んだのだろうか。ほんの余興のつもりで受けた性格鑑定だったが、その頃、姉と弟という肉親関係を装う微妙な近さにあった二人にとって、たがいの性格の奥深いところをのぞき込むことになったこの経験は、その後の二人の行方に意外に大きな影響を与えたのではないだろうか。

## 1　出会い

### 『ジェイン・エア』の出版

すべては、使い古された封筒に入れられた『教授』の原稿がスミス・エルダー社のウィリアム・スミス・ウィリアムズの目に留まったことから始まった。同社に原稿閲読者として採用されて日も浅いウィリアムズだったが、原稿を読んでシャーロットの力量を認め、社長のスミスと相談して新しい三巻本用の小説ならば検討する旨を返信した。このチャンスに飛びついたシャーロットは『ジェイン・エア』の原稿をただちに清書し、当時まだ珍しかった鉄道郵便で送った。会社では届いた原稿をウィリアムズが深夜まで読みふけり、社主のスミスは友人との約束を断って一日で読み上げると、翌日には出版を決定していた。そして、原稿がシャーロットの手を離れてからわずか二か月足らずの一八四七年一〇月に、『ジェイン・エア』は出版されたのである。初版二五〇〇部は三か月で売り切れ、翌年一月と四月には再版された。文句なしの大成功であった。

シャーロットを見いだしたウィリアムズの慧眼と、『ジェイン・エア』の出版によって小説家シャーロット・ブロンテを誕生させたジョージ・スミスの功績は揺るぎないものがある。その一方、このサクセス・ストーリーの陰で見落としがちなのが、当時は出版者も読者もカラー・ベルという名前しか知らなかったという点である。シャーロット・ブロンテの存在が公になるのは一八五〇年以降であり[1]、それまで読者はその性別もわからなければ、ベルが一人なのか三人なのかさえわからなかったのである。

カラー・ベルとは、三姉妹が一八四六年に詩集を自費出版した際にシャーロットが用いた筆名である。シャーロットはこの筆名を帯びて、三人の筆者の男性代理人として出版交渉にあたったのだった。そして今、『ジェイン・エア』の出版に際しては、詩集の出版の経験を生かして、男性中心の出版界においてビジネス的な手腕を見せることになる。

シャーロットは『教授』の原稿を送ったときから注意深く自分の素性を隠し、カラー・ベル氏の代理人もしくはカラー・ベル本人という立場で、校正や原稿料の問題について手紙でやりとりしている。三巻本の作品ならば検討するというウィリアムズの返事にシャーロットとしては小躍りしたに違いないが、カラー・ベルとして次のようなしたたかな提案を行っている。

物語〔『教授』〕が変化に乏しく面白みに欠ける、というご批判に根拠がないわけではないと承知してはおりますが――わたしが思いますに、これを出版しても、すぐその後に、同じペンによるもっとわくわくする素晴らしい作品〔『ジェイン・エア』〕が続いて出れば、問題ないのではありませんか。最初の作品が紹介となって、作者の名前が読者に知られていれば、それこそ次作の成功はますます確かな

ものになることでありましょう。（*LCB* I 535）

シャーロットは先に却下された『教授』を諦めることなく、しっかりと売り込んでいるのである。また『ジェイン・エア』の版権料として一〇〇ポンドを受け取ることが決まった際にも、成功したならば追加の支払いがなされることを求めている（*LCB* I 540）。原稿を着払いで送ったことを気にしていたシャーロットを、会社では微笑ましいものと感じていたが、実際には「シャーロットは会社が思っていたほどうぶではないことがわかった」（Barker 623）のである。

## ロンドンへ

シャーロットが『ジェイン・エア』の作者としてスミス・エルダー社に姿を現したのは、出版から一年以上もたった一八四八年七月八日のことである。

この日、スミスは目の前に現れた「流行遅れの服を着た顔色の冴えない不安気な表情の」（89）小さな女性が、カラー・ベルその人であることを知る。この一年あまり、スミス・エルダー社ではベルの正体をめぐって様々な憶測が巡らされていたが、これまで交わされた堅苦しい事務的な手紙のやりとりからはとうてい想像のできない姿がそこにあったのだ。後年、スミスはそのときのシャーロットの容姿は「魅力的というより興味深いもの」であり、「ほとんど女らしい魅力はなかった」と振り返っている（91）。

当時二五歳のスミスは、「きわめて整った顔立ちの、黒い目と髪をした、色白の明るい顔色と、乗馬で鍛えた引き締まった体つきをした」（Barker 661）魅力的な青年であった（図4-1）。その夜、オペラ座で「優雅で美男子のスミス」が「ぱっとしないオールドミスたちをじつに丁重に」エスコートした様子を、シャーロットは親友メアリー・テイラーに書き送っている（*LCB* II 114）。

このロンドン行きは、シャーロットに作家として成功するということが、どのような意味をもつものか実感させたことだろう。まばゆいばかりのシャンデリアと豪華な赤い絨毯の敷かれたオペラ座や、ウェストボーンプレイスにあるスミス家の大邸宅での夕食は、シャーロットに楽しい興奮を与えると同時に、緊張のあまり頭痛と吐き気をもたらした。ギャスケルは慣れない華やかな世界で気後れするシャーロットの姿を描きだしているが（Gaskell 350）、バーカーは周囲と自分の距離を滑稽視することで対応しようとするシャーロットの複雑な心理をのぞき込む。立派な紳士淑女たちが見下したような目で見ている「冴えない姿の田舎者」が、じつは彼らの会いたがっている『ジェイン・エア』の著者であることに密かな満足を覚えていたと洞察するのである（662）。ハワースの田舎の牧師の娘として人目を引くことのないシャーロットと、バビロンにも喩えられるロンドン[2]の華麗な文壇で噂されるカラー・ベルとの複雑な関係が始まったと言える。

**図4-1**　若き日のジョージ・スミス

22歳で受け継いだスミス・エルダー社をヴィクトリア朝の代表的な出版社に成長させた。

（出典：Christine Alexander and Margaret Smith ed. *The Oxford Companion to the Brontës*. Oxford UP, 2003）

### スミス・エルダー社

スミス・エルダー社は、一八一六年（シャーロットが生まれた年）に、父親のジョージ・スミスが共同経営者のアレグザンダー・エルダーと本屋兼文房具店としてスタートした。長男ジョージが誕生した一八二四年に、会社は後に雑誌名にも使われたコーンヒル六五番地へ引っ越した。学業に向かなかったジョージは一四歳で父の会社で見習いとして働き始め、共同経営者のパトリック・スチュワートからビジネスの要諦を仕込まれる。一八四六年に父親が亡くなったため、スミスは若干二二歳で会社を引き継ぐことになった。それまでの会社の主要な出版物としては、ダーウィンの『ビーグル号の探検』やラスキンの『近代絵画論』などがあったが、社運を大いに拡大したのが『ジェイン・エア』（一八四七）の大成功であった。つまり、『ジェイン・エア』は作家シャーロット・ブロンテを誕生させただけでなく、会社を継いで日も浅かったジョージ・スミスを独り立ちさせ、後に「出版界の貴公子」と呼ばれるほどの成功者へと導く記念碑的な作品になったわけである。

会社の事業は出版以外にも、スチュワートの指揮の下で、植民地インドにおけるさまざまな商品の取引販売、銀行業務など幅広い分野に及び、一八五一年頃までには社員二〇〇名を抱えるインド取次店の大手になっていた。その後、このインドを含む植民地向け事業は義弟サミュエル・キングを新たな共同経営者として運営される一方、出版業はスミスによって順調に拡大を遂げた（Glynn ch. 2-4）。スミスはシャーロット・ブロンテを通じてサッカレー、ギャスケル、マーティノウ、トロロープなどの作家たちの知遇を得て、後に会社の看板となる『コーンヒル・マガジン』の華麗な執筆陣を誇り、ヴィクトリア朝の代表的な出版社へと成長していくのである。

## 2　進展

### 売れっ子作家として

ブランウェルの死（一八四八年九月）に始まり、その三か月後のエミリの死、そしてアンの発病と死など、一八四八年から四九年にかけてうち続いた不幸のなかにあって、シャーロットは新作『シャーリー』を書き上げた。これが一八四九年一〇月に出版されると、シャーロットは再び上京し、スミス家に一一月末から一二月にかけて二週間滞在し、一家あげてのもてなしを受ける。シャーロットはその後も三回にわたってスミス家に招待される形で滞在するのだが、長い場合には期間は一か月以上に及んでいる。このことはスミスがいかにシャーロット・ブロンテを重要視し、作家の創作活動を支援しようとする気持ちが強かったかの表れと見ることができるだろう。そして、シャーロットもまた父親と二人だけの牧師館での執筆生活に行き詰まると、刺激と興奮に満ちたバビロン（ロンドン）での滞在を自分への「褒美」と考えていたことが手紙から知られる。

二度目のロンドン訪問は前回とは事情が大きく異なっていた。シャーロットは今やたったひとり生き残ったベルであり、すでに成功した作品を二つも出している話題の作家として、「文学的な名声――聡明な人々の集う社交界へのパスポート」(Barker 729) を手にしていた。スミスもまた自社の売れっ子作家のプロモーションに怠りなかった。自宅でパーティを催し、シャーロットが尊敬してやまない大作家サッカレーと出会わせたり、有力な文芸誌の批評家や編集者たちとの会談の場を設けたりした。この滞在中にシャーロットはハリエット・マーティノウ［1802-76 イギリスの女流ジャーナリスト、著述家。ユニタリアン派で社会改良や啓蒙活動を展開した」を訪問し、『ジェイン・エア』を賞賛され感激している。ロンドンにおけるシャーロットはハワースの田舎にひっそりと暮らす牧師の娘ミス・ブロンテではなく、ロンドンの文壇をときめかす作家カラー・ベルとして活動したのである。

## スミス・エルダー社の男たち

シャーロットがスミス・エルダー社で目にしたものは、働く男たちの姿だった。スミスはシャーロットの目には手腕のある「実業家」で有能な「実務家」として好ましく映り、「五〇がらみの猫背で顔色のよくない」ウィリアムズについては「知的で思索型の」穏やかな人という印象を受けていた（*LCB* II 112, 114）。その初印象は、この二回目の訪問でさらに補強される。

滞在の様子を伝えた親友エレン・ナッシー宛ての手紙（*LCB* II 299）は興味深い。そこにはスミス・エルダー社で立ち働く男たちを、シャーロットが観察し値踏みしている様子が見られるのである。スミスについては会社での「商売人」の姿よりも、家庭で過ごす「息子あるいは兄の姿の方がずっと好ましく」、ウィリアムズは「ほんとうに紳士で博識」と伝えている。そして、この手紙には三人目の男ジェイムズ・テイラーが登場する。会社の人事主任として「鉄」の意志をもって四〇人の部下を統率するテイラーは、『シャーリー』に登場するヘルストンのように「妥協のない、専制的で、断固とした」人物で、その獅子鼻を目の前にぐいっと突き出されると「心の奥にまで切り込まれるような」（*LCB* II 299）迫力があると書かれており、シャーロットに強烈な印象を与えていることがわかる。

テイラーは『ジェイン・エア』の原稿に熱狂した一人であり、『シャーリー』の原稿を取りにハワースに立ち寄ったこともあった。作品にコメントを寄せたり、会社から送られてくる書籍には彼が選んだ歴史や政治、哲学などの本も含まれ、その鋭い眼識がシャーロットに知的な刺激を与えていた。年齢はシャーロットより一歳下で独身だった。リンドール・ゴードンは、すでに三三歳になっていたシャーロットが父親との孤独な生活のなかで、二番手のテイラーを現実的な結婚の相手として見極めようとしていたと見る（206-213）。だが、シャーロットはこの手紙で「まだはっきりとした見極めはついていない」と告げ、「（テイラーから）スミスへと目を転ずれば、御影石からふわふわの羽毛か、ふかふかの毛皮に向かうよう」と意味深な喩えで結んでいる。

シャーロットの視線の先にいるのはスミスである。バーカーはこの二回目の滞在から二人の親密さがより深まったと見ている（736-737）。スミス宛ての手紙はより頻繁になり、快活で辛口の冗談を交えたものが見られる。たとえば、ロンドンから帰った一二月二六日の手紙では、スミスを「がっちりした締まり屋の商売人」と呼んでからかっている。会社が東インド向け商品を扱っていることを知っていたシャーロットは、スミスとウィリアムズとテイラーが婦人用帽子を選定する様子を想像して面白おかしく書き送っている（*LCB* II 318）。手紙のなかではシャーロットはカラー・ベルとして男たちの姿を観察し、それぞれの性格を反映した帽子を選ばせ、スミスには薄いピンク色のシルクの飾りの付いた帽子か、孔雀の羽根飾りの付いた白い帽子かで迷わせるのである。

ビジネスに邁進するスミスの姿は、シャーロットにとっては父にも弟にも見ることのない新鮮なものとして映る一方で、寝る間も惜しんで働くスミスの姿には、勤勉というよりも、健康を損ね本来の人間性をゆがめる危険性を感じたかもしれない。シャーロットはその後、ビジネスに対してしばしばネガティブな発言をするようになってくる。

その一方で、自分が思っていた以上にコーンヒルからの便りに依存していることにも気づかされる。

郵便の配達時刻を待ちわび、来る日も来る日も期待を裏切られ沈み込む自分を嫌悪する。この「愚かしく、恥ずべき、なんの意味もない状態」（*LCB* II 347）が、かつて恩師エジェの手紙を待ちわびた苦しさを思い出させただろうことは想像に難くない。シャーロットはスミスに対する自分の思いに向かいあわざるを得なくなった。

スミスの人となりについてシャーロットはウィリアムズに尋ねたらしく、彼への返信でスミスに対する見方の一致を喜び、彼の生まれもっての善い性格は、身勝手な世間や世知辛いビジネスの世界で揉まれて多少は変えられることはあっても、けっして損なわれないと信じていると伝えている（*LCB* II 350）。シャーロットは実業家としてのスミスではなく、ひとりの男性としてスミスを見ようとしているのである。

### エジンバラへ

筆の進まないシャーロットに対して、スミスはロンドンでの気晴らしを勧め、シャーロットは一八五〇年六月に、半年ぶりにハイドパーク街のスミス家の新居に滞在する。オペラ見物やロイヤル・アカデミーの展覧会、あるいは王室礼拝堂や下院の傍聴席を訪れる一方、スミスに説得されて画家のジョージ・リッチモンドに肖像画を描いてもらったりした。サッカレー邸での夕食会は彼がカラー・ベルの正体を明かしたことから気まずいものになったが、それでも一か月にわたるロンドン旅行を「予想を大いに上回って、かつてないほど楽しみ」（*LCB* II 419）、スミスとの親密さは母親が懸念するほどに深まった。

スミスもまた積極的だった。弟を迎えにエジンバラに行く際に、スコットランドへの旅行にシャーロットを誘ったのである。未婚の男女が二人だけで列車に乗り合わす時間もあるわけで、そのことの社会的な意味合いを思えば、ミセス・スミスだけでなくエレンや父親が懸念するのも当然であった。シャーロットもその提案に驚きつつも、スミスが母親の反対を押し切ったことに満足を覚えていることは、事の次第を伝えたエレン宛ての手紙の文面に滲み出ている。

わたしは彼が冗談を言っているものと決めつけ――笑ってお断りしました。ところが彼は本気だったようで、いつも自分の意志が通って当たり前という人なので、反対など許しません。わたしにはこんなことはまったく論外という気がしましたので、重ねてお断り申しあげました。ミセス・スミスもまったく賛成ではなかったのです。ですからわたしがなにやかやと断り続けるのを、どれほど後押ししてくださったかわかるでしょう。けれども立派なご子息はいっそう意を堅くなさいました。お母さまは一家の主人ですが、お母さまの主人は息子なのです。今朝、お母さまがわたしのところに来られて、わたしにどうか行ってくれるようにとおっしゃったのです。(*LCB* II 419)

スミス夫人は後に『ヴィレット』でミセス・ブレトンとして登場することになる。息子のジョン・ブレトンとの睦まじい母子関係は、まさにスミスと母親を写したものである。スミスは回想録のなかで、会社の困難な時期にいかに母親の快活な性格によって励まされ勇気を与えられたかを振り返り、「けっしてくじけない勇敢な女性」と讃えている(83)。二二歳の若さで、会社の運営だけでなくスミス家の家長としての責任を担うことになった息子を全身で支えてきたのがミセス・スミスであり、シャーロットにとってはかつて自分の前に立ちはだかったエジェ夫人と重なって見えたかもしれない。

息子と作家の接近を懸念する母親に対して、シャーロットの取った位置関係は絶妙なものである。先の引用には次の文章が続く。

今ではジョージとわたしはおたがいのことをとてもよくわかりあっていると思います――そして心から尊敬しあっています――時がわたしたちを大きく隔てていることもわかっていて――おたがいを当惑させることはありません、めったに――美人を気取るつもりなど毛頭ありませんし、わたしのほうが六つか八つ年上ですから、まったく安全です――彼といっしょに中国に行くことになっても少しも不安はありません。

シャーロットはこれまでのように「ミスター・スミス」ではなく、「ジョージ」というファースト・ネームで呼んでいる。そして、年齢が離れていること、美人ではないことを安全弁であると冗談めかして、自分たちは周囲が気を回すような関係には到らないことを、余裕をもって伝えている。シャーロットは「姉」という立場に立ち、さらに「尊敬」という知的な優位性を得ることによって、母親と息子の間に自分の位置を見いだしたのである。

バーカーはこの頃、シャーロットが大いに恋をしていたと見ており（764）、マーガレット・スミスも、その後のスミス宛ての手紙が長文になり、二人だけに通じる冗談を言い合うなど、親しげな口調に変化していることを指摘している（*LCB* II xxvii）。また、ゴードンはこの頃の二人の関係について、次のように考察している。

一八五〇年から五一年にかけてシャーロットがジョージ・スミスに宛てた手紙は編集者に宛てたもの

ではなくて、彼に変身を促す陽気なものであった。高等教育を受けていない彼には自分の知性に疑念があり、この隠された側面が彼を創作者の魔法の杖を振りかざすシャーロット・ブロンテへと引き寄せた大きな源泉であっただろう。細やかで分析的な彼女の手紙は、彼をまるで有望な登場人物の一人のように扱っている――このこともまた、シャーロットが実際にそばにいるよりも（面と向かっているときは押し黙りがちで、たまに妙に多弁になったりした）、彼女の手紙の方がより魅力があったと語った理由であろう。(3)（229）

ゴードンによれば、シャーロットはスミスのなかに「商売人」としての能力を超えた、より高尚な芸術的な感性や素養を引き出そうと彼を励まし、スミスもまたシャーロットのもつ知性や芸術性に惹かれたのである。後年、シャーロットに対して女性としての魅力は感じなかったと語ったスミスだが、回想録では「彼女との会話はじつに面白く、その頭の回転の良さと明晰さは素晴らしいものだった。興味を覚えた話題にはきわめて雄弁になり、そんな彼女の話を聞くのは楽しかった」（96）と記している。シャーロットはカラー・ベルであるかぎり大胆な冗談やきわどい会話を交わすことができ、スミスもまたカラー・ベルとしてのシャーロットの機知あふれる手紙を楽しんだのである。

## 3　書けない苦しみ

### ビジネス

『シャーリー』から一年あまりが過ぎても、シャーロットは次作を書き出せないでいた。この間に

『嵐が丘』と『アグネス・グレイ』をスミス・エルダー社から出版し序文を書いたり（一八五〇年一二月）、『教授』の出版を改めて提案したりした。シャーロットはブリュッセル留学時代の恩師エジェへの思いをこめたこの処女作の出版に執念を燃やしていたが、九回目に断られてようやく諦める（一八五一年二月）。その折に、スミスは会社のことを取りあげてはという提案をするが、その魅力的な題材にシャーロットは「天国を覗きこむ蛇」のような誘惑を感じながらも、「みなさんはカラー・ベルからは安全です」（*LCB* II 582）と、禁断の果実に手を出すことを留まっている。

筆が進まないなか、シャーロットは一八五一年五月末にミセス・スミスからの招待を受け入れるという形で上京し、一か月あまりをスミス家で過ごした。だがスミスは多忙を極め会社に寝泊まりすることも多く、前回のような献身的なエスコートはできなかった。

じつはこの時期、会社は大きな課題を抱えていたのだった。父親の代からの元共同経営者のスチュワートの背任により、会社は莫大な損失を被っていたのである。横領が発覚したのは一八四八年だったが、会社はスキャンダルによる信用失墜を恐れて彼を解雇せずカルカッタ支店に異動させていた。スミスは難しい舵取りを強いられてきたが、一八五〇年後半にはようやく財政危機を脱し、インド事業拡大のためにボンベイ支社を開設しようとしていた。その支配人としてテイラーが派遣されることになったのである（Glynn 45-47）。

一八五一年四月、インドへの出発を前に、テイラーはハワースを訪ねシャーロットに求婚したと思われる。だがシャーロットは優れた資質は認めるものの、一流の紳士とは思えないテイラーと結婚するならば「わたしの心臓は血を流すでしょう、苦痛と屈辱で」（*LCB* II 609）とエレンに語っている。やはりスミスに比べたとき、「下品で」「尊敬できそうにない」テイラーを受け入れる気持ちにはなれなかったのである。スミス家からの招待を受けたとき、シャーロットはあえて彼の出発後にロンドンに向かったのだった。

ロンドンでは万博会場の水晶宮を訪れたり、フランス人女優ラシェルの出演する劇を観たり、サッカレーの講演を聴いたりした。そして、滞在の終わり頃に、冒頭に紹介した、ストランド街の骨相学者ブラウン博士への訪問が行われたのである。姉弟を名乗ったとき、少なくともシャーロットは一年前のエジンバラ旅行を思い出したことだろう。後日、シャーロットはスミスの鑑定書を送ってもらうと丁寧に書き写し、それをスミスの「ポートレート」のように「命あるもの」として大切に取っておきたいと伝えている（*LCB* II 656-657）。スミスの鑑定書でとくにシャーロットの目を引いたのは、次の一節ではなかっただろうか。

> 言語を習得することにほとんど困難はなく、わずかの訓練で自分の考えをたやすく流暢に伝えられるようになる――文学を好み、詩情を豊かに備えている。音楽に対しては非常な魅力を感じるので、その素養はとくに涵養されるだろう。（*LCB* II 660）

「文学を好み、詩情を備えた」青年スミスは、その天性をビジネスに蕩尽するのではなく、共に文学に生きてほしいというのがシャーロットの本心であっただろう。八月四日のスミス宛ての手紙では、インド事業の拡大を懸念して「ビジネスにそこまで献身するなどまちがっています」と言っただけでは足らず、追伸で書き加えずにはいられなかった。「自然はあなたを批評家にしたことがわたしにははっきりわかります――ところが、つむじ曲がりな運命はあなたを出版業者に変えてしまったのです」（*LCB* II 675）と。

一八五一年六月のスミス家滞在中に、見えないドラマが進行していたとゴードンは見る。シャーロットはスミスの秘めた高尚な能力を引き出そうとし、母親は実業家の息子に分別ある判断をするよう影響力を行使した。葛藤するスミスにとって、危機にある会社と養うべき家族を思うとき、選ぶべき道は現実的なものしかなかっただろう。そして、スミスの脳裏には、シャーロットの性格鑑定書における記述がちらりとよぎったかもしれない。彼女の求める「知的水準に達する素養」を自分が備えているか、「深く永続的な情愛」に応えられるか、自問したことであろう。ゴードンは、「この時点でシャーロットは、ジョージ・スミスとの関係は仕事と友情以上のものにはなり得ないと結論した」(235) と推測している。

## カラー・ベル

しかし、もちろんスミスへの想いを容易に断ち切れたはずはなく、シャーロットはその後もスミスに頻繁に手紙を出している。スミスからの手紙がシャーロットにとっていかに大きな心の糧となっていたかは、次の手紙から読み取れる。

お手紙をもらうまでは――今後三か月はコーンヒルからのお便りを期待しない、とお伝えする決心でした。(さらには、この禁制を六か月に延ばすつもりでした。このような楽しみに自分が頼りきりになってしまうのが怖いからです。あなたには――きっとあなたには、なぜかおわかりにならないでしょう。わたしのような生活を送っていらっしゃるわけではありませんので。) 今もお手紙は期待するつもりはありません――それでもたまには書きたいとおっしゃるのであれば――ぜったいに書かないでくださいなどとは、わたしからは言えません。……お書きになれば、それは歓迎する者のところに届けられるでしょう。（*LCB* II 663）

シャーロットはスミスの手紙を渇仰していたのである。ここに、『ヴィレット』においてドクター・ジョンからの手紙を宝物のように思っていたルーシー・スノウの姿を見出すのはマーガレット・スミスだけではないだろう（*LCB* II 665n）。エジェからの手紙を待ちわびて苦しんだ依存状態に陥ることを警戒しながらも、シャーロットは文通を止めることはできなかった。連載執筆を勧められて怒りをこめて断った後には、それを詫びてきたスミスを許し、その思いやりこそ「カラー・ベルがあなたに友情を寄せる理由の一つなのです」（*LCB* II 691）と伝え、「あなたはご自分のごく一部を——たとえほんの小指の先であっても——友人カラー・ベルのために取っておくことができるのです」（*LCB* II 699）と書かずにはいられなかった。これもまた、『ヴィレット』においてポーリナに心奪われるジョンと心のなかで別れを告げるとき、「彼の胸という豪邸に、ルーシーをもてなすための小さな場所をとってくれている」（*Villette* 661）と信じたルーシーの姿と重なることは言うまでもない。

スミスとの手紙ではシャーロットが「カラー・ベル」として書いていることに注意したい。スミスはシャーロットが筆名を使い続けた唯一の相手であった（Barker 736）。そのことは、作家カラー・ベルであることが自分をスミスとつなぐものであると、シャーロットが感じていたことを示す一つの証とも言えるだろう。この頃には、シャーロットはカラー・ベルとして生きる覚悟を決めていたのではないかと思われる。

## 4　『ヴィレット』をめぐって

### ルーシー・スノウ

体調不良や気分の落ち込むなかで、ようやく二巻分の原稿をウィリアムズに送付したのは翌一八五二年一〇月であった。その際、シャーロットは匿名で出版してほしいという、会社としては受け入れがたい希望を伝えてきた（*LCB* III 72）。世間にそれがカラー・ベルの新作として大々的に宣伝されることを恐れたのである。バーカーはスミスがモデルに気づくこと、ルーシーがジョンの手紙を埋葬することをどう受け止めるか、シャーロットには不安だったと推測する（830）。だが、そもそも会社をモデルにと提案したのはスミスであり、実際、原稿を読んだ彼はブレトンの少年時代と成人後がちぐはぐなこと、ポーリナへ思いを寄せるのが唐突という指摘をしただけで、とくに異論は示さなかった。彼が尋ねたのはただ、なぜルーシー・スノウはドクター・ジョンと結婚しないのかということだけだった。この問いに対して、シャーロットは痛烈な皮肉をもって答えた。

ルーシーはドクター・ジョンとは結婚してはなりません。彼は若すぎるし、ハンサムすぎるし、潑剌すぎるし、善い人すぎます。「自然」と「運命」の「巻き毛の愛し子」たる彼は、人生における当たりくじを引き当てなければなりません。彼の妻は若くて、金持ちで、美人でなければなりません。彼はこれ以上ないいくらい幸せにならなければいけないのです。ルーシーが結婚するとしたら、相手は教授――許すべきものが山ほどあり、「我慢すべき」ものが山ほどある男性です。（*LCB* III 77-78）

自己満足的なブレトン母子の幸せの輪についに入ることのできなかった「影のような」ルーシーの存在が前景化される。シャーロットはルーシーの造形において自分自身の心の内側をさらけ出し、報われることのない愛に苦悩する孤独な独身女性のサイキを妥協することなく描き出す。ルカスタ・ミラーが指摘するように、女性の自己主張や性的な欲望を認めない時代にあって、今や匿名性が失われたシャーロットがきわめて自分に近いルーシーの感情のひだをたどり、自分自身の心の奥底に潜む暗がりを探ったこと自体が驚くべきことなのである（54-55）。

## 喉につかえるもの

シャーロットは間もなく第三巻を書き上げて送った。ところが、長い沈黙の後に版権料の銀行手形が一枚送られてきただけであった。スミスが気に入らなかったのは明らかで、シャーロットは「第三巻のなかに、何か彼の喉にひどくつかえるものがあった」（*LCB* III 91）ことを感じて問い合わせるが、スミスは一切の質問に答えることを拒否したのである。

スミスの不快の理由が何であったのか。バーカーは、第三巻でブレトンが消えてルーシーとポールの関係に移ってしまっていること、ジョンとポーリナの結婚が気に入らなかったことなどをあげている（830）。マーガレット・スミスは、さらにブレトンが浅薄で俗っぽい人物になっていること、ポールを西インドに行かせる展開にジェイムズ・テイラーのインド転勤が反映されていることをあげている（*LCB* III 88n）。

ポールのなかにテイラーが描き込まれている点については、すでにアリソン・ホディノットが穿った見方を提示している。すなわち、シャーロットはスミスとの結婚の可能性が薄いと感じる一方で、強烈な個性をもつ知的で敏腕家のテイラーに目を向けており、そのテイラーがボンベイ支社に急遽派遣されることになった経緯に不自然なものを感じていたことを指摘する。そしてテイラーの転勤命令は彼をシャーロットから遠のけるためであり、会社の利益のためにテイラーがインド送りになるのは、まさしく小説においてポールとルーシーの結婚を阻止しようとする、欲にかられた親族と取り巻きたちの企みそのものであると解釈する。確かにテイラーの慌ただしいインド行きとポールの西インド送りの状況は、面白いほどよく重なっており、小説の材料とされたことは明らかである。

だが、スミスの不快感はテイラーに対するライバル意識というよりも、むしろ第三巻のポールの扱いが会社のもっとも敏感な部分に触れていることにあったのではないか。スミス・エルダー社のインド事業は、スチュワートの背任などの問題を抱えながらも会社の枢軸をなすものであり、テイラーのボンベイ行きは事業拡大に不可欠であった。さらに五二年にはカルカッタ支店のスチュワートが死亡（自殺）したため、まだ一七歳であったスミスの弟が派遣されることになった。こうした事情を知っていたシャーロットは、それを小説において一族の事業のために人身御供に差し出されるポールの運命に描き込むのである。会社のインド事業が、小説のなかではマモンに仕える仕業として描かれていることへのスミスの不快感は大きく、第三巻の原稿をウィリアムズに読ませなかったのも頷ける。

## カラー・ベルとして

多くの伝記作家たちがジョン・ブレトンにジョージ・スミスの面影を見出し、ルーシー・スノウにシャーロット・ブロンテを重ねる。その一方で見落とされがちなのは、二人が作家と出版者としてどういう関係にあったのかという点である。シャーロットの手紙は人見知りで非社交的な外見とは違って機知にあふれ、ときに辛辣で大胆である。スミスへの手紙では、作品の編集や批評などの話題について、自由闊達に、知的で専門的なやりとりを交わし共に仕事ができることを楽しんでいるような感じがある。二人は作家と編集者としてたがいを刺激し強い影響を与えあっていたといえる。スミスはシャーロットの知性や強さ、激しさを評価し、シャーロットは敏腕なスミスの実務能力を評価して、たがいを尊敬しあっていたのである。

そうした関係が揺れ動いたのは、『ヴィレット』執筆の困難のためだったと思われる。シャーロットは自分自身の感情に向き合わざるをえなかったし、スミスとの関係は作家と出版者という立場を越えるものではなく、自分がひとりの女性というよりも、会社にとって有望な作家の一人に過ぎないという認識に至らざるをえなかったであろう。また、その認識に立てたからこそ、スミスへの批判をブレトンの造形に盛り込むこともできたのであり、情熱のくすぶる複雑なキャラクターのルーシー・スノウを造形することもできたのである。つまり、シャーロット・ブロンテは女性の感情の奥底を妥協なくほりさげることにおいて、最終的にカラー・ベルであることを選んだのである。

図4－2　晩年のジョージ・スミス
（出典：George Smith. “Some Pages of Autobiography.” *George Smith : A Memoir.* 1902 ; Cambridge UP, 2012）

スミスが気に入らなかった性格診断書には「この人物は女性を賛美する」という一文があった。一八五四年二月、後にギャスケルが

「ポーリナによく似た可愛い妻」と述べたエリザベス・ブレイクウェイと結婚した。そして事業のさらなる成功はシャーロットの死後にやってくる。一八六〇年に発刊された文芸雑誌『コーンヒル・マガジン』は、初代編集長をサッカレーが務め、ヴィクトリア朝の著名な作家たちを執筆陣に迎え、執筆料の支払いもよく、それが彼に「出版界の貴公子」の異名を与えることになった。他に『ペル・メル・ガゼット』紙の刊行、そして何よりも『オックスフォード英国人名辞典』（*DNB*）全六〇巻の刊行が、ジョージ・スミスの名を今日まで知らしめるものとなった。晩年（図4－2）には莫大な資産と名声を手にし、オックスフォード大学から修士号、そしてロンドンの名誉市民の称号を与えられて、まさに成功したヴィクトリア朝の実業家の典型となったのである。

＊　本章はシンポジウムにおける口頭発表「Margaret Smith, "George Smith, Prince of Publisheres, and William Smith Williams"を読む」を大幅に加筆修正したものである。

注

（1）　シャーロットが『ジェイン・エア』の作者であることは、ロンドンの文壇ではサッカレーの不用意な発言などによって一八四八年頃にはすでに公然の秘密になっていた。また『シャーリー』（一八四九）の出版後にはハワースに物見遊山に人々が押しかけるなど、一般読者の間でもカラー・ベルの正体はかなり知られるようになっていた。だが、三人のベルたちの正体が正式に明かされたのは、妹たちの死後『嵐が丘』と『アグネス・グレイ』が一八五〇年にスミス・エルダー社から再版された際に、シャーロットが付けた序文によってである。

（2）　シャーロットは十代の頃に弟妹たちと書き綴った初期作品のなかで、享楽的で堕落した大都会を「バビロン」「ニネベ」と呼び、そこにくり広げられる虚飾に満ちた社交界をネガティブに描き出した。

（３）　ブロンテ姉妹の著作集（ハワース版）を編集したハンフリー・ウォード夫人に対して，当時七五歳になっていたジョージ・スミスはシャーロットとの思い出について，彼女がロンドンにいるときよりもハワースにいるときの方が好きだったと語っていた。（Gordon 243）

## 引用文献


Barker, Juliet. *The Brontës.* London : Abacus, 2010.

Brontë, Charlotte. *Villette.* Ed. Harbert Rosengarten and Margaret Smith. Oxford : Clarendon, 1984.

Brontë, Charlotte. *The Letters of Charlotte Brontës with a Selection of Letters by Family and Friends.* 3 Vols. Ed. Margaret Smith. Oxford : Clarendon, 1995, 2000, 2004. 本章では *LCB* と略記。

Gaskell, Elizabeth. *The Life of Charlotte Brontë.* Hamondsworth : Penguin, 1975.

Glynn, Jenifer. *Prince of Publishers : A Biography of George Smith.* London : Allison & Busby, 1986.

Gordon, Lyndall. *Charlotte Brontë : A Passionate Life.* London : Vintage, 1995.

Hoddinott, Alison. "Charlotte Brontë and the Little Men or What stuck confoundedly in George Smith's throat?" *Brontë Studies Transactions* 26-2 (2001) : 111-128.

Howells, Elizabeth. "Revisioning the Brontë Myth and Producing the Prince of Publishing : Charlotte Brontë's Relationship with George Smith." *Brontë Studies* 35-3 (2010) : 222-231.

Miller, Lucasta. *The Brontë Myth.* New York : Anchor, 2005.

Smith, George. "Some Pages of Autobiography." *George Smith : A Memoir.* 1902 ; Cambridge : Cambridge UP. 2012 : 69-143.

Smith, Margaret. "George Smith, Prince of Publishers, and William Smith Williams." *Brontë Studies* 36-1 (2011) : 75-84.

# 第5章　アーサー・ベル・ニコルズ

## ――シャーロットの大切な「いい人」――

江﨑麻里

筋の通った鼻、ふくらんだ鼻孔、きりっと結ばれた口もと。切れ長の瞳はおだやかに一点を見つめ、額縁のように顔を飾るあごひげは、誇りと自信を象徴している。図5－1は、シャーロット・ブロンテの夫、アーサー・ベル・ニコルズの肖像である。一八五四年に新婚旅行先で撮った写真だといわれる。愛妻の前でポーズをとっていると想像すると、少し照れているようにも見える。シャーロットは「彫像のように、堂々としている人」と評した。

二人はどのように出会い、どのように愛を育んだのだろう。結婚生活は九か月と短く、シャーロットの死で幕を閉じている。この章ではシャーロット・ブロンテの、作家という公の顔のうらに隠された、私的な愛の軌跡をたどる。

**図5－1**　ニコルズ（1854年当時）

（出典：Christine Alexander and Margaret Smith ed. *The Oxford Companion to the Brontës*. Oxford UP, 2003）

# 1　確かに「いい人」だと思うわ

## 第一印象

一八四五年五月二五日、ニコルズは副牧師としてハワースに着任した。シャーロットは翌日、親友エレン・ナッシーに宛てた手紙に、「りっぱな青年で、朗読も上手です」（*LCB* I 393）と記している。好印象だったのは、しばらく副牧師がいなくて苦労していた父親パトリックを、着実に支えてくれると期待できたからであろう。特に、異性として惹かれたわけではないようだ。シャーロットは、副牧師と呼ばれる人はだれでも、教会周辺の狭い世界で生きていて、「利己的で、うぬぼれが強く、中身のない連中」（*LCB* I 399）と十把一絡げに考えていた。

翌年五月、詩集を出版した姉妹のペンネーム「ベル」が、ニコルズのミドルネームと符合することを指摘する批評家は多い（Lutz 39, Pool 47, Sellars 106）。同年七月、エレンが近隣で聞いた「ミス・ブロンテはパパの副牧師と結婚するらしい」という噂を、シャーロットは迷惑千万と一蹴していることから、姉妹がことさら彼に敬意を表して、その名を選んだとは言い難い。

一八四七年にかけて、故郷アイルランドで休暇を過ごすニコルズのことが手紙で繰り返されると、エレンはふたたび二人の仲を勘ぐるが、シャーロットはただちにこれを否定する。白内障の手術を受けた父親が、副牧師の不在で難儀することを心配しているだけだと弁明した。「いい人」だけれど、ただそれだけの普通の人よ、といった調子であった。

## 仕事の成果

ニコルズは、決められた仕事を正確にこなすだけではなく、とても熱心で人望も厚かった。赴任してから数年で、礼拝の会衆は六倍になった。また、教会に隣接するナショナル・スクールで教壇に立つと、当初六〇名だった生徒数が、毎年二〇〇名から三〇〇名のあいだを推移するようになった（Barker 717）。真面目な性質は、ときに滑稽に映ることもあったようだ。一八四七年に、教区民と一悶着を起こしている。ハワースの女性たちが、墓石に洗濯物を広げて干すのを見てショックを受け、ニコルズは死者の冒瀆を阻止すべく改善に乗り出した。一連の騒動を、パトリックが詩に詠んでいる。

完敗した女たちは　洗濯物をもって　飛ぶように逃げてゆく
干し草の積み場へ　裏庭へ　だれも知らないところへ
そして　洗濯石けんの水にかけて　声高に誓うのだ
副牧師の首をとってやる、と
夫たちも結束し　怒りでわめいている
裁判にかけている場合じゃない　副牧師をリンチにしてやる、と
だが　なにより悲しいのは　美しい娘たちの宣言である
副牧師には　結婚も　愛もあきらめてもらいましょう（Barker 520）

パトリックは、ニコルズの格闘をおもしろがって傍観している。からかわれたニコルズは、ともに笑い、この詩の手稿を大切に保管していたそうだ。

ハワースの人びとが、教会を聖別しないことに驚いたのは、ニコルズだけではなかった。パトリックの死後、ハワースを継いだジョン・ウェイドは、「夜になると、馬が構内に入ってくるし、豚や鶏にいたっては日中から我が物顔で歩いている。……さながら公衆便所のようだ」（Adamson 29）と嘆いており、一概にニコルズが頭の固い人間ともいえない。

## 「家族」になる

一八五〇年から一八五二年にかけて、シャーロットが旅先からパトリックに送った手紙の結語に、ニコルズの名前が散見されるようになる。使用人のタビー・アクロイドとマーサ・ブラウンとともに、ニコルズにもよろしく伝えてほしいと手紙を結んでいる。特別の思いを読み解きたくなる変化だが、その場所は本来、エミリとアン、ブランウェルの名前が占めているはずだった。シャーロットは、一八四八年から一八四九年のあいだに、愛するきょうだい三人をつぎつぎに失った。ニコルズは、ブランウェルの追悼式とエミリの葬式を行い、二人きり残された父娘のそばを離れず、静かに見守った。彼が、遺されたエミリの犬キーパー（図5-2）とアンの犬フロッシー（図5-3）の世話を引き受け、律儀に散歩へ連れ出す姿は、シャーロットにとって慰めになったことだろう。ニコルズは本当にやさしい「いい人」であった。

**図5-2**　エミリが描いた愛犬キーパー
（出典：Brian Wilks. *The Brontës: An Illustrated Biography*. Hamlyn, 1989）

**図5-3**　エミリが描いたアンの犬フロッシー

（出典：Christine Alexander and Jane Sellars. *The Art of the Brontës.* Cambridge UP, 1995）

シャーロットは、自分が留守にするあいだ、体力の衰えた父を支え、家を守ってくれる「家族」として、ニコルズを意識するようになったと思われる。

やがてニコルズの存在は、ブロンテ家で欠かせないものとなる。一八五〇年一月、シャーロットは、『シャーリー』（一八四九）を読むニコルズの様子を、エレンに楽しそうに伝える。

> 下宿のおかみさんは、部屋に独りでいるはずの彼が、手をたたいたり、床を踏み鳴らして大笑いするのを聞いて、気がふれたのだと本気で思ったそうです。彼は、副牧師が出てくる場面をすべて、パパに読んで聞かせました。自分がモデルになった登場人物がいるので、うれしくて仕方ないようです。（*LCB* II 337）

彼がモデルとされる登場人物は、ミスター・マッカーシーだといわれる。副牧師の記述は、ふだんのニコルズのことを嘲笑する内容であるにもかかわらず、ユーモアを解し、笑い飛ばすことのできる寛容がニコルズにはあった。彼は敬意のしるしとして、シャーロットに祈禱書を贈っている（Adamson 32）。

一八五二年六月には、シャーロットは、転地療養で東ヨークシャーのファイリーに滞在、地元の教会を訪れたとき、ニコルズのことを思い出す。

ミスター・ニコルズに見てもらいたいと思う教会でした。……聖歌隊が歌うために立ち上がると会衆に背を向け、また会衆は、聖歌隊を見るために説教壇と牧師に背を向けるのです。この方向転換が妙におかしくて、わたしは笑いをこらえることができませんでした。ミスター・ニコルズがいたら、きっと大笑いしたことでしょう。聖歌隊がいるギャラリーを見上げ、彼らの広い背中しか見えないのは、とても滑稽でした。（*LCB* III 50）

旅先の楽しいできごとを独り占めするには惜しく、特に「家族」のなかでニコルズの共感が得られることを確信している。しかも、これはパトリックに宛てた手紙である。わざわざ父親を介して、彼に伝えてほしいと言っているのである。

**衝撃のプロポーズ**

ニコルズがハワースに着任して七年、一八五二年一二月一三日に運命の瞬間が訪れる。『ヴィレット』（一八五三）の完成を待ったのは、彼なりの配慮だった（Barker 711）。シャーロットは、ニコルズが自分をじっと見つめ、熱病にかかったようにぼんやりしている様子から、なにか起きる気がして警戒していた。

いつものように、ミスターNは八時から九時までパパといっしょに過ごしました。居間のドアを開ける音が聞こえたので、帰るのだと思いました。ほどなく玄関のドアがバタンと音を立てて閉まるものと待っていると、廊下で立ちどまる気配がします。そしてノックをしたのです。（*LCB* III 93）

いつもとちがう展開に、身を固くするシャーロットの息遣いが聞こえる。戸惑いと、気恥ずかしさと、ほんの少しの期待はあったのだろうか。ドアを開け、目の前に現れたニコルズは、さらにシャーロットを驚かせた。

頭の先から足の先までぶるぶるとふるえ、死んだように青白い顔をし、熱のこもった低い声で、やっとの思いで話をしました。いい返事がもらえないとわかっていて愛を告白することが、どれほどつらいものか、はじめて知りました。いつも彫像のように堂々としている人が、このようにふるえ、動揺し、打ちのめされているのを見て、わたしは異様なショックを受けました。（*LCB* III 93）

ニコルズは、何か月も耐えてきた苦しみについて、そして、もうこれ以上は耐えられない苦しみについて話した。おそらく最初は、シャーロットのそばにいるだけで幸せだった時期もあったのだろう。ところが、数々の辛苦が彼女に降りかかり、見守ることしかできない不甲斐なさを痛感する。相次ぐきょうだいの死に立ち向かう気丈なシャーロット。作家としてたくましく自立を果たすシャーロット。老齢で寂しがり屋の父に慈愛深く寄り添うシャーロット。崇敬に値する彼女への思いが、抱えきれないほど大きくなり、全身をぶるぶるとふるわせながら、あふれ出てしまったのだ。

このときシャーロットは、自分の本当の気持ちを確かめることを許されなかった。なぜなら、ニコルズの求婚はパトリックの逆鱗に触れたからである。

## 2　あんなに「いい人」をいじめるなんて

### 不当な攻撃

男親というのは、非の打ちどころのない相手でも、娘に求婚するとなれば、心おだやかではいられないものなのだろう。ましてニコルズは、上司でもあるパトリックに、事前に相談して許しを請うこともなかった。娘への思いをずっと隠しながら、身近で働いていたと考えたら、どんな父親でもおもしろく思わない。

ニコルズは、シャーロットの気持ちを優先して、周りから固めて追いつめるような卑怯なことをしたくなかったのだろう。父親を敬愛し、常に従ってきた彼女のことだから、本当の自分の気持ちを抑えかねない。その気遣いが裏目に出てしまった。

パトリックは妻と五人の子どもに先立たれ、病気がちで老齢に達した今、シャーロットが唯一の頼みの綱だった。また、シャーロットも身体が弱く、結婚と妊娠に耐える保証はなく、彼女まで失って天涯孤独の身の上になるかもしれないと考えると、冷静ではいられなかった。反対する理由を探して、収入の問題まで持ち出した。娘の一五分の一しか稼げない男は、釣り合いがとれないと切り捨てた（Wilks 134）。

シャーロットは、収入の格差を理由にする父親の説得を理不尽に思った。そして、いつもやさしい父親が、感情にまかせて怒号する姿に驚愕する。

もし、わたしがミスターNを愛していたら、堪忍袋の緒が切れるほどの罵詈雑言をパパは言ったのです。実際のところ、わたしの血は、不当だという思いで煮えたぎっていました。（*LCB* III 93）

シャーロットは「これまで彼に愛情を抱いたことはなかった」という。しかし、父親が過剰な拒絶反応を示し、ニコルズにいわれない非難を浴びせると、彼女本来の正義感に火がつく。父親が否定すればするほど、かえって強くニコルズを意識する結果となった。

ニコルズのプロポーズは「パトリックが断った。シャーロットが彼を拒絶したのではない」（Whitehead 87）。ヴァージニア・ウルフによれば、それはまぎれもなく家父長の暴虐であった。『三ギニー』（一九三八）で、「パトリック・ブロンテが犬を虐待したり、時計を盗めば、教会が彼の聖職を剝奪して追放するが、娘のシャーロットを数か月にわたって苦しめたり、幸せな結婚生活を奪っても、責めを負うことはない」（Woolf 263）と酷評した。

## わたしが唯一の味方

シャーロットにとって、ウルフのいう「わたし自身の部屋」は、ダイニングルームであった。パトリックは朝食以外、書斎にこもる毎日で、子どもたちだけで昼食と夕食をとるため、姉妹は食前や食後に手紙や物語を書いたり、裁縫をしながら、自然とダイニングにいる時間が長くなっていった。やがてエミリとアンがいなくなり、シャーロットは孤独にさいなまれつつも、ダイニングが自分だけの時間が流れる、自分のための部屋になった。ニコルズがノックしたのは、このダイニングのドアだった。

ニコルズは、プロポーズを断られたばかりか、上司の強烈な反感を買い、下宿の部屋に閉じこもるようになる。シャーロットは、「かわいそうなあの人が、食事をとることを完全に拒否して、下宿のおかみさんを怖がらせている」（*LCB* III 94）と聞くと、心配で仕方なくなった。また父親が残酷な手紙を出すと知ると、一筆添えて、「わたしはパパといっしょになって、あなたを苦しめるつもりはありません。勇気を出して、くじけないでください」（*LCB* III 94-95）と熱心に励ました。シャーロットは、ダイニングで長い孤独な夜を過ごしながら、ほんの数メートル先の下宿にいるニコルズに、痛烈な憐憫の情を抱いた。

下宿の主人で、パトリックに忠実な教会用務員ジョン・ブラウンは、ニコルズを撃ち殺してやりたいと息巻くし、その娘で使用人のマーサも手厳しく、ニコルズがシャーロットに近づいて変なまねをしないよう、見張り役を買って出る始末だった。マーサが、「ぞっとするような目つきをしていましたよ」と報告すると、シャーロットは「ミスターNは根がいい人なのに、神さまが容姿にも人のよさを加味して、今よりずっと魅力的に見えるようにしてくれなかったのが悲しい」（*LCB* III 130）と嘆いている。

すっかり陰鬱で寡黙になったニコルズに、仲間の副牧師も近寄らなくなり、シャーロットはニコルズのことを、「わたし以外は、だれもかわいそうだと思う人がいない人」（*LCB* III 101）と考えるようになる。ニコルズがこの繊細で私的な問題を吹聴せず、だれに対しても沈黙を守っていることに、シャーロットは感謝した。

## ニコルズの苦渋

ニコルズは、この苦境にあっても仕事の手は抜かなかった。日曜礼拝は可能なかぎり代理を立て、なるべく教会に赴かないようにしたが、パトリックと顔を合わせないわけにもいかなかった。年が明けて一八五三年一月、父親とニコルズの板ばさみになったシャーロットは、なかば逃げるようにロンドンに出る。そこでパトリックは、つぎのような手紙を送った。

ニコルズは、わたしをまるでインドコブラみたいに避ける。視線をそらし、踵を返して人びとのあいだに姿を消してしまう。……フロッシーが言うんだ、「だれも散歩に連れていってくれない。ご主人パトリックが散歩をするには、雨続きで寒さがこたえるし、散歩仲間だったはずのニコルズは、すっかり親切な心をなくした」と。（*LCB* III 105-107）

父親の機知は鋭利な皮肉の刃と化し、刺すような痛みをシャーロットに与えた。犬と散歩が大好きなあの人が、フロッシーを放っておくなんて……。

ニコルズは、辞表を提出しては取り下げ、オーストラリアへの宣教に志願しては躊躇して、進退について考えあぐねた。一方、シャーロットは「彼のくやしさの根底に、真実と真の愛情があるのか、あるいは怨恨と心むしばむ失望しかないのかわからなかった」（*LCB* III 149）。仮に、ニコルズが、求婚を拒絶されたことを屈辱ととらえ、プライドを傷つけられて腹を立てているのであれば、とうの昔にハワースを去っているはずだ。つまり、どんなに苦しい立場に追いこまれても、ハワースにとどまっていることが、ひとえにシャーロットへの愛の深さを代弁していたといえないか。

一八五三年三月、主教チャールズ・ロングリーがハワースを訪問、副牧師であるニコルズは席を外すことができず、教会関係者が勢ぞろいする場で醜態をさらしてしまう。

ミスター・ニコルズは、まったく楽しそうではありませんでした。深く沈んだ心を努めて隠そうとせず、さらけ出してしまい、周りの人びとに気を遣わせてしまうほどでした。（*LCB* III 129）

ニコルズは、パトリックと話しては癇癪を起こしたり、主教に同行した視学官に執拗な議論を吹っかけたりして、見ているシャーロットは気が気でなかった。礼拝のあと、ニコルズがあとをつけてきていると気づいたシャーロットは、彼をまいて二階に引き下がってしまう。彼女はニコルズの真意をはかりかねていた。

## ニコルズの真意

ニコルズもまた、自分を避けているように感じるシャーロットの真意をはかりかね、傷心のままハワースを去る決意をする。一八五三年五月、聖霊降臨日の聖礼典が、ニコルズが司式する最後の礼拝となり、シャーロットは列席を決める。そこで彼女は、「ミスターNの抱いている真の愛情を疑ったために、罰を受けたように感じる」（*LCB* III 165）。ニコルズが式の途中で、会衆のなかにシャーロットを見つけると、動揺してことばを失ったのだ。

彼はあがき、よろめき、それから自制心を失い、わたしの目の前で、すべての聖体拝領者が見ている前で、蒼白になり、ふるえ、声を失いました。……教区書記のジョウゼフ・レッドマンが話しかけます。ミスターNは大変な努力をし、口ごもりながら、ささやくような声で、やっとの思いで礼拝を続けました。（*LCB* III 165）

ニコルズが自分の感情と必死に戦う姿を目の当たりにして、シャーロットは「一瞬でも彼が屈すると、その重圧を感じて、ほとんど気分が悪くなりそうだった」（*LCB* III 166）。ニコルズが去ることを思い、女性たちはすすり泣き、シャーロットも涙をこらえることができなかった。

一八五三年五月二七日、ニコルズは別れのあいさつをするために、牧師館を訪れた。彼がいつまでも去りがたく、門のところでたたずんでいるのを見て、シャーロットは勇気を出して彼のもとに向かう。

彼は苦悶の発作におそわれて門扉にもたれ、むせび泣きをしていました。……わたしはいま、彼の変わらぬ愛と深い悲しみに、残酷にも無関心ではいられないことを、彼に知ってもらわなければなりません。……ハワースでは皆、わたしが彼を軽蔑して拒絶したと思っています。（*LCB* III 168–169）

ニコルズは断腸の思いで、八年ものあいだ忠実に勤め、シャーロットとともに過ごしたハワースを去っていった。

## 3　わたしの大切な「いい人」

### はじめての反抗期

ニコルズは、北ヨークシャーのハワースから六四キロしか離れていない、南ヨークシャーのカーク・スミートンに転任した。シャーロットを忘れて、故郷アイルランドに帰ることはできなかった。あふれる思いを手紙に綴り、彼女に送り続けた。揺らぐことのないニコルズの愛がシャーロットの心を充たすのは、もはや時間の問題だった。

シャーロットは過去に、来ない手紙を待ちこがれる辛酸をなめたことがあった。恩師コンスタンタン・エジェの沈黙が与える苦しみに、耐えることができなかった。「拒絶された者の苦しみは、相手への思いが強いほど大きくなる」（Ingham 35）ことを知っていたシャーロットは、今度は「拒絶した者」の立場から、ニコルズの苦しみを推しはかった。慎重に自分の気持ちを確かめて、ようやく六通目の恋文に返事を書いた（Cochrane 44）。

二人の文通は、パトリックには秘密であった。シャーロットはおそらく、生涯ではじめて父親を裏切った。文通を続けるうち、二人は再会も果たした。ニコルズが、隣町の友人ジョウゼフ・グラントのところに宿泊し、ハワースの教会墓地の南端で密会を重ねた。やがて、シャーロットは良心の呵責から、父親に二人の関係を隠しておけなくなり、打ち明けて交際の許しを得る。一八五四年四月一一日、シャーロットはエレンに、照れくさそうに経緯を説明している。

わたしは、わかったことすべてから、彼を尊敬しなければなりませんし、単なる冷静な尊敬以上のものを与えないわけにもいきません。事実、親愛なるエレン、わたしは婚約しました。……わたしは、夫を愛していると確信しています。彼のやさしい愛をありがたく思っています。彼は愛情深く良心的で高潔な人だと信じています。（*LCB* III 240）

プロポーズから一年と三か月、不屈の精神で耐えたニコルズの愛が報われたのである。

## お嫁さんになった日

ニコルズは牧師館に同居して、パトリックの仕事と老後を支えると誓ったばかりか、シャーロットの財産を相続することを放棄して、結婚の障害になっていたパトリックの不安材料を取り除いた。シャーロットはギャスケル夫人に婚約を知らせ、「彼にたいへん感謝しています。本気で彼を幸せにしてあげようと思っています。そしてパパも……」（*LCB* III 247）と書いた。夫と、そして父親と、シャーロットの愛の優先順位が逆転した瞬間だった。

牧師館では、ダイニングの奥にあった貯蔵庫を改装し、ニコルズの部屋を用意した。シャーロットは壁紙に映える白と緑のカーテンをつくり、テーブルクロスに縁飾りをつけて、夫を迎える準備にいそしんだ。ブライドメイドになるエレンには、「わたしの大切なカーク・スミートンの知人が一週間まるまるわたしの邪魔をしたので、時間と競争して針仕事をしました」（*LCB* III 268）とのろけている。

一八五四年六月二九日、二人の結婚式は、ニコルズの友人サトクリフ・サウデンによって執り行われた。見物人が殺到しないように、早朝八時の挙式であった。シャーロットは、緑の刺繍が繊細にほどこされた白いモスリンのドレスに白いボンネット、白いマントをはおっていた。

白は着ないつもりだったのに、ハリファックスのドレスメーカーで、それほど合う色はないと言うので、自分でも驚いたことに白を買ってしまいました。安い生地にするように注意し、衝動的に、ひだ寄せが一つか二つの無地のモスリンにこだわりました。（*LCB* III 266）

その姿は、まるで松雪草のような装いだったという（Barker 757）。式のあと、牧師館で朝食をとった

「ミセス・アーサー・ニコルズ」は、ナショナル・スクールの始業で子どもたちが集まる前に、足早にハネムーンへ出発した。

## 新婚旅行

新婚旅行は発見の連続だった。ニコルズが、旅程の計画と手配を引き受けてくれただけでも、新鮮な驚きだった。シャーロットはずっと、なんでも独りでこなし、父親ときょうだいの世話をしながら生きてきたからだ。細やかな配慮でエスコートしてくれる夫のやさしさに甘えて、安心して身を任せた。一か月かけて、ウェールズと、ニコルズの故郷アイルランドをめぐる旅であった。特に、ニコルズが育った伯父の家「キューバ・ハウス」（図5－4）を訪れたときは、感慨もひとしおであった。一七三〇年ごろ、キューバでの砂糖栽培で財を成した者が建てたといわれ、壮麗で品格のあるジョージ王朝様式の邸宅であった（Adamson 8）。

わたしの大切な夫も故郷だとちがって見えます。一度ならずいたるところで彼の賞賛を聞き、深い喜びを覚えました。昔からの使用人や、一家に好意を寄せる人たちは、わたしが、この国でもっとも立派な紳士のひとりを得た、もっとも幸運な人だと言います。（*LCB* III 276）

シャーロットは風邪気味でも、天気が悪くても、先々の宿が多少ひどくても、まったく気にならなかった。ニコルズの「親切で絶え間ない保護から多くの喜びがわき出ていた」（*LCB* III 282）。幸せな旅先から、二人はそれぞれの友人に手紙を送る。ニコルズは、結婚式を執行したサウデンの弟ジョージに、アイルランド南部キルキーのすばらしさを伝えている。

いままで見たなかでいちばんすばらしい海岸です。驚くばかりの岩壁に囲まれており、岩に座って、足もとで泡を立てて渦巻いている広大な大西洋を見渡すのは、最高に爽快です。（*LCB* III 284-285）

奇をてらわず、直情を表した文面に、彼の素直な人柄がにじみ出ている。同じ海岸で感銘を受けたシャーロットは、結婚前に、ある不安を打ち明けたキャサリン・ウィンクワースに手紙を宛てた。ニコルズに詩の素養がなく、趣味が合わないことを心配していたのだが、その不安が払拭されたと説明している。

**図5-4**　ニコルズが育った伯父の家「キューバ・ハウス」
（出典：Alan H. Adamson. *Mr. Charlotte Brontë.* McGill-Queen's UP, 2008）

わたしは、独りで物を考える時間があるのかわかりませんでした。わたしは話したくなくて、静かに海を見ていたいと強く思っていたのです。その願いをほのめかすと、受け入れてくれました。波のしぶきがかからないように膝かけをくれて、わたしに好きなところに座らせてくれました。彼はわたしが崖の端に近づきすぎたときだけ、声をかけてくれました。（*LCB* III 279-280）

ここで肝要なのは、ニコルズがシャーロットの思いを汲み、彼女だけの時間を尊重したことであり、愛し合う二人が同じ風景に感動し、その記憶を心に刻んだことなのである。

## 愛を知る

一八五四年八月一日、二人はハワースに戻り、新婚生活が始まった。当然のことながら、ほとんどの時間を自由に使っていた独身時代とは異なり、生活は一変した。エレンには、「いつも必要とされ、常に呼ばれ、やることがあるというのは、とても不思議な感覚ですが、すばらしくいいものです。」（*LCB* III 283）と近況を伝えている。愛する夫のために尽くす生活。実際、始終いっしょに過ごしていて、シャーロットが手紙を書いているときもそばにいるので、「アーサーが散歩に行きたくてうずうずしています。大急ぎで走り書きしなくちゃ」（*LCB* III 295）と書面を通してからかうほどだった。

結婚したことにより、シャーロットの創作活動の時間が奪われた事実は否めないだろう。しかし、もし結婚生活がもっと長く続いていたら、作家生命を絶たれていたかもしれないと仮説を立てるほど、むなしいことはない。彼女は、虚構のなかではなく、現実の人生で愛を知り、死の瞬間まで愛を育み、丹精して自分自身の物語を描いていたのである。

恩師マーガレット・ウラーには、「彼がときおり短い飾り気のない誠実なことばで、自分は幸せだと認めるのを聞くと、わたしは満足を感じ、ありがたくなります」（*LCB* III 290）と感謝を綴っている。詩趣を帯びたことばではなく、素朴なことばであるからこそ、心に響くのであろう。愛する人がそばにいる、それだけで充たされる幸せを、シャーロットは手に入れていた。

ニコルズは、「ミスター・シャーロット・ブロンテ」として有名作家の夫であることを鼻にかけ、名声にあやかるタイプの人間ではなかった。むしろ、それを隠すようにして、私生活が表沙汰になることを嫌った。妻のいちばんの文通相手エレンには、手紙をすべて処分するように何度も迫っている。歯に衣着せぬ文言が公になることは、ニコルズにとって、妻が公衆の面前で裸になるも同然だったのだろう。シャーロットは、エレンの手紙を保管しておらず、自分が書いた手紙も、その場で使うだけのメモのように扱っていた。それゆえ、手紙の行く末を深刻に案ずる夫に驚くと同時に、手厚い庇護に感謝を重ねた。

一八五五年三月三一日、シャーロットは妊娠中毒症で亡くなった。新しく授かった命が仇となる残酷な死であった。死後、伝説として一人歩きを始めた作家を、あくまで私人として愛し続けようとするニコルズに、無理が生じることは免れなかった。未曾有の文学的価値がある私信を眠らせておくことは、世間が許さなかった。作家の生涯について、あらぬ憶測や誤解が飛び交うなか、ニコルズは愛妻に誓った通り、パトリックのそばを離れることはなかった。

一八六一年六月七日、パトリックが八四歳で天に召されると、ニコルズは、家族の思い出の品を携えて故郷アイルランドに帰った。パトリックの犬プラトンとケイトーもいっしょだった。育ての親の伯母に迎えられ、従妹と小さな農場で生計を立て、静かな余生を送った。

## 4　「いい子」になりたい

ニコルズはシャーロットに出会うまで、どんな人生を送っていたのだろうか。彼は一八一九年、アイルランド北部のアルスター地方アントリムで、貧しい農夫ウィリアム・ニコルズの四男として生まれた。

五男五女を扶養する手立てのなかった両親は、ニコルズが七歳のとき、二歳上の三男といっしょに母方の伯父に預けることにした。アイルランド中部のバナガーまで三二一キロもの行程を、少年二人はどんな思いで馬車に揺られていたのであろうか。彼らは二度と、両親に会うことはなかった（Adamson 4）。

伯父の家にも九人の子どもがいて、実家よりも大所帯になったが、伯父夫婦は実子と分け隔てなく、甥二人を慈しんだ。両親から引き離されたトラウマと、伯父夫婦から受けた無償の愛から、ニコルズは、人に打ち解けるまで慎重だが、一度心を許すと最大の労を尽くして愛情を示す青年に育った。

伯父アラン・クラーク・ベルはトリニティ・コレッジに学び、グラスゴー大学で法学博士を取得、一八二二年から前述のキューバ・ハウスで学校を経営していた。ロイヤル・フリー・スクールは、一六二八年にチャールズ一世が創設、卒業生は皆、トリニティかオックスフォード、ケンブリッジに進む優良校で、オスカー・ワイルドの父ウィリアムも一八二〇年代に在籍していた（Adamson 7-11）。ニコルズはここで質の高い教育を受けた。勉強一辺倒ではなく、他の生徒同様、ときに無断欠席をしては、ベル家の犬を従えて長い散歩に出たり、魚を手づかみでとることを覚えたり、この地で野歩きの醍醐味を知った。

一八三六年、トリニティに進学するが、翌年に伯父の学校が財政難に陥ったため、休学してバナガーに戻り、教員を勤めながら、心ばかりの恩返しとして伯父を支えた。八歳から一八歳までの子どもたちの教科教育から情操教育まで、若き教師はおそろしく手を焼いたようだが、この経験がのちのハワース・ナショナル・スクールで発揮される手腕を育んだといえよう。

四年間の休学中に伯父が病死し、大きな痛手を負うが、伯母の支援で復学して、一八四四年に二六歳で学位を取得した。ときはジャガイモ飢饉が始まった年、聖職を目指すも、不況のアイルランドでは副牧師の地位が廃止されるなか、イングランドに職を求め、ハワースの求人広告に目をとめるのである。

シャーロットは、プロポーズから半月も経たないころ、ニコルズを次のように分析した。

周囲の人は、彼がわたしをどのように思っているか知りませんが、わたしはその感情がどういうものかわかっているのです。ミスターNは、ごくわずかな人にだけ心を開き、その愛情は、地下水のように深いところに隠されているが、その狭い水路を勢いよく流れているような人なのです。（*LCB* III 101）

彼女は鋭い観察眼で、ニコルズの本質を見抜いていた。そして、結婚して半年後、愛おしいニコルズを「わたしの大切な男の子（my dear boy）」（*LCB* III 312）と呼んだシャーロットには、無二の愛を渇望する少年の姿が見えていたのだろう。

### 引用文献


Adamson, Alan H. *Mr. Charlotte Brontë: The Life of Arthur Bell Nicholls.* Montreal and Kingston: McGill-Queen's UP, 2008.

Barker, Juliet. *The Brontës.* London: Phoenix, 1995.

Brontë, Charlotte. *The Letters of Charlotte Brontë with a Selection of Letters by Family and Friends.* 3 Vols. Ed. Margaret Smith. Oxford: Clarendon, 1995, 2000, 2004. 本章では *LCB* と略記。

Cochrane, Margaret and Robert. *My Dear Boy: The Life of Arthur Bell Nicholls, B. A. Husband of Charlotte Brontë.*

Beverley : Highgate, 1999.

Ingham, Patricia. *The Brontës.* Oxford : Oxford UP, 2006.

Lutz, Norma Jean. "Biography of the Brontë Sisters." *The Brontë Sisters.* Ed. Harold Bloom. Philadelphia : Chelsea House, 2002.

Pool, Daniel. *Dickens' Fur Coat and Charlotte's Unanswered Letters.* New York : Harper Collins, 1997.

Sellars, Jane. *Charlotte Brontë.* London : British Library, 1997.

Whitehead, Stephen. "Friends, Servants and a Husband." *The Brontës in Context.* Ed. Marianne Thormählen. New York : Cambridge UP, 2012.

Wilks, Brian. *The Brontës : An Illustrated Biography.* London : Hamlyn, 1989.

Woolf, Virginia. *A Room of One's Own / Three Guineas.* London : Penguin, 1993.

# 第6章　G・H・ルイス

## ――「尊敬の念」と「悔しさ」と――

谷田恵司

シャーロット・ブロンテがジョージ・ヘンリー・ルイスにあてた手紙は九通残っている。そのうちの一つで、シャーロットは「ある程度の尊敬の念と幾分かの悔しさとを込めて」(19 Jan. 1850, *LCB* II 333) という奇妙な結びの言葉で手紙を書き終えている。この言葉はどのような経緯から生まれたのだろうか。シャーロットは相手を一応は立てておきながらも、何かに腹を立てているようである。一体何があったのだろうか。

### 1　ルイスの影響

#### 多芸多才な男

ルイスは、『ミドルマーチ』などで知られる小説家ジョージ・エリオットの非公認の「夫」であったということを別にすれば、シャーロットに比べてあまり知られてはいない。そのため彼をまず簡単に紹介しておきたい。ルイスは一八一七年にロンドンで生まれた。中等教育は受けたが大学には行っていな

**図6－1**　G・H・ルイス
（出典：Rosemary Ashton. *G. H. Lewes: A Life.* Oxford: Clarendon Press, 1991）

い。彼を形容する際に最もよく使われる言葉は「多芸多才」である。ローズマリー・アシュトンによれば、彼は四〇年間であらゆる雑誌に五〇〇以上の記事を書き、「その並外れた多芸多才さで、一方では賛美され、また一方ではさげすまれた」（1992：1）という。その関心と執筆分野は劇評、劇作、哲学、小説、文学評論、伝記、博物学、生理学等々、実に広範囲に及ぶ。『ジェイン・エア』（一八四七）を出したばかりのシャーロットに対して、後述のように、ルイスが先輩の小説家という顔をしてアドバイスしたのは、自分のほうが文筆の世界ではずっと経験を積んでいるし、同じ年に最初の長編小説『ランソープ』を出版したところだったからである。彼は翌年もう一冊長編小説を出しているが、この後は小説家としてはほとんど活動していない。

## 神か悪魔か

シャーロットとルイスの関係を考える出発点として、ミリアム・ベイリンの刺激的な論考である「『神よわたしを味方からお守りください』――シャーロット・ブロンテとG・H・ルイス」を読んでみたい。この論文の内容をわたしの言葉で多少補って要約しつつ、二人の関係を見ていく。ベイリンは最初にG・K・チェスタトンの次のような発言を紹介する。

実際のところ、ジョージ・ヘンリー・ルイスという男は、神あるいは悪魔のどちらかによって（どちらとも言えないが）、あるひとつの役割を果たすためだけにこの世に送り込まれた人物である。それはジョージ・エリオットの才能の破壊である。この任務を彼は実に勤勉にかなりうまく成し遂げた。彼はシャーロット・ブロンテの才能も同じようにつぶそうとした。(6)

チェスタトンに言わせると、シャーロットに悪影響を与えたのはルイスが手紙や書評で推奨したリアリズムであり、そうしたリアリズムは、自分の日記に書いてある汚らしい病的な話を見せびらかすようなものである。シャーロットはせっかく物語を語る力を持っていて『ジェイン・エア』という傑作を書いたのに、不幸にもルイスのアドバイスを受け入れた。そのせいで『シャーリー』（一八四九）や『ヴィレット』（一八五三）は失敗した、とチェスタトンは主張する。

一方、ルイスを擁護する意見もある。たとえばフランクリン・ゲアリはこう述べている。

シャーロットの手紙や小説から感じられるのは、彼女はルイスの批評を受けて、ほかのどんな批評を受けた時にも感じなかったほどに、自分の書くものをもっと自己批判する必要を強く意識するようになり、純粋に芸術的な問題に目を開き、芸術家としての自意識をより強く持つようになったという点である。(540)

ゲアリによれば、ルイスはシャーロットのメロドラマへの傾倒を押しとどめ、題材に関する限界を意識させた。そのため、『シャーリー』は失敗作となり、『ヴィレット』は傑作となった。『シャーリー』は、三人称で語り、よく知らぬ題材を扱ったのが失敗の原因である。『ヴィレット』では『ジェイン・エア』と同じ自伝の形式に戻り、一人称で自分の経験に基づく物語を語った。私的な経験を扱ってもそれを全体の構造に組みこめたので成功したとして、ゲアリはルイスの功績をある程度は評価する。

**シャーロットを挑発したルイス**

さて、ベイリンはここではどちらの側にも味方しない。彼女はルイスの役割をこう見る。

ルイスがこのやり取りで何か実質的なことを成し遂げたとしたら、それはシャーロットを挑発して彼女に自分の判断や自分の小説家としての創作上の立場を弁護させ、その結果、彼女の創作活動についての貴重な洞察を我々に残してくれたことである。（96）

チェスタトンとゲアリはシャーロットを過小評価しているとベイリンは考える。つまり、シャーロットはそう簡単に「つぶ」されたり、「目を開」かせられたりするような、影響を受ける弱い立場だったのではない。ベイリンは「彼女が彼の指示におどけて抵抗している様子から見えてくるのは、彼女が独立心を持っていただけではなく、このやり取りの痛快さを楽しんでいたという点である」（100）と見る。以上がベイリンの主な論点である。

確かにシャーロットは田舎で暮らしていて、それまでロンドンの文筆家たちとの交流はなく、また、概して内向的で初対面の人との会話は苦手であった。彼女の書簡を読むと誰もが感じるであろうことは、「内気で社交性に欠けていたシャーロットが、手紙の中では男性に対してさえ極めて率直で大胆な意見を述べている」(岩上 227) という点だろう。そうした意味からも、シャーロットがルイスとのやり取りをいわば専門家同士の自由闊達な意見交換として楽しんでいたのだというベイリンの主張は説得力がある。

## リアリズムと想像力

さて、こうした意見を踏まえた上で二人の文通の内容を具体的に見ていく。シャーロットからルイスへの手紙は残っているが、ルイスからのものは残存していないため、その内容はシャーロットの返信の文面から推測するしかない。

一八四七年一一月にルイスはこの無名作家に手紙を出し、その第一作『ジェイン・エア』を激賞した。これに対するシャーロットの返信が同年一一月六日付のものである。これを見ると、彼女がルイスの言葉を直接引用して彼に反論している部分もあり、ルイスがどのような主張をしたのかをある程度は推測できる。シャーロットは「あなたはわたしに、メロドラマにならないようにと警告して、真実から離れないようにと勧告なさいます」（*LCB* I 559）と書いている。このアドバイスは、ルイスの文学論の中心をなすものである。彼はこれ以外のところでも、たとえば「個人的経験はすべての真の文学の基礎である。作家はその思想を自ら考え、その物体を（肉体の目で、あるいは精神の目で）自ら見て、その感情を自ら感じなければならない」（1885：24）などと主張している。ルイスの助言に対してシャーロットは次のように反論する。

しかしながら、個々人の実体験は極めて限られているのではないでしょうか。そして、もし作家がそうした経験だけを、あるいはその経験を主に、扱うとしたら、同じことを何度も書くことになったり、自己中心的になったりする危険はないでしょうか。

そしてまた、想像力は絶え間なく働く強い力です。我々にはその声に耳を貸しその力を行使することが求められています。その叫びに耳をふさぎ、その闘争から目をそむけるべきなのでしょうか。想像力が我々に鮮やかな光景を示すとき、我々はそれに目を向け、それを言葉で描こうとしてはいけないのでしょうか。そして想像力が我々の耳元で、早口で力強く雄弁に語るとき、我々はそれを文字にすべきではないのでしょうか。(6 Nov. 1847, *LCB* I 559)

この手紙には二人の立場の違いが明確に表れている。経験に基づくリアリズムを主張するルイスに対して、想像力がシャーロットの文学の根幹をなしていることが、作家自身の口から雄弁に語られている。

## 女であること

また、ルイスとの文通での注目すべき第二の話題としては、作家が女性であることの意味があげられる。ルイスはすでに（『カラー・ベル』という性別不明のペンネームで出版された）『ジェイン・エア』の書評で、作者は「明らかに女性である」(1847 : 690) との強い意見を表明していた。それでシャーロットは、『シャーリー』の書評においても彼がその点に触れる可能性を予期し、一八四九年一一月の手紙で次のように書いている。

わたしを女と見ないでいただきたかった。批評家は皆「カラー・ベル」が男性であると信じていてほしかったのです。そうだったら彼をもっと公平に評価してくれるでしょうから。あなたはきっとわたしを、女性はこうあるべきだとあなたが考える基準をもとに評価し続けることでしょう。そうした基準からみると、わたしはあなたが優雅だとみなすような人間ではありません。あなたはわたしを非難なさるでしょう。（*LCB* II 275）

この手紙は、「前にお手紙をいただいてから一年半ほどになりますが、もっと以前のことのような気がいたします。それは、その間にわたしの人生の道筋にいくつかの不幸な出来事がありましたからです」（*LCB* II 275）という痛ましい書き出しで始まっている。これは弟と妹たちの死亡を指しているのだが、[1]ルイスはこうした事情は知る由もなかっただろう。

シャーロットはさらに、「わたしは『シャーリー』がどのように受け入れられるかと見守っています。まったく期待はしておりませんし、かなり悲しく苦いものになるかと予期しております。それでも、率直にお考えを聞かせていただけるよう、心からお願いいたします」（1 Nov. 1849, *LCB* II 275）と、批評家の審判を待つ小説家の心情を示している。

## 『シャーリー』書評

このような手紙を一一月に受け取っていたにもかかわらず、ルイスはその翌年一八五〇年の一月に発表した『シャーリー』の書評では、女性の知性の問題から書き始めた。

知性において女性が男性と比較して優れているかどうかという点に関しては、女性が劣っているという意見が一般的である。……

女性の偉大な機能は母性であり、将来もそうであるべきであることを常に忘れてはならない。……野党の党首が妊娠七か月だったらどうなるのか、軍事作戦の開始時に最高司令官である将軍が「産後の経過は順調」だったら、あるいは裁判長に双子の赤ん坊がいたら。（1850a：481）

つまり、女性には妊娠と子育てがあるから、長期的に知的な成果を上げるのは難しいのでないかという主張である。さらにルイスは、『シャーリー』の作者が牧師の娘であると暴露したあとで、『シャーリー』を『ジェイン・エア』よりも劣ると断言する。書評の最後の部分では、また作者が女性であることに言及して、「本書の欠点はすべて女性ならではの欠点である」とした後で、シラーの言葉を用いて「彼女は自分の性から逸脱したのだ。自分をその性よりも高めることはせずに」（489）とまで断言する。

これにシャーロットは激しく反発し、ルイスへ「敵に対しては身構えることができますが、神よわたしを味方からお守りください」（?c. 10 Jan. 1850, *LCB* II 330）という、有名な一行だけの手紙を送る。この言葉は元はスペインなどのことわざであり、シャーロット独自のものではないようだが、それでも彼女の怒りは十分に伝わってくる。この手紙の一週間ほど後に、シャーロットはもっと長い手紙をルイスに送る。この手紙からは結末の語句を本論の冒頭ですでに引用したが、ここではその少し前から紹介する。

しかし、わたしはあなたと握手いたします。あなたのおっしゃることにはなるほどもっともな点がありますし、あなたは寛大になれるお方です。わたしはまだ腹立たしく感じており、そうした思いは当然だと考えております。しかしそれは荒っぽいやり方をされたときに感じる気持ちであり、反則行為に対する怒りではありません。
ある程度の尊敬の念と幾分かの悔しさとを込めて
カラー・ベル（19 Jan. 1850, *LCB* II 333）

「尊敬の念」と「悔しさ」という奇妙な結びの言葉は、こうした状況で書かれたのである。シャーロットは弟や妹たちの死を経て、ようやく長編小説第二作を出版した。それはあくまで個人的事情であるとしても、作者を女として見て作品を評価しないでほしいとはっきりと依頼したにもかかわらず、それを無視して書評が書かれたことへの悔しさは想像に難くない。

## 2　ルイスの事情

### ルイス夫妻とその友人

しかし、この二人のやり取りについては、シャーロットの側の状況だけでなく、ルイスの側の事情もあわせて考えることが必要かと思われる。ルイスのこの時期の個人的状況はどうだったのか。また彼が『シャーリー』の書評を、作者が女性であるということにとりわけ焦点をあてて書いているのはなぜか。アシュトンは「概してルイスは女性作家に関して、偉そうな態度でものを書くことはなかった。ジェイン・オースティンを称賛した時、彼は徹頭徹尾、小説家としてのオースティンの巧みさを褒めたたえた」と述べ、この『シャーリー』書評は「彼らしくない書き方をした文章である」（1991：101）と見る。アシュトンは十分な資料が残っていないので断言はできないとはしながらも、ルイスの妻アグネスの妊

**図6-2**　左からアグネス，ルイス，ソーントン・ハント

（出典：図6-1に同じ）

娠がこの文章の内容とかかわっていると見て、こうした文章になったのは、「おそらく自分の心情にあまりに近すぎる題材について書いたからである。彼はそのことについて強い思いを抱いていたし、その思いは決して曖昧なものではなかったのだ」（101-102）と考える。

アグネスのお腹にいたのはルイスの子どもではなかった。二人は一八四一年に結婚して子どもも生まれたが、やがてアグネスは夫の友人のソーントン・ハントと親密になり、一八五〇年四月に彼との間の最初の子を出産する。ハントもすでに妻帯者であって、彼は死ぬまでその妻と結婚状態を続けた。アグネスとハントの子エドマンド・ルイスは一八五〇年の四月一六日に生まれた[2]。実はその直前の三月には、ルイスとアグネスとの間に生まれた、まだ二歳にもならない息子が死亡している。ハントとルイスが共同で創刊した雑誌『リーダー』は、こうしたことの最中の同年三月三〇日号が創刊号であり、その号の「出産・結婚・死亡」告知欄にはルイスの息子の死亡通知が掲載されている。

このころまで、ルイスからハント宛ての手紙は、しばしば「君の弟より」という言葉で結んであった。アグネスがすでにハントの子どもを妊娠していた一八四九年一二月二九日の、ハント宛てのルイスからの現存する最後の手紙も、「君を常に愛する弟より」（Lewes, *Letters* I 189）という言葉で終わっている。この子どもが生まれた後のハントとルイスの関係は、二人の間の手紙がその後はまったく残っていないので詳細は不明である。雑誌創刊という企てでは共に働いた友人同士であるが、妻を共有したなどと悪口を言われた男女問題の面ではどういう関係であったのか。後にルイスとその「妻」ジョージ・エリオットは、ハントとアグネスの間の子どもたちを経済的に支えた。この養育費を巡ってはハントとルイスの間で決闘という話まで出たようである（Ashton 1991, 100）。

## 自由恋愛か、男同士の絆か

この男たちの関係についてアシュトンは、ルイスとハントは「シェリーを崇拝し、この詩人の提唱する、結婚制度内での自由恋愛を取り入れていた」（1991：5）とか、あるいはルイスが「シェリーの考える、宗教における自由思想や性的に自由な生き方に同調し、妻アグネスと自分の友人ソーントン・ハントとの姦通を認めるどころか奨励さえしていた」（2008：109）と、従来の伝記作者たちの見解を踏襲している。

ナンシー・ヘンリーはこれに反論し、こう述べる。「シェリーの『自由恋愛』思想はルイスの若き結婚生活の一側面をでっちあげるために使われてきた」（73）のだ。そして「確たる証拠なしにシェリーの思想をルイスの行動に結び付けるのは論理の飛躍である」（74）として、従来からのジョージ・エリオットの伝記で当然とされてきていた解釈に新たな疑問を突き付けている。ヘンリーは、セジウィックの『男同士の絆』（一九八五）を踏まえて、「ソーントンは単に『自由恋愛』を信奉していたと単純に見るよりも、彼がルイスを敬愛していたゆえに、アグネスが彼にとって愛人としての価値を持つ女性となり、そのためにソーントンが彼女に魅了されたと考えた方が説明がつくのではないか」（84）と述べる。

しかし、資料が乏しい状況ではもちろん憶測にならざるを得ないわけだが、ヘンリーのこの解釈は、従来の伝記作者の「自由恋愛」論を「論理の飛躍」と切って捨てたわりには、少し歯切れが悪い。特に、ハントにとってルイスの妻は、自分がルイスを敬愛しているがゆえに価値を持ち、そのためハントが彼女に惹きつけられたのだ、という解釈には疑問が残る。男性同士の関係が男女関係に強い影響を与えることは『男同士の絆』でも論じられてはいるが、それがここで具体的に適用できるかどうかは、あくまで一つの可能性にすぎない。この三人の関係の詮索はひとまず置くとして、こうした状況がこの時期のルイスの書いたものに影響を与えた可能性は否定できないだろう。

## 3　女の文学

### ペンを捨てて毛糸を買え

さて、ルイスは、シャーロットからの激烈な抗議の手紙を一八五〇年一月に受け取った後、「ものを書く女性への穏やかな助言」という短文を同年五月の『リーダー』に書いている。これはアグネスとハントの子どもが生まれた直後である。こうした状況で書かれた文章だが、かなりコミカルな調子で書かれていて、「自分の母が言うには、女性は母の時代には団子をゆでたり……針仕事をしたりして満足していた」という書き出しで始まる。「それなのに今では女性はギリシャ語を学んでいて、団子などには見向きもしない」と続き、「カラー・ベルやギャスケル夫人のような優れた小説を書ける男性はどれほどいるだろうか」と問いかけている。「実際、女性は本来我々男性のものであった領域を侵略している」などと言って、「イギリスの女性たちよ、聞き給え。あなたたちの選んだ道は破滅へと続く道だ。あなたたちの文学的衝動は、悪魔の衝動だ。ペンを焼き捨てて毛糸を買いなさい」(1850b：189)と促す。ところが最後に、筆者のところに夫を毒殺したという噂のある女性が原稿を持ってきて出版社との交渉を押し付ける、というオチがある。
ルイスはシャーロットから抗議の手紙を受け取り、さらに自分の子どもが死亡して、妻が自分の友人との間につくった子どもが生まれた直後に、こういうことを書いている。シリアスなのか、ふざけているのか、執筆による現実逃避なのか。ここで彼はカラー・ベルやギャスケルといった女性の知的労働の成果をある程度は評価しつつも、一般論的には、女には「破滅」に突き進むまで文学を追求する真剣さがないだろうから、いい加減なところでやめておけ、と揶揄している。ルイスは、女性の手になる作品でも優れたものは率直に認めた。たとえば二年後の一八五二年に書かれた「女性作家たち」というエッセイは、かなりシリアスなものである。

もし男性が女性の中に、単なる遊び相手やメイドに要求される以上の能力を認めるならば、またもし女性の中に男性自身のものと比較しても劣ることのない知性の存在を認めるならば、男性はその知性に対して、あらゆる任意の活動形式で自らを表現することを認めなければならないのは、論理的に明白である。(70)

このように、ルイスは優れた才能を認めるのには躊躇しなかったが、ただそれが女性の手になるものの場合は、あるいはコミカルに揶揄し、あるいはシリアスに批評するという振幅を持ち、かなり複雑な反応を示していた。(3)

### 男性領域への侵入

女性は本質的に知的な活動には向いていないのだという考えは、ルイス自身の個人的意見というより、当時の一般的な男性の普遍的意識であった。たとえば、シャーロットの扱ったテーマの変化は男性の領域への侵入だったと考える次のような意見がある。

『ジェイン・エア』から『シャーリー』へと移っていったときに、シャーロットは自分や他の女性の個人的経験をもとに書くというやり方から、政治や歴史について書くことに移行した。ルイスはこの題材の移行を、男性の領域への侵入と位置付けて反応した。……ルイスの主張によれば、女性はその生物的状態（身体的健康が損なわれている状態[4]）のため、精力的な知的努力を行う能力がないのである。この主張は一九世紀後半の英米両国での、女性が高等教育を受ける機会を与えられるべきかという論争によく見られたものである。（Michie 145-146）

この時代の女性の知性に関する社会的意識の状況を香川せつ子はこう要約している。

女性が最高学府において男性と同一の条件下で勉学することへの反対論は、宗教的・道徳的なものから科学的装いをもったものまで一九世紀を通して根強く存在し、女子高等教育関係者を揺さぶり続けた。とくに一八七〇年代から二〇世紀初頭にかけて影響力を発揮したのが、医学的見地からの反対論である。高度な知的訓練は女性の生理にそぐわず、生殖能力の破壊に通じるという「科学的」理論が優勢となるなかで、高等教育に携わる女性たちはそれへの反証を迫られた。（香川 40）

以上のような個人的事情と社会的議論の流れを背景として、ルイスの『シャーリー』書評が書かれ、シャーロットを憤慨させたのである。

こうして一九世紀半ばのイギリスにおける文学的情景の一つとして、二つの極めて個性あふれる知性が出会った。二人とも熱心に個性ある文筆活動を行うとともに、私的な側面で重い事情を抱えながらも懸命に生きていた。この二人がある時にふと触れ合い、刃がぶつかり合って、小さいけれども激しい火花が飛んだ。そのきらめく光を我々はここで目撃したと言えるだろう。

## 4　「悔しさ」の量は？

### 「それ以上」か「いくらか」か

さて、シャーロットの手紙に関連して、あるいは重箱の隅をつついているだけのことになるかもしれないが、冒頭で取り上げたルイス宛ての手紙の末尾をもう一度だけ見てみたい。ここでは正確を期すため原文を引用する。

I am yours with a certain respect and some chagrin
Currer Bell（19 Jan. 1850, *LCB* II 333）

マーガレット・スミスが編集したシャーロットの書簡集では、この一行目の終わりに以下のような編者による注が付されている。

ギャスケル夫人はここで写し間違いをしていて、'and more chagrin' という彼女の誤りがショーター編の書簡集の第四〇九番や、ワイズとシミントン編の第五一八番の書簡でも踏襲されている。どちらも『生涯』を基にしていて、自筆の手紙に基づいた読みではない。(*LCB* II 333n)

さて前述のベイリンの論文はこの手紙の末尾を引用して "(*LCB*, II, p. 333)"(103) と注を付け、これがスミス編の書簡集からの引用であると出典を示している。だがベイリンの引用文では、ここはなぜか "I am yours, with a certain respect, and more chagrin," (103) となっている。"some chagrin" が "more chagrin" となり、コンマも二つ入っている。これはギャスケルの『シャーロット・ブロンテの生涯』(一八五七) にある読みである。ギャスケルの書き写した原文は次のようになっている。

I am yours, with a certain respect, and more chagrin,
Currer Bell (318)

この部分は、『シャーロット・ブロンテの生涯』のある翻訳では次のように訳されている。

ある尊敬とそれ以上の悔しさをもって。
かしこ
カラー・ベル (499)

これはギャスケルの書いた文章の翻訳であるから当然ながら原文は“more chagrin”であり、それが「それ以上の悔しさ」と訳されている。

次にシャーロットの書簡集の翻訳を見ると、この手紙の本文はこう訳されている。

ある尊敬といくらかの悔しさをもって
かしこ
カラー・ベル（1249）

ここでは、スミスの新しい読みに従って“some”が採用され、「いくらかの」と訳されている。しかし、なぜかそのページに対応する編訳者の注にはこうある。「ミセス・ギャスケル……は誤って‘more chagrin’と筆写したので、ショーター版もW＆S版も同じ誤った読み方を踏襲している。もとは‘much chagrin’である」（1249）。

## フロイト的錯誤

ここからはわたしの単なる想像である。この“more”と“some”という二つの単語は手書きの手紙を読み取る際に、あまり間違えようがないものであると思われる。ギャスケルはこの手紙を書き写す際に、ルイスの書評に対するシャーロットの悔しさに心から共感し、最終行の“a certain respect”というところまで写していって、そのあとをつい“more”と思い込んで書き写してしまったのではないか。そしてベイリンはなぜかスミスの書簡集を確認せずにギャスケルの読みをそのまま引き写してしまい、出典だけをスミスとする過ちを犯している。主にスミス編の書簡集を基に書簡を翻訳し注釈した中岡・芦澤両氏も、問題の箇所を翻訳する際には、手紙本文の翻訳では“some chagrin”を取り入れ、それを「いくらかの悔しさ」と訳したのにもかかわらず、注では、やはり文面に影響されてか、「もとは‘much chagrin’である」と書き込んでしまったのではないかと思われる。(5)

ギャスケルの写し間違いに、書簡集の翻訳もベイリンの論文もなぜか影響されてしまっている。もちろん偶然のこととはいえ、想像をたくましくして考えると、ここではいわゆる「フロイト的錯誤」が起こったのではないかとさえ思える。つまり、意識下の動機、願望、意向等によって言い間違いや書き間違いが起こるとする見方である。ルイスの『シャーリー』書評へのシャーロットの怒りと悔しさが、この手紙を読む者に影響を与え、間違いを引き起こしたのではないかと想像したくなる。

冷静に資料を扱うことは言うまでもなく研究者として当然のことである。しかし対象への愛情や共感こそが優れた研究を生む原動力であることも、特に文学研究者ならば経験的に知るところであろう。ここでもう少し想像力を舞い上がらせてしまえば、もしかしたらシャーロット自身も本当のところは“much”かあるいは“more”と書きたかったのではないだろうか。

＊　本章はシンポジウムにおける口頭発表「Miriam Bailin, “‘God Deliver Me from my Friends!’ Charlotte Brontë and G. H. Lewes” を読む」を原型としたものである。

注

（1）一八四八年九月にブランウェル、同年一二月にエミリー、翌年五月にアンが死亡した。

（2）ルイスはこのハントとアグネスとの最初の子を自分の息子として認知したため、その後アグネスとの離婚が法的に不可能になる。そのために彼はメアリアン・エヴァンズ（のちの小説家ジョージ・エリオット）と正式な結婚ができなかった。

（3）皮肉なことに、後にルイスは献身的に「妻」エリオットの創作活動を支えることになる。彼は、自作の世評を神経質に気にかけるエリオットを気遣って、彼女に辛口の書評を読ませようとしなかった。

（4）これは女性の生理や妊娠を指す。

（5）筆者はこのシャーロット書簡集の翻訳・註解という貴重な労作に心から敬意を抱くものであり、些細な点を取り上げる失礼をお詫びする。

## 引用文献

Ashton, Rosemary. *G. H. Lewes: A Life.* Oxford: Clarendon Press, 1991.

Ashton, Rosemary. ed. *Versatile Victorian: Selected Writings of George Henry Lewes.* London: Bristol Classical Press, 1992.

Ashton, Rosemary. *142 Strand: A Radical Address in Victorian London.* London: Vintage, 2008.

Bailin, Miriam. "'God Deliver Me from my Friends!': Charlotte Brontë and G. H. Lewes". *Brontë Studies* 36-1 (2011): 95-103.

Brontë, Charlotte. *The Letters of Charlotte Brontë: With a Selection of Letters by Family and Friends.* Ed. Margaret Smith, 3 vols. Oxford: Clarendon Press, 1995-2004. 本章では *LCB* と略記。

Chesterton, G. K. "Charlotte Brontë and the Realists." *BST* 4-16 (1907): 6-11.

Gary, Franklin. "Charlotte Brontë and George Henry Lewes." *PMLA* 51-2 (1936): 518-542.

Gaskell, Elizabeth. *The Life of Charlotte Brontë.* 1857, London: Everyman, 1997.

Henry, Nancy. *Life of George Eliot.* Hoboken, NJ, USA: Wiley-Blackwell, 2012.

Lewes, George Henry. "Recent Novels: French and English." *Fraser's Magazine* 36 (Dec. 1847): 686-695.
Lewes, George Henry. "Currer Bell's *Shirley*." *Edinburgh Review* 91 (Jan. 1850): 153-173. rep: *Littell's Living Age* (16 March 1850a): 481-489.
Lewes, George Henry. "A Gentle Hint to Writing-Women." *The Leader* (18 May 1850b): 189.
Lewes, George Henry. "The Lady Novelists." *The Westminster Review* No. 58 (1852): 70-77.
Lewes, George Henry. *The Principles of Success in Literature*. 1885, London: Walter Scott, n.d.
Lewes, George Henry. *The Letters of George Henry Lewes*. Ed. William Baker, 3 vols. Victoria, Canada: University of Victoria, 1995-1999.
Michie, Elsie B. *Outside the Pale: Cultural Exclusion, Gender Difference and the Victorian Woman Writer*. Ithaca: Cornell University Press, 1993.
岩上はる子「ブロンテ書簡研究（1）」『鳥取大学教養部紀要』27（1993）：227-258.
香川せつ子「一九世紀末イギリスの大学における女子学生の健康問題――『オックスブリッジ女子卒業生への健康統計調査』を中心にして」『西九州大学子ども学部紀要』3（2012）：39-49.
ギャスケル、エリザベス『シャーロット・ブロンテの生涯』中岡洋訳、みすず書房、一九九五。
ブロンテ、シャーロット『シャーロット・ブロンテ書簡全集／註解』中岡洋・芦澤久江編訳、彩流社、二〇〇九。

# 第7章　W・M・サッカレー
## ――自伝性と匿名性をめぐって――

新野　緑

サッカレーとシャーロット・ブロンテは不思議な偶然で結ばれている。一八四七年一〇月、サッカレーは、刊行中の『虚栄の市』と同じくガヴァネスをヒロインとする『ジェイン・エア』(一八四七)の献本を、スミス・エルダー社から受けた。すぐさま彼は同社の出版顧問W・S・ウィリアムズに、未知の著者カラー・ベルを賞賛する手紙を送り(*Letters* II 319)、サッカレーの評価を知らされたシャーロットは、「わたしが賞賛し、驚嘆し、喜びを感じる真の才能を、ずっと前から氏の作品に認めていた」(28 Oct. 1847, *LCB* I 553)と語って、長年に亘るサッカレーへの敬意を示した。

こうして互いの才能を認め合ったかに見える二人だが、一八五三年にスミス・エルダー社のオーナーであるジョージ・スミスからサッカレーの肖像画(図7-1)を贈られたシャーロットが「昨晩遅く、光栄にもハワース牧師館に名高い来賓をお迎えしました。ほかでもないW・M・サッカレー様です」(*LCB* III 128)とはしゃいだ調子の礼状を認めたのに対し、その一年前にサッカレーが友人に語った「ジェイン・エアの手紙を見れば、分かるだろう。どうしてぼくたちが大の仲良しになれないか」(*Letters* III 12)という言葉は、二人の作家が相手に抱く感情の温度差を如実に物語っている。とはいえ、

**図7-1**　サッカレーの肖像画
（サミュエル・ロレンス作）

この銅版画をジョージ・スミスはシャーロットに贈った。

（出典：Jane Sellars. *Charlotte Brontë.* The British Library, 1997）

生涯サッカレーを崇拝したはずのシャーロットが、じつは彼への不満を友人や編集者に書き送る一方で、サッカレーは、彼女をジェイン・エアと呼ぶ冷やかな皮肉の陰で、その並々ならぬ才能を認めて作品を読み続けていた。両者の関係には、実人生のみならず、創作上の影響も含めて、通り一遍の見方では窺い知れない複雑で深いものが潜んでいる。

シャーロットとサッカレーは、一八四八年の終り頃にはよく並列して論じられたというが（Kaye 728）、二人の死後に創作上の影響関係を本格的に考察することは、案外行われていない[1]。本章では、共に自伝的な教養小説を書き、ペンネームで執筆を始めた両者の創作上の交わりを、作品の重要な要素である自伝性と匿名性の問題を中心に考えたい。

## 1　「知の巨人」サッカレー

### 崇拝の始まり

サッカレーとシャーロットが直接交わした手紙は現在残っていないが、二人は友人や出版関係者への書簡に、互いに作品の評価や人物評を数多く記している。もちろん感情の起伏の激しいシャーロットと、皮肉に溢れたサッカレーのこと、書かれた言葉を額面通りには受け取れない。たとえば、シャーロットは先のW・S・ウィリアムズ宛て書簡で、サッカレーの批評を聞く「ずっと前から」彼の才能を認めていたと言うが、当時ウォグスタッフ、イェロープラッシュ、ティトマシュ、フィツブードルなど、多様なペンネームを巧みに使い分けて複数の雑誌や新聞に寄稿していたサッカレーの作品を、彼女がどの程度把握していたか、じつは定かではない。マーガレット・スミスは、ティトマシュのペンネームで刊行された『アイルランド素描集』（一八四三）の「序文」でサッカレーが自身の正体を明らかにする前から、彼の筆致は広く世に知られていた（*LCB* I 554n）と言うが、先に引用した一八四七年一〇月二八日付のウィリアムズ宛て書簡以前に、シャーロットがサッカレーに言及した手紙は二通しかなく、その一方のエレン・ナッシー宛て書簡では、エレンの兄一家を「俗物」と評した後に「『パンチ』参照」（28 Dec. 1846, *LCB* I 509）とのみ書かれ、サッカレーの名は示されない。つまり、一八四六年五月から『パンチ』に連載された『俗物の書』を読んでいたとしても、それをサッカレー作と認識していた証拠はない。もう一通、一八四七年一〇月四日付のウィリアムズ宛て書簡には、サッカレーへの讃辞が確かに書かれてある。

あなたが名を挙げた傑出した作家、つまりサッカレー氏やディケンズ氏やマーシュ夫人などは、たぶん、わたしにはない観察眼に恵まれています。……たしかに彼らは、わたしには及びもつかない現世的な知識を持ち、そのため、彼らの作品は、わたしが決して達成できない重みと多様性を得ているのです。（*LCB* I 546）

当時のベストセラー作家の筆頭にサッカレーを置くことで、評価の高さを示しているとも言えるが、「あなたが名を挙げた傑出した作家」という表現は、自身の判断を微妙に留保しているし、長所とする「観察眼」や「現世的な知識」もサッカレー固有の特質とは言えず、そこに特別な思い入れを読み取るのは難しい。『フレイザーズ・マガジン』を購読していたシャーロットは、サッカレーの記事を読んでいただろうし、[2]文壇の事情に精通するスミス・エルダー社との関わりの中で、愛読していた文章がサッカレーのものだと知った可能性はある。しかし、一八四七年一月からサッカレーが本名で刊行した『虚栄の市』を、「『ジェイン・エア』を書き終えるまで一行たりとも読んだことはない」（*LCB* II 182）、と彼女が断言していることを思えば、[3]サッカレーの讃辞を得るはるか昔から彼を尊敬していたという彼女の言葉はいささか疑わしい。むしろ、サッカレーへの崇拝は、スミス・エルダー社の評価や、初めて高名な作家に認められた高揚感に端を発しているように思われる。

### 神話的英雄

いずれにしても、この出来事をきっかけに、サッカレーに対するシャーロットの敬意は一気に高まり、[4]翌年三月に刊行された『ジェイン・エア』第二版の「序文」（一八四七年一二月執筆）に、熱烈な献辞を書き記すことになった。

サッカレー氏のことを持ち出したのは、読者よ、現代の人々が未だ認識していない深く比類ない知性が、見られると思うからだ。彼は、今日の社会を再生させる最初の人間、物事の歪んだシステムを正そうとする人々の真の指導者と思われる……。たしかに見事な機知と魅力的なユーモアの持ち主だが、深刻な問題を扱う際の彼の天才が、夏の雲の子宮が孕む死の電気火花だとすれば、彼の機知やユーモアは、雲の端でちらちら戯れる稲妻にすぎない。(6-7)

シャーロットは、後にこの「序文」を、「熱に浮かされて」書いたので冷静さに欠ける（*LCB* II 48）と反省する。しかし、サッカレーの本質を、一見浮薄とも見えるユーモアやウィットの陰に潜む「深く比類ない知性」とする姿勢は、以後の彼女のサッカレー評の根幹をなすものだ。さらに彼女は、サッカレーの天才を、雷の神ゼウスを思わせる「電気火花」や「稲妻」に喩えながら、そのエネルギーの本源が雷を生み出す「雲の子宮（womb）」にあるとして、彼を両性具有の神話的巨人のイメージで描く。同様の表現は、「知の巨人」（*LCB* II 311）「知的巨人」（*LCB* II 561）「巨大なレヴァイアサン」（*LCB* II 724）など、彼女がサッカレーに与えるエピセットに共通する。

しかもその原初的な超人のイメージは、『シャーリー』（一八四九）において、ヒロインが心を寄せるフランス語教師ルイ・ムアに提出した「最初の女学者」という作文の、「精霊（Genius）」と「人類（Humanity）」の婚姻にまつわる創世の神話（452-457）を思い起こさせる。一人孤独に野山をさまよい、「自然」に育まれた純粋な娘エヴァを、神の子の「精霊」が妻とし、「忍耐と知力と途方もない卓越性」（457）を用いて誘惑者の「蛇」と戦い続けた末に、瀕死の花嫁を天に誘って「永遠の命」を与える。その寓話は、人類の始祖をアダムとし、堕落の原因をエヴァの誘惑に置く聖書の男性中心的な物語を覆すもので、そこにシャーロットのフェミニズム的な思想を見ることもできる。しかし、表題が表す青鞜的主張に留まらず、エヴァの「導きよ、救いよ、慰めよ、来たれ！」（455）という魂の叫びが象徴するように、優れた導き手を希求する孤独なシャーロットの強い願望もそこに投影されている。サッカレーとシャーロットは一八四九年一二月にロンドンで会い、密接に関わるにつれて両者の関係は微妙に揺らぎ始めるが、彼女の評価の基盤は大きくは変わらない。『ジェイン・エア』第二版の「序文」の段階で、作家サッカレーに対するシャーロットの評価は、すでに定まっていたのである。

## 2　響き合う履歴

### 「序文」と風評

サッカレーへのオマージュとして書かれたはずの「序文」は、しかしながら、思いがけない風評を生み出した。すなわち、『ジェイン・エア』は、サッカレー家の女家庭教師が自身の体験を彼への愛憎を込めて描いたもので、狂人の妻を屋敷に軟禁するロチェスターのモデルはサッカレー、作者カラー・ベルは彼の愛人だというのだ（Rigby 51-53）。サッカレーの妻イザベラは、結婚四年後の一八四〇年に精神に異常をきたし、一八四五年一〇月にフランスから帰国して後は、カンバーウェルで療養する妻を彼が見舞うことはほとんどなかったという（Taylor 230-231）。もちろん、「わたしにとって氏は作家としてのみあり、人格や地位、係累や私生活は何も知りません」（*LCB* II 22）というシャーロットの証言を俟つまでもなく、ロチェスターが、サッカレーと無関係に生み出されたことは疑いようがない。しかし、両者の履歴の重なりは、単なる偶然の一致に留まらない、彼女とサッカレーの創作の根源に関わる重要な問題を提起しているように思われる。

そもそも、『ジェイン・エア』を契機に互いの才能を認め合った二人の作家が、どれほどの価値観を共有していたかは疑問だろう。たとえば、ジェイン・エアの「女だって男と同じように感じます。同じように、能力を発揮し、成果を示せる領域が必要です」（129-130）という台詞が代弁するシャーロットのフェミニズム的な主張は、『虚栄の市』で「ミネルヴァの知恵と貞節を備えている女もいるかもしれないが、顔が不細工なら男は見向きもしない」（460）と冷然と言い放つサッカレーには、相容れないものだったろう。彼の女性蔑視は、シャーロットの「例によって、サッカレーは女性を不当に扱っている」（*LCB* III 18）という『ヘンリー・エズモンド』（一八五二）評が示すように、彼女自身はっきりと認識している。また、彼女がサッカレーの最も偉大な特質とする「深刻さ」や社会の真実を捉える「深く比類ない知性」も、じつは、後に彼女自身が「彼の嘲りの言葉は、上機嫌の時に見せる優れた感情を、なぜ執拗に打ち消すのでしょう」（*LCB* II 561）、あるいは「サッカレーは自分の芸術や作品を少しも愛していません。蔑《ないがし》ろにして、嘲り、軽んじています」（*LCB* II 615）と嘆くように、サッカレーの本質とは言い難いように思われる。もちろん、異質な作家を崇拝することはあり得るが、一八四九年秋からシャーロットと親交を結んだギャスケルが深く関わり、一般にサッカレーを凌ぐ当代随一の作家と評価されるディケンズに、シャーロットがほとんど関心を寄せていないことを考えると、サッカレーへの極端な崇拝は少々不可解でもある。サッカレー自身「ブロンテ嬢は、お気に入りの人間の言動が自分の理想に届かないと、腹をたてた」（"Emma" 95）と言うように、彼に対するシャーロットの敬意には、彼女の側の多分にひとりよがりな理想化があったのではないか。

### 恋と創作

もっとも、ロチェスターとサッカレーの境遇の偶然の一致は、本来的に異質なはずの二人の作家の隠れた結びつきを浮き彫りにする。シャーロットの作品は、たとえば、ガヴァネスとしての経験やカウアン・ブリッジでの学校生活の実情を取り込んだ自伝的な『ジェイン・エア』以外にも、妹エミリや近隣の牧師たちをモデルとする『シャーリー』、ジョージ・スミスと彼の母親を基にブレトン母子を造型した『ヴィレット』（一八五三）など、すべてにおいて自伝色が強い。なかでも、シャーロットが一八四二年から滞在したブリュッセルのエジェ寄宿学校での経験が、処女作『教授』（一八四六年執筆）と最後の長編『ヴィレット』に色濃く反映されている。寄宿学校の校長の夫で、フランス語を教授したコンスタンタン・エジェは、その厳格な指導法によって、シャーロットが習作アングリア物語の煽情的な文体を見直し、作家として世に立つのに必要な新たな文体の確立に貢献したと言われる（Ingham 19）。しかし、両者の関係を疑った彼の妻の監視にあい、シャーロットは一八四四年一月に帰国を余儀なくされた。彼女は帰国後もエジェに孤独を訴え、返事を求める手紙を何度も送ったが、ついに受け取りを拒否されたのだろう、エジェ宛ての手紙は一八四五年一一月一八日付が最後となる。その中で、「二度と会えないけれど深く尊敬する人の思い出」から逃れるために彼女が求めたという「仕事」（*LCB* I 436）こそが、詩作と『教授』の執筆であれば（*LCB* I 437n）、彼女にとっての創作活動が、生活を支えるためばかりではなく、エジェへの満たされない恋の代償でもあったことが理解できる。

### ブリュッセルの影

シャーロットが創作に至った動機に思いを致せば、ブリュッセルで教職についたイギリス人のクリムズワースが、リューテル嬢の女子寄宿学校で出会った、美しくはないが純粋で知的な助教師フランシスと困難を乗り越えて結ばれる『教授』は、エジェへの満たされない恋に悩むシャーロットの願望充足の物語と読める。シャーロットは、ブリュッセルで教職についた自身の境遇を、身に負った男性的なペンネームにふさわしく、男性の語り手で主人公のクリムズワースに重ね、その彼が、エジェ夫妻をモデルとする校長のペレと彼の妻となる狡猾なリューテル嬢に翻弄される様を描いた。しかも同時に、そのクリムズワースにエジェを、その彼に見初められるフランシスに自分自身を投影して、両者の恋の成就を語る物語を作ったのだ。(5) もちろん、ウィニフレッド・ゲランが論じるように、『教授』のヒロイン、フランシスは作家シャーロットと言うには従順すぎ、ペレもクリムズワースもリューテル嬢も、その性格づけを厳密にたどれば、エジェ夫妻との齟齬もある（Gérin 314-316）。しかし、たとえばクリムズワースがフランシスの作文に「神と自然が与えた才能」（*The Professor* 165）を発見する場面が、エジェの指導法や彼のシャーロットへの評価を写すことが端的に示すように、(6)『教授』の主要な登場人物やプロットにブリュッセルでの作家の実体験が投影されていることは疑いない。

さらに興味深いことに、『教授』には、シャーロットがブリュッセル時代に作ったと思われる詩が、クリムズワースを慕うフランシスの恋心の表出として引用され（241-246）、そこでフランシスは自身を「ジェイン」と言い表す。ジェインは、もちろん『教授』の刊行を断られたシャーロットが急遽書き上げた半自伝的な『ジェイン・エア』のヒロインの名だ。そのことは、一見正反対の性格と見えるフランシスとジェイン、さらには作者シャーロットの密かな繋がりを示唆するとともに、前作とは違ってイギリスを舞台とする『ジェイン・エア』にもブリュッセル時代の経験が投影されている可能性を指し示す。

シャーロットの実人生の経験を数多く取り込んだこの作品において、ヒロインのジェインが作者自身に通じることは明らかだが、ウィニフレッド・ゲランは、肉体的特徴をエジェに借りるロチェスターは、内実において「意外にもエジェではない」（333-334）と主張する。とはいえ、狂人の妻に法的に縛られ、愛するジェインとの結婚を阻まれるロチェスターの境遇は、「抜け目なく、もっともらしいが、ずる賢い」（*LCB* I 334）妻の「言いなりなのは呆れるほど」（*LCB* I 320）のエジェに通じる。[7] すなわち、作者が異性であるクリムズワースと、自分とは対照的な性格のフランシスとに自己を分散させ、自身のアイデンティティを隠したうえで、ブリュッセル時代の実体験を忠実に反映した『教授』とは異なり、自己をあからさまに投影するヒロインを据えながら、エジェとの関係に関しては直接的な描写を避けた『ジェイン・エア』は、じつは『教授』と通底する作家の願望充足の物語にほかなるまい。

### サッカレーとエジェ

ウィニフレッド・ゲランは、ロチェスターの人物造型の大部分が、アングリア物語に登場する「シャーロットの想像上の英雄」ザモーナの投影だと言い、彼女にとって、「ザモーナの実在感は……エジェの実在性を遥かに凌駕していた」（333）と主張する。とすれば、シャーロットは、彼女が理想とする架空の英雄像をエジェに重ね合わせ、それを自伝的な小説のヒロインの想い人ロチェスターに投影することで、現実世界では果たし得ない夢の実現を図ったことになる。このように考えると、ロチェスターとサッカレーの思いがけない履歴の重なりが、いかに大きなインパクトを持っていたかが分かるだろう。動かし難い現実を前に、作品の主人公に自身やエジェを投影しながら、想像の世界で密かな願望充足を図っていたシャーロットの前に、空想上の英雄であるはずのロチェスターと同じ境遇の人物が実際に現れたのだ。しかも、彼女の野心の対象である文壇で、すでに確かな地位を持つその人物は、エジェと同じく彼女の作品を読んで才能を認めてくれた。シャーロットがサッカレーを英雄視して、不可解なほどに崇拝し続けたのも納得がいこう。

もちろん、だからといって、彼女がサッカレーをエジェに代わる恋愛の対象とした訳ではない。そもそも彼女がエジェに惹かれたのは、彼の第一印象を「知力に優れているが気性の点では短気で癇癪持ち」（*LCBI* 284）と評する彼女が、親友エレンに面白おかしく描いてみせた授業の一コマが示すように、独裁的だが高い知性と情熱にあふれた優秀な教師の側面だった。こうして、彼女の理想の「師」であるエジェのイメージは、創作上の師としてのサッカレーに重ねられていく。『ジェイン・エア』に続く『シャーリー』が、従来のロマンティックな作風ではなく、「現実的で冷ややかで堅実なもの」（*Shirley* 5）をサッカレー流の諷刺的な筆致で描き[8]、しかもエジェを思わせるフランス語教師ルイ・ムアの恋の相手に、シャーロット自身ではなく、「知の巨人（a Titan of Mind）」サッカレーに匹敵する、「タイタン族の名残、かつて地上に住んでいた巨人族のひ孫」（Gaskell 412）エミリ・ブロンテをモデルとするヒロインを据えたことは、サッカレーがこの作品に与えた影響を強く意識させる。サッカレーは、彼女の密かな恋の相手エジェのイメージと結びつきながら、同時に創作上の「師」として、作家シャーロットの永遠のヒーローとなった。

## 3　匿名性の表すもの

### すれちがう二人

それでは、一方のサッカレーは、シャーロットとの出会いに何を見出したのか。彼が『ジェイン・エア』を評価して未知の作家カラー・ベルに興味を抱いたことは疑いがない。とはいえ、ロチェスターと自身の境遇の思いがけない一致と、その結果生み出されたカラー・ベルが彼の愛人だという風評には、親友の妻と道ならぬ恋に悩む最中であっただけに困惑したに違いない[9]。自分に対する極端な英雄視、熱烈な崇拝にも居心地の悪さを感じたはずだ。じっさい、第二版の献本に対するW・S・ウィリアムズへの礼状で、サッカレーは、「カラー・ベルの途方もない褒め言葉にまごつき、うろたえてしまった。本当だろうか？」(*Letters* II 341) と、喜びとともに微妙な違和感を伝えている。

サッカレーとシャーロットは、互いに敬意を保ち続けはするものの、親交を深める中で、徐々に不協和音を奏でるようになる。彼は、匿名性を求める彼女の意思を知りながら、人前で『ジェイン・エア』の一節をこれみよがしに引用し (Huxley 67-68)、彼女をジェイン・エアと呼んで、その怒りを買った (Smith 99-100)。しかも、一八五〇年六月、彼が「冗談まじりにおどけて」(*LCB* II 416n) 著作について語ったために、シャーロットは彼の作品の欠点を次から次へと彼にぶつけずにはいられなくなる (*LCB* II 414)。サッカレーの挑発的ともいえる言動は、「家庭の天使」型の女性を好んだ彼が[10]、「都会人のぐうたらな生活、乱れたモラルを叱責する謹厳な小さいジャンヌ・ダルク」("Emma" 97) と呼ぶシャーロットを、女性として受け入れ難かったからでもあるだろう。しかしそれ以上に、ジョージ・スミスが「ブロンテ嬢は、サッカレーが『使命』を負った偉人だと当人に思わせたがったが、彼は、多くの意地悪な冗談で、『使命』などまっぴらだと答えた」(100) と言うように、シャーロットの過剰な期待を、彼が自己の本質とは相容れぬ精神的硬直と捉え、反発したからに違いない。

こうした両者の対立を、典型的に示しているのが、ジョージ・スミスが報告する二人の言い争いだ。一八五一年六月、サッカレーの講演を聴講に来たシャーロットを、彼が公衆の面前で、「ジェイン・エア」と大声で母親に紹介したことに腹をたてた彼女は、翌日訪ねてきた彼に食ってかかった。

最初に耳にした言葉は、「いいえ、わたしたちの住むヨークシャーに来られた時に、見知らぬ人も一緒の場で、あなたを父に『ウォリントン氏』と紹介したら、あなたはどう思われたかしら？」サッカレーは、「いや、それを言うなら『アーサー・ペンデニス』でしょう」と答えた。「いえ、『アーサー・ペンデニス』じゃなく」と、ブロンテ嬢は言い返した。「『ウォリントン氏』です。もっとも、ウォリントン氏なら、昨日のあなたのような仕打ちはしなかったでしょう」。（99-100）

サッカレーの自伝的小説『ペンデニス』（一八四八―一八五〇）で、主人公のペンデニスを文筆の世界に導き、成功をもたらす友人ウォリントンは、「多様な学識、情熱、素朴さ、ユーモア、そして質素な生活と習慣がもたらす瑞々しい精神の持ち主で、それらはペンデニスを特徴づけるダンディ特有の冷淡さや色あせた嘲笑とは、ずいぶん対照的だった」（677）と描かれる。サッカレーの履歴や人間関係の多くを投影した主人公ではなく、世俗的な成功は得られないが、知性や人格の上で主人公よりはるかに優れたウォリントンに、サッカレーの実像を見るシャーロットは、またもや彼を理想化しているように見える。しかし、門番の娘ファニーをペンデニスの愛人とする風評に惑わされ、彼女の手紙を握りつぶした母親への反発と義侠心から、愛してもいない彼女との結婚を決意したペンデニスを諫めようとして語られる、ウォリントンの履歴を思うと、ウォリントンにサッカレーを重ねるシャーロットの言葉は、さらなる重要性を持つように思われる。

## 『ジェイン・エア』の影響

ウォリントンは、娘と彼との結婚を願う彼女の両親の「粗野な企みや下劣なおべっか」（*Pendennis* 734）にのせられて、一八歳の若さで年上の自作農の娘と密かに身分違いの結婚をする。しかし、妻が無教養な田舎者で、自分以外の男を愛していたと知った彼は、父親の遺産が手に入るとすぐに別居。ウォリントン姓を名乗らず世間から身を隠して生きることを条件に全財産を妻に与え、自身は秘密の暴露を怖れて逼塞した生活に甘んじている。ウォリントンの失意の人生は、サッカレーのそれとも重なるが、それ以上に、『ジェイン・エア』で、バーサとの結婚が露見した後、ロチェスターがジェインに告白する彼の履歴を思わせる。内容の類似もさることながら、両者がともに、隠された履歴の、登場人物による一人称の告白である点も一致している。サッカレーの母親をモデルとするペンデニス夫人が、門番の娘が息子の愛人だという噂を耳にして心を傷める設定は、カラー・ベルがサッカレー家の女家庭教師で彼の愛人だとする当時の風評を思わせる。とすれば、その風評との関わりの中で導入されるウォリントンの告白は、『ペンデニス』に先立って教養小説的な要素をいち早く取り入れた『ジェイン・エア』を、サッカレーが意図的に真似てみせたものと考えられよう。(11) そこに、あらぬ風評を招いたシャーロットに対するサッカレーの屈折した感情と、そうした風評に踊らされる世間への揶揄がある。

ウォリントンは、「活発な思考を示す簡素な名文、洞察に満ち、皮肉で、博識な」(395) 文体を特徴とし、文筆の道に入ったペンデニスを「嘲笑し、健全なからかいの言葉でその生意気を絶えず抑制」(444-445) することで、成功に導く。このウォリントンは、リチャード・ピアソンも言うように、もう一人のサッカレー、すなわち彼の分身だろう (180)。

### 自己表出と匿名性

考えてみれば、サッカレーは、広大なキャンヴァスに社会の実情を皮肉な筆致で描き出す、きわめて写実的、諷刺的な作家と見せながら、じつは半自伝的な『ペンデニス』に留まらず、妻イザベラをアミーリアのモデルとする『虚栄の市』や、ブルックフィールド夫人との道ならぬ恋を反映した『ヘンリー・エズモンド』など、自己の履歴や境遇を数多く作品に投影する自伝的な作家でもある[12]。もっとも、彼の自己投影の方法は、満たされぬ恋愛感情を男女の主人公に託して、創作の世界で密かに願望充足を図ったシャーロットとは大きく異なる。つまり、他者が造型した虚構の人物を借りて、自己の分身のウォリントンを描いたことが典型的に示すように、サッカレーの自己投影は、常に自らと距離を置き、それを自身とは異なるものとして二重三重に虚構化することで成り立っている。こうした姿勢は、『ペンデニス』で、主人公のペンデニスが自己の履歴を書き留めた自伝的な小説『ウォルター・ロレイン』を、語り手が評する、

この書き物がペンの個人的な経験を数多く含み、『ウォルター・ロレインの生涯からの数頁』がアーサー・ペンデニス自身の悲しみや、情熱や、愚行がなければ書かれなかったことは疑いようがない。……作品の中で、この若者は、読者の興味を引き、物語の目的に適うと彼自身が思う形に、それらを描いてみせたのだ。(*Pendennis* 521)

という言葉にも通じよう。自伝的な小説の主人公が小説内で書く自伝小説が、じつは読者を意識して現実を書き換えた虚構であることを暴露する。この複雑な自伝の形は、様々な登場人物に自己を乱反射させることで幾重にも自己を増殖させ、自身の正体をカモフラージュするサッカレーのあり方を明らかにする。この自己表出の方法は、多様なペンネームを次々と創り出すことで、読者の目を攪乱し続けた彼の匿名性のあり方にも通じる。その点で、同じく匿名性にこだわるシャーロットが、カラー・ベルとい

う男性のペンネームを世間に対する一種の防壁として、その背後で唯一無二の自己を頑なに守ろうとしたのと、きわめて対照的だ。サッカレーとシャーロットの互いに対する矛盾した感情の底には、この類似しつつ相反する両者の「自己」のあり方が大きく作用していたのである。

『ヴィレット』を評するサッカレーの「彼女の本から、その人生の多くが読み取れそうだし、名声や、その他の地上の、いやもしかすると天上の幸を得るより、トムキンズのような誰かを愛し、愛されたいと思っていることが分かる」（*Letters* III 233）という批判は、先に述べたシャーロットの自己投影、さらには願望充足としての創作のあり方を鋭く突いている。しかし、だからといって、彼がシャーロットを評価しなかったわけではない。彼女を厳しく批判する前述の手紙においてさえ、彼はシャーロットを何度も「天才」と呼んでいる。さらに、ウォリントンの告白とロチェスターとの類似、そもそもカラー・ベルをサッカレーの愛人とする風評がある中で、『ジェイン・エア』と同じく自伝的な『ペンデニス』を書いたこと自体が、シャーロットに対するサッカレーの関心の強さを感じさせる。恐らくサッカレーは、自分と類似しつつ対照的なシャーロットの天才を意識しながら、彼女の作品に偶然提示された、自身の人生をも包摂するような、虚構と実人生の不可思議な交錯を敏感に感じ取り、それを創作のバネとしたのだ。一方シャーロットもまた、エジェの面影につながるサッカレーへの崇拝と幻滅の中で、作家としての自己のアイデンティティを突き詰めていった。ブリュッセルでの体験と、新たに彼女の心を占めるようになったジョージ・スミスへの思いを、抑制された語りの中でもっとも直接的な形で反映させ、サッカレーをして「同時に二人の男を愛したという馬鹿正直な告白」（*Letters* III 233）で驚かせるほど、自身の心情を赤裸々に描き出した『ヴィレット』は、このサッカレーとの無意識の対話の賜物と言えるかもしれない。

シャーロットが一八五三年三月に亡くなった後、彼女を通して縁を結んだサッカレーを編集のブレインに据えて、ジョージ・スミスは雑誌『コーンヒル・マガジン』を一八五九年に立ち上げる。その一八六〇年四月号に、シャーロットの未完の遺作「エマ」の紹介の形式をとって、サッカレーは彼女の死を哀悼する文章を書く。「彼女の著作を知る誰が、その高貴な英語、真理への燃えるような愛、勇敢さ、誠実さ、過ちへの憤り、熱い共感の心、敬虔な愛と畏敬の心、いわゆる女性の名誉への情熱を、賛美せずにいられようか」(“Emma” 95-96)。亡き作家の潔癖なまでの「誠実さ」や「情熱」への皮肉を交えながらも、彼女への深い敬意と愛情に溢れた追悼文は、様々な偶然によって思いがけず結びつけられた二人の作家が、複雑に交差する虚実の糸を撚り合わせ、独自に織り上げていった創作活動の軌跡を、密やかに、かつ鮮やかに伝えている。

注

(1)　両者の関係を論じた最近の批評に Burstein, Mullen, 吉田があり、作品間の影響は Kaye, Langland (1-29), Wheat (57-73) を参照。

(2)　「叔母さまが『フレイザーズ・マガジン』の購読に同意して、とても嬉しい」(17 May 1832, *LCB* I 112) とあるが、購読がいつまで続いたかは不明。(*LCB* I 485n)

(3)　Berstein は、校正原稿を大幅に改訂した一八四七年の三月から八月に、シャーロットが、『虚栄の市』を読んだ可能性を論じる。(159-162)

(4)　一八四八年にかけてのウィリアムズ宛て書簡には、サッカレーの名が頻出し、崇拝が一気に高まったことが窺える。

（5）Moglen も、クリムズワースやフランシスに対する作家の自己投影を論じるが、論の焦点は女性作家シャーロットの自己形成にある。（79-104）

（6）エジェの指導や彼女への評価については Gaskell (166-174) を参照。

（7）エジェ夫人は理性的側面が強調されるが、学校中に監視網を張り巡らせ、夫が破り捨てた手紙を密かにつなぎ合わせる行為には（*LCB* I 11-18）、異常な執着心が読み取れる。

（8）Miller は、「焦点が次々と移り、風刺の切れ味鋭く、多様性を持つ」『シャーリー』は『虚栄の市』に通じると言い（xvi）、Wheat も、サッカレー小説の影響を『シャーリー』に読み取っている。（64-73）

（9）サッカレーは、ブルックフィールド夫人への一八五〇年一〇月八日付書簡でも、この風評に言及する（*Letters* II 697-698）。夫人に心を奪われていた彼は、一八四七年二月に彼女を絶賛する「粗野で有頂天な言葉」を不用意に漏らした「愚行」を詫びる手紙（*Letters* II 271-272）を夫に送った。その夫人の名がジェインと知れば、ロチェスターとジェインのロマンスにサッカレーが涙した（*Letters* II 319）のも納得がいく。作品の様々な偶然が二人の作家にもたらした心情は、実に複雑だったろう。

（10）「無垢で美貌で天使のように甘美で優しい」（*Letters* II 271-272）ブルックフィールド夫人を、彼は「理想の典型」（*Letters* II 231）と言う。

（11）Kaye は『虚栄の市』四一章に『ジェイン・エア』への密かな言及を見る。

（12）サッカレー小説における自伝的要素については、Ray を参照。

## 引用文献

Brontë, Charlotte. *The Professor.* London : Penguin, 1989.

Brontë, Charlotte. *The Letters of Charlotte Brontë : With a Selection of Letters by Family and Friends.* Ed. Margaret Smith. 3vols. Oxford : Clarendon, 1995. 本章では *LCB* と略記。

Brontë, Charlotte. *Jane Eyre.* London : Penguin, 2006.

Brontë, Charlotte. *Shirley*. London : Penguin, 2006.

Burstein, Miriam E. "When did Charlotte Brontë Read *Vanity Fair*?" *Brontë Studies*. 37-2 (2012) : 159-162.

Gaskell, Elizabeth. *The Life of Charlotte Brontë*. London : Penguin, 1997.

Gérin, Winifred. *Charlotte Brontë : The Evolution of Genius*. Oxford : Clarendon, 1996.

Huxley, Leonard. *The House of Smith, Elder*. London : William Clowes and Sons, 1923.

Ingham, Patricia. *The Brontës*. 2006 ; Oxford : Oxford UP, 2008.

Kaye, Richard A. "A Good Woman on Five Thousand Pounds : *Jane Eyre*, *Vanity Fair*, and Literary Rivalry." *SEL* 35-4 (1995) : 723-739.

Langland, Elizabeth. *Telling Tales : Gender and Narrative Form in Victorian Literature and Culture*. Columbus : Ohio State U, 2002.

Miller, Lucasta. "Introduction" to *Shirley*. London : Penguin, 2006.

Moglen, Helen. *Charlotte Brontë : The Self Conceived*. 1976 ; Madison : Wisconsin, 1984.

Mullen, Richard. "Charlotte Brontë and William Thackeray." *Brontë Studies*. 36-1 (2011) : 85-94.

Pearson, Richard. *W. M. Thackeray and the Mediated Text : Writing for Periodicals in the Mid-Nineteenth Century*. Haunts : Ashgate, 2000.

Ray, Gordon N. *The Buried Life : A Study of the Relation between Thackeray's Fiction and His Personal History*. Cambridge, Massachusetts : Harvard UP, 1952.

Rigby, Elizabeth. "*Vanity Fair*—and *Jane Eyre*." *Quarterly Review* (December 1848), lxxxiv, 153-185. *The Brontë Sisters : Critical Assessments*. Ed. Eleanor McNees. Mountfield : Helm Information Ltd., 1996. Vol. III. 33-61.

Smith, George. "Some Pages of Autobiography." *George Smith : A Memoir*. 1902 ; Cambridge : Cambridge UP, 2012. 69-143.

Taylor, D. J. *Thackeray*. 1999 ; London : Vintage, 2011.

Thackeray, William Makepeace. *The Letters and Private Papers of William Makepeace Thackeray.* Ed. Gordon N. Ray. 3vols. Cambridge, Massachusetts : Harvard UP, 1946. 本章では *Letters* と略記。

Thackeray, William Makepeace. *Vanity Fair.* London : Penguin, 1986.

Thackeray, William Makepeace. "Emma." *Cornhill Magazine* (April 1860). *Charlotte Brontë : Unfinished Novels.* Stroud : Alan Sutton, 1993.

Thackeray, William Makepeace. *The History of Pendennis.* Oxford : Oxford UP, 1994.

Wheat, Patricia H. *The Adytum of the Heart : The Literary Criticism of Charlotte Brontë.* London : Associated UP, 1992.

吉田尚子「W・M・サッカレーとシャーロット・ブロンテの交流」『日本女子大学英米文学研究』35（2000）：117-135.

# 第Ⅱ部

# 作品に息づく男たち

市原　順子（荷葉）印刻
（出典：Anne Brontë. *Agnes Grey*. Annotated by Taeko Tamura. Osaka Kyoiku Tosho, 2000）

# 第8章　チャールズ・ウェルズリー『習作』
## ――うら若き作家のアイデンティティ――

馬渕恵里

シャーロット・ブロンテの出版された小説はわずか四作だが、一〇代前半から二〇代前半にかけての一〇年以上に及ぶ習作時代に、彼女は膨大な量の詩と物語、さらには劇や評論、演説を書いていた。そして習作時代の物語作品の大半は、チャールズ・アルバート・フローリアン・ウェルズリー卿またはチャールズ・タウンシェンド（改名後）という筆名で書かれている。シャーロットの初期作品の舞台は、彼女と弟のブランウェル・ブロンテが中心となって創り上げた西アフリカの想像上の国家グラスタウン連邦であるが、彼女はその架空の世界を、そこの住人であり作家であるチャールズの視点から見つめ、彼の声を使ってその歴史や社会情勢、人間模様を描いていた。習作時代を通して、チャールズは作家としてのシャーロットのアイデンティティそのものであったのだ。本章では、若き作家シャーロットが、物語をどのように構築し提示していたのか、また、自ら築いたその虚構の世界は彼女にとってどのような意味を持つものであったのかを明らかにし、彼女の作家としての成長と自己形成の過程を、チャールズという「男」を切り口に考察してみたい。

# 1　グラスタウン物語の形成とチャールズの登場

## 作者兼語り手チャールズの登場

シャーロットの創作活動の原点は、おもちゃの兵隊を用いた人形劇から発展した西アフリカの架空の国家グラスタウンを舞台とする「若者たち」（一八二六年六月―）や、マン島やワイト島などイギリス周辺の島々を舞台とする「島人たち」（一八二七年一二月―）といった、きょうだいたちと興じた劇遊びであった。それゆえに、これらの劇から派生した最も初期の散文作品には劇の要素が散見される。たとえば、「島人たち」をもとにした全四巻からなる物語「島人たちの話」（一八二九年六月―三〇年七月）の第一巻から第二巻第三章までにおいて、語り手を務めるシャーロットらは、小王と女王たちというペルソナで「わたしたち」として作中に登場している。[1] また、シャーロットは一人で複数の人格と声を演じ分けることもあった。その典型例が、ブランウェルのあとを受けて一八二九年から三〇年にかけてシャーロットが編集し発行していたグラスタウンの雑誌「ブラックウッズ・ヤングメンズ・マガジン」（一八三〇年八月「ヤングメンズ・マガジン」に改題）に収録されている「談話」ならびに「軍隊談話」である。これらは、雑誌の手本となっている『ブラックウッズ・マガジン』のなかでもシャーロットらのお気に入りであった「アンブローズ館夜話」を模した、グラスタウンの主要人物らによる劇仕立ての会話であり、雑誌の編者や投稿者らが筆名のもと個性的な人格になりきって機知にとんだ議論を展開するという「アンブローズ館夜話」さながらに、シャーロットも各人物になりきって舌戦を繰り広げたり、雑談を楽しんだりしていた。[2]

しかしながら、劇をもとにした物語の執筆を重ねるにつれて劇の要素は薄れ、作品はより物語らしくなっていった。たとえば前述の「島人たちの話」においても、第三巻以降では、作者であり語り手であるシャーロットらが「わたしたち」として作中に登場することはなくなり、小王と女王たちを指す代名詞は「彼ら」に変わっている。「若者たち」と「島人たち」という二つの劇が融合し、作品の舞台がグラスタウン連邦の首都グラスタウン［のちにヴェレオポリス、さらにヴェルドポリスに改名］に統一され、グラスタウン物語が形成される頃には、物語を語る声や視点が意識されるようになっていた。クリスティーン・アレグザンダーが指摘しているように、「アンブローズ館夜話」の影響もあって、シャーロットは自ら監修する雑誌への投稿者としてジャンルごとに「談話」の常連でもあった三名を使い分け、詩はアーサー・オーガスタス・エイドリアン・ウェルズリーことドゥアロウ侯爵、散文やゴシップ記事はその弟のチャールズ・アルバート・フローリアン・ウェルズリー卿、ゴシック・ロマンスはトリー大尉の名で執筆していたが（1994：61-62）、一八三〇年末までにはチャールズとトリー大尉がグラスタウン物語の作者兼語り手となり、ドゥアロウ侯爵はチャールズの作品の主人公となった。そして、グラスタウン物語とのちのアングリア物語［一八三四年にグラスタウン物語の中心舞台が新興国アングリアに移ったあとの作品群の総称］の作者兼語り手として、「生真面目でユーモアに欠ける」トリー大尉よりも（岩上 280）、陽気で詮索好きな皮肉屋のチャールズが好んで用いられるようになるにつれ、ドゥアロウ侯爵も主人公に定着し、一八三三年七月以降の作者兼語り手はチャールズに一本化された。

## 物語の層と虚構性

チャールズという作者兼語り手の登場は、シャーロットが物語の語り手やいわゆる「内在する作者」

と自分自身とを明確に区別するようになったことを意味し、[3] 必然的に物語の構造は重層的になった。それは作品のタイトルページにも表れている。たとえば「幸福を求めて」（一八二九年七月—八月）のように、作者と内在する作者の区別が意識されていない作品の表紙には、作者名としてシャーロットの名前のみが記載されている（*EWCB* I 42）。しかしそれらが区別されるようになると、「モン・エドワルド・ド・クラックの冒険」（一八三〇年二月）のように、表紙の作者名はチャールズであっても物語の冒頭にチャールズとシャーロットそれぞれによる序文が付けられたり、「現代の名士の人生に見る興味深い一節」（一八三〇年六月）のように作者名として冒頭で二人の名前が併記されたりするようになる（*EWCB* I 133-134, 170）。「ヴェレオポリス訪問」第一巻（一八三〇年一二月）の表紙内では、まずタイトルに続いて作者チャールズの名前が記されたあと、執筆開始日と終了日の記録とともにシャーロットの署名が付けられている（*EWCB* I 297-299）。グラスタウンという虚構の世界に住む物語の作者チャールズがいて、さらに別の次元にその生みの親であり現実の作者である自分自身が存在するというシャーロットの意識がうかがえよう。

物語の「層」という点で注目したい初期の習作は「アルビオンとマリーナ」（一八三〇年一〇月）である。この作品は、表紙に書かれた作者名はチャールズのみであるが、彼の署名付きの序文の直後にシャーロットのイニシャルとともに執筆に要した時間が記され、物語の最後には彼女の署名がある（図8-1）。ここまでは同時期の他の作品の構造と変わらないが、「アルビオンとマリーナ」は、チャールズの書いた「フィクション」であると明示されていることにより、さらなる重層性を帯びている。表紙にあるとおり、物語の主だった部分は事実に基づいているのだが、チャールズは序文内で、物語には架空の地名と仮名という薄いヴェールを被せてあることと、結末は事実無根の虚構であることを宣言しており、物語本体はフィクションの体裁をとる。チャールズは、主人公アルビオン（ドゥアロウ侯爵）の弟コーニリアス卿としてこのフィクション内に登場し、物語世界の外側にはアルビオンと面識があり全知の視点を持つ語り手が存在する。そしてさらにその外側に、内在する作者のチャールズと実際の作者であるシャーロットが控えており、物語は四層構造になっている（図8-2）。

なお、「アルビオンとマリーナ」において、チャールズは物語に含まれる嘘をあらかじめ読者に知らせているが、このような歪んだ語りとそれによって生じる物語の虚構性――すなわち「物語は語り手によって歪められ色づけられるものであり」「必ずしも偏見のない客観的な事実だけを記述したものでは

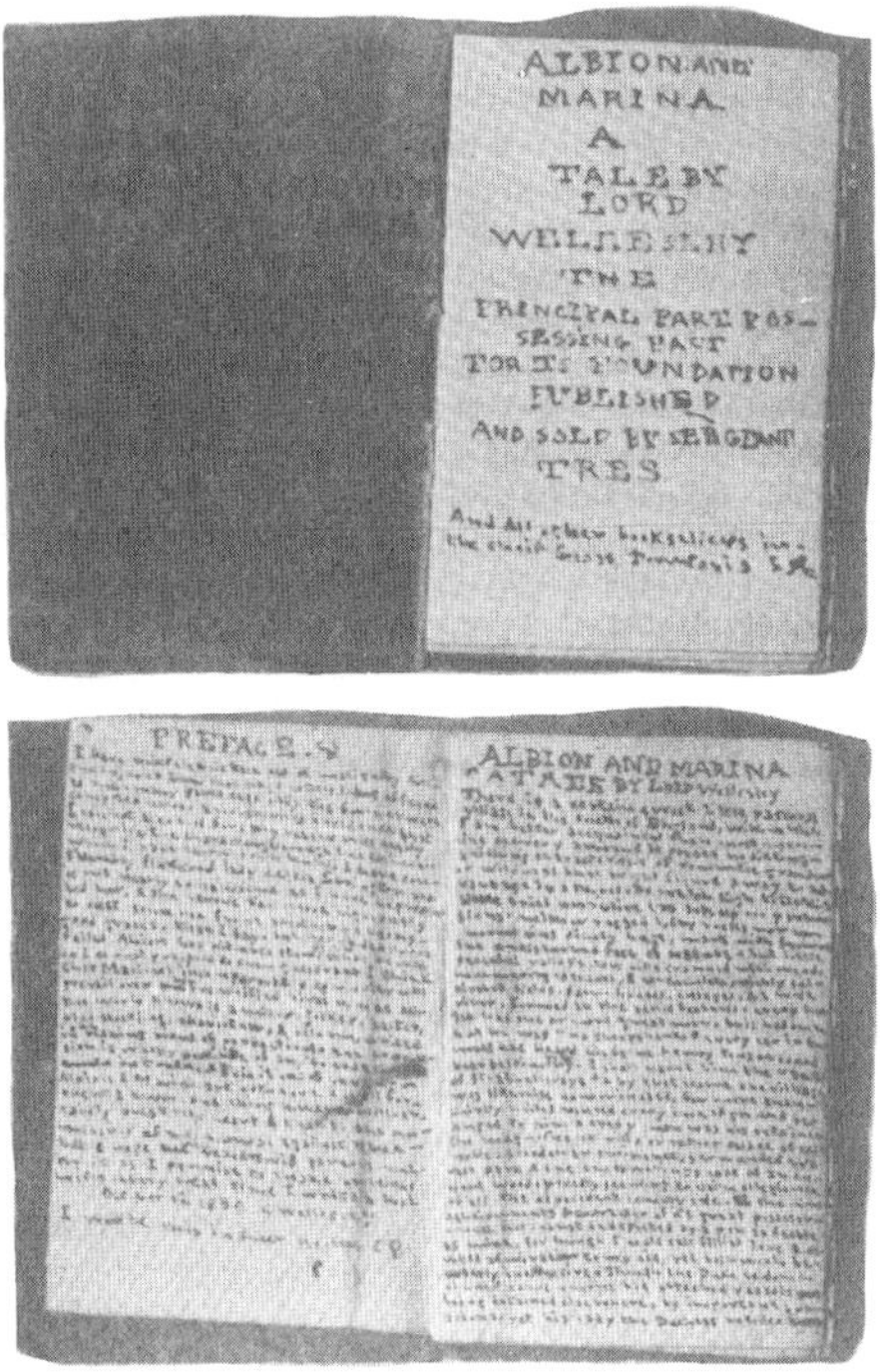


**図8-1**　「アルビオンとマリーナ」の表題紙，序文，最初のページ

実寸は5.6×3.9cm。

（出典：Christine Alexander ed. *An Edition of the Early Writings of Charlotte Brontë.* Vol.1, Basil Blackwell, 1987）

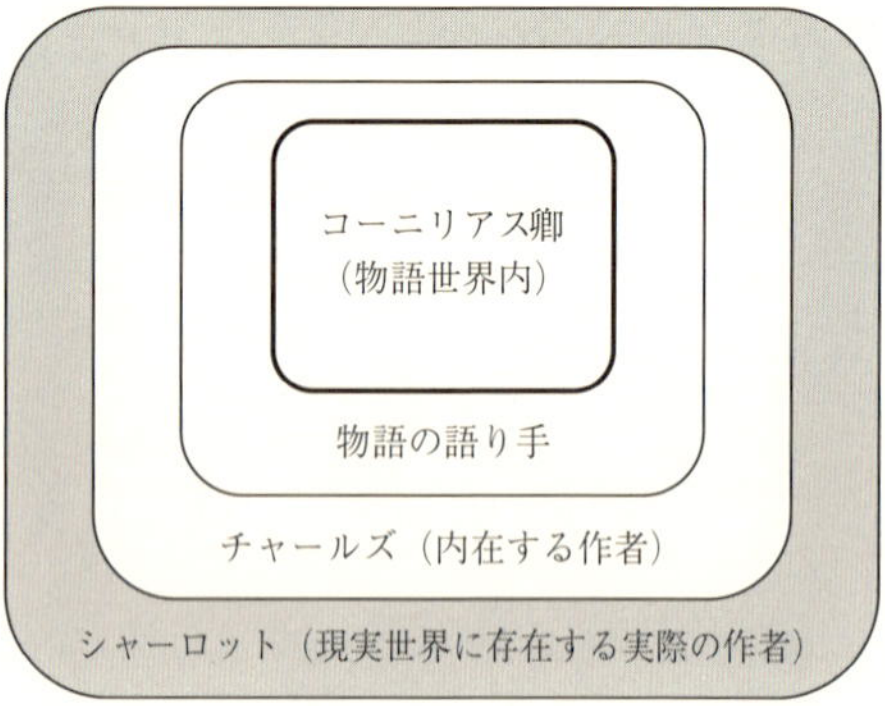


**図8-2**　「アルビオンとマリーナ」の構造
（出典：筆者作成）

ないこと」（岩上 278）――への意識は、チャールズという作家の特徴であり、同時期に併用されていたもう一人の作者兼語り手であるトリー大尉の「事実についての屈折のない記録」と対照をなすものである（岩上 280）。これには、当時シャーロットとブランウェルが、ある作品の内容を、異なる筆名を用いた別の作品内で否定したり書き換えたりして遊んでいたことが関係していよう（ちなみに、チャールズとトリー大尉による非難、中傷の応酬は中期の習作まで続く）。当時のシャーロットにとっては、わざと事実を歪めておもしろおかしく書くことそれ自体が一つの創作活動であったのだ。そして一八三三年以降の中期習作で、チャールズが兄ドゥアロウ侯爵を取り巻く身近な人々の人間模様という「事実」を題材とした作品を書くようになると、物語という虚構のなかで語り手としてそれをどのように提示するかがいっそう重要となるのである。

## 2　バイロニック・ヒーローをめぐるチャールズの語り

### 子どものチャールズ

一八三三年から三五年にかけて執筆された中期の習作において、主人公のドゥアロウ侯爵はグラスタウンならびにアングリアの社交界に君臨するバイロニック・ヒーローに変貌する。「アルビオンとマリーナ」では気性の荒さと性急さが唯一の欠点とされていたのが、「緑のこびと」（一八三三年九月）の序文において、彼は弟のチャールズに鞭をふるうような人物に変化している。ドゥアロウ侯爵に関する小編集「アーサー雑録」（一八三三年一一月）に収録された「郵便局」「新生児」「ティー・パーティー」では、彼の激情家ぶりや高慢さ、放蕩癖がほのめかされている。そしてチャールズは、「ヴェルドポリス上流社会」（一八三四年二月―三月）、「画集をのぞく」（一八三四年五月）、「呪い」（一八三四年六月―七月）ならびに未完の断片「後の出来事」（一八三五年一月頃）のなかで、今やザモーナ公爵となった彼は傲慢で利己的な人間であり、甘いマスクと言葉で女性を誘惑しては飽きたら捨てる不埒な男であることや、彼に翻弄される妻の苦悩を指摘して、悪魔のようなその実態を暴いていく。ザモーナ公爵の悪人ぶりを描いた「郵便局」から「後の出来事」に至る七つの作品すべてが、全知の語りではなく、語り手＝観察者タイプのチャールズの一人称語りをベースに書かれているのは興味深い点である。これには、雑誌の一投稿者だった習作初期から、兄の私生活を詮索して揶揄するのがチャールズのスタイルであったことが影響しているのだろう。さらに特筆すべきは、「新生児」から「呪い」までの五つの作品において、物語世界内に登場する際、語り手のチャールズは子どもという設定になっていることである。これらの特徴に注目し、中編小説の「ヴェルドポリス上流社会」と「呪い」を取り上げ、バイロニック・ヒーローを描き出すチャールズの語りについて考察したい。

「ヴェルドポリス上流社会」のメインプロットは、ウォーナー・ハワード・ウォーナーの花嫁探しであるが、主人公であるウォーナーの目と、ザモーナ公爵の新妻メアリ・ヘンリエッタを注意深く観察するチャールズの目を通して、ザモーナ公爵の気性の激しさや放埒さが描かれている。そしてメアリを観察するとき、語り手のチャールズはたいてい作中人物に、すなわち子どもになっていて、彼はメアリの化粧室に入ったり、彼女を含む女性陣と食後の時間を過ごしたり、二人で追いかけっこをして遊んだりする。物語世界内に登場する場合、語り手のチャールズはじっさいに彼が見聞きした情報を頼りに物語を展開しなければならず、覗き見や立ち聞きが必要なこともある。その際、たしかにキャロル・ボックが言うように、体の小さな子どもは「人目につかない観察者」になるのに好都合なのだが（22）、チャールズは子どもであるからこそ居合わせられる状況も活用している。

なお、語り口や知識、情報量からして基本的にはとても子どもとは思えない語り手のチャールズが、物語世界内に登場するときにだけ子どもになっていることには、語り手＝観察者タイプの一人称語りに付随する問題点を解決する狙いもあるものと思われる。このタイプの一人称の語り手は作中人物の一人でありその視野には限界があるため、「ヴェルドポリス上流社会」や「呪い」のように複数の場面からなる物語において、チャールズはしばしば全知の視点を持っている。だがそれによって、物語はチャールズの全知の語りと観察者タイプの一人称語りという二つの形式で語られることになり、場面によりチャールズの視野の範囲に開きが生じてしまう。シャーロットはこれを解消すべく、語り手チャールズのオルター・エゴのようなものとして幼いチャールズを作中人物に設定し、全知の語りは語り手のチャールズに、観察者タイプの一人称語りは幼いチャールズに担当させたのではないか。もちろん、語り手のチャールズが特定の場面で一時的に子どもになるという設定にはやはり無理があり、技法的に洗練されたものとは言い難いが（じっさい「呪い」の次に書かれた「私のアングリアとアングリアの人々」（一八三四年一〇月）を最後にこの手法は用いられていない）、語り手のチャールズが大人と子どもに分裂し、アイデンティティが曖昧になっていることは重要であろう。なぜならそれにより、彼の提示するザモーナ公爵像が揺らぐことにもなるからだ。「ヴェルドポリス上流社会」では、語り手のチャールズが自ら読者に彼の悪党ぶりを伝えて非難する箇所が多いことを考えると、非道徳的な彼の実体をうやむやにするところこそが、無邪気でときに主観的な幼いチャールズの視点を取り入れた真の目的なのかもしれない。

## 事実と虚構の戯れ

アレグザンダーの指摘するシャーロットの習作に見られる「ポストモダン的傾向」が最も顕著な作品である「呪い」においても（2005：160）、「分裂」と「揺らぎ」は重要なキーワードとなっている。「呪い」は、兄の私生活を詮索しすぎて彼の家を追い出されたチャールズが、その仕返しに、「裏表があって、偽善的で、暗く陰険で秘密めかした、なかば狂った兄の性格」を大衆に伝える目的で書いた作品である（市川・高倉訳 106、一部変更）。ザモーナ公爵には双子の兄がいて、二人が一緒にいるところを目撃されたら片方は死ぬという呪いのために、その兄は素性を隠して妻子と暮らしていたところ、夫に別の家庭があると勘繰り詮索し始めたメアリに目撃されかけてザモーナ公爵は死の淵をさまようが、呪いが解けて回復し、双子の兄もヴァルダセラ公爵として堂々と生活できるようになるというのが作品の概要である。双子の兄の存在を知らないメアリをはじめとする周囲の者たちは、一貫性のないザモーナ公爵の言動に困惑し振り回されるが、それは彼らが二人の別々の人間を一人の人間として見たり接したりしていたからだとわかり、物語は大団円となる。

しかしながら、チャールズとシャーロットの署名をもって物語が閉じられたあとに添えられた注意書きにより、物語の内容と結論は二転、三転する。このなかにある「私の兄」という言葉から、注意書きを書いたのはチャールズだとわかるが、物語の枠外に配置されていることに加えて末尾にはシャーロットの署名しかないことから、注意書きを書いたチャールズは、物語本体で語り手として彼が位置していた所よりも、さらに外側の次元に存在しているようにも感じられる。注意書きでは、まず、

ぼくはザモーナ公爵がいくらか頭がいかれていることを証明したと思う。読者よ、もしヴァルダセラがいなければ、創り出したらいい。アングリアの若き国王に分身（alter ego）がいなければ、ぜひ都合のよい影武者を用意するがいい。というのも、一つの肉体と一つの精神を持った一人の人間で、それらが有害な成分を含まず適切に混ぜ合わされ、正気で分別と礼儀をわきまえているなら、他人には知られていない事情があるからといって、ああした気まぐれで表裏があって計り知れない、不可解で人を苦しめるスフィンクスのような話し方や行動をしたりするはずがないからである。（253、一部変更）

と述べられる。これによって、ヴァルダセラ公爵は実在しないこと（じっさい初期作品で彼が登場するのは「呪い」のみである）、ザモーナ公爵は双子であると仮定しなければ説明できないほどの二重人格者であることがわかる。そしてこの注意書きをもって初めて、ザモーナ公爵は、序文で言及されていたとおりの偽善的で、裏表のある、極悪非道な人間であることが明らかになるのである。だが、この解釈もすぐに不確かなものとなる。注意書きではさらに、自分の王国の統治に心血を注ぎ神経をすり減らしたザモーナ公爵はまもなく発狂し二二歳の若さで人知れず死んだことが記される。予言めいてはいるがおよそ事実とは思えないこの記述によって、注意書きの信憑性はたちまち失われ、ヴァルダセラ公爵の存在もザモーナ公爵の実体もふたたび謎に包まれてしまうのである。

おそらく、ザモーナ公爵のドッペルゲンガーのようなヴァルダセラ公爵は虚構の存在であり、混沌とした彼の実態を示すために導入された一種の装置であろう。そしてまた興味深いことに、彼はザモーナ公爵のみならず、チャールズのオルター・エゴのようにも思われる。二人はともにいたずら好きで、ザモーナ公爵を知りぬいた、彼の兄弟である。また、この作品ではザモーナ公爵の邪悪さを明言することを極力避けているチャールズに代わり、ヴァルダセラ公爵が、先妻マリアンに対するザモーナ公爵の冷酷無情な仕打ちを糾弾する箇所もある。チャールズが物語の結末部でこのもう一人の兄に対して、ザモーナ公爵よりもずっと好きになれそうだと話しているのには、このような理由もあるのだろう。

「呪い」では、ザモーナ公爵の実態を読者に提示するにあたり、語り手のチャールズが大人と子どもに分裂しているのみならず、ザモーナ公爵までもが双子の兄弟に分裂している。さらに、ヴァルダセラ公爵は実在するのか、ザモーナ公爵の精神は正常なのか異常なのかという最大の問いに対する答えは、物語本体と注意書きとで完全に異なる。「呪い」では、表紙と序文に書かれているように、作品内の言葉から読者が自ら意味を見つけ出すことが求められているが、このような状態では意味の確定や真偽の判断は不可能である。意味の決定不可能性のなか、主人公も語り手も分裂し、読者もまたそのなかを漂う。こうした事実と虚構の奇妙な戯れこそが、「呪い」という作品の本質であり醍醐味なのである。

## 3　ファンタジーから現実へ

### 空想からの脱却とチャールズの変化

一八三〇年八月、当時一四歳のシャーロットがチャールズの名で執筆した「不思議な出来事」には、現実と虚構ならびに創造主と創造物との関係についての彼女の所見が述べられている。この小編に綴られているのは、ある日の不思議な物思いと経験を通じてチャールズがふと抱いた、自分という存在に対する彼の見解である。チャールズは、自分と自分の住む世界は誰かの頭のなかの観念でしかなく、その世界の住人である自分は、自分と同じ名前で呼ばれ肉体を持ち現実世界で生活している別の存在の複製であり、自分自身は実体のない影のようなものにすぎないのではないかと考えている。このチャールズの自己意識に示された現実と虚構ならびに創造主と創造物との関係は、第一節と第二節で指摘した、シャーロットと内在する作者であるチャールズとの関係や、作家チャールズと彼の物語やそのなかの登場人物らとの関係、さらには語り手チャールズと物語世界に登場する子どものチャールズとの関係や、ザモーナ公爵とヴァルダセラ公爵との関係を言い表すものとなっている。そしてまたこの現実と虚構との関係は、シャーロット自身のなかでの現実世界とアングリア世界の関係性を表すものでもあったのだ。

一八三五年七月、すでに一九歳になっていたシャーロットは、母校のロウ・ヘッドに赴任し約三年半にわたり教師を務めたあと、一八三九年五月から七月にはガヴァネスとしてシジウィック家で働いた。牧師館での気ままな生活と創作活動を離れて、他人に囲まれながら楽しくもなく向いているとも思えない労働に従事する社会人としての生活は、彼女にとって苦痛でしかなく、彼女はしばしばアングリア世界に思いをはせては心を慰めていた。一八三五年一二月に書かれた詩「子どもの頃、わたしたちは織布を織った」に記された、ロウ・ヘッドの教室でふとザモーナ公爵の姿が浮かんできたときの彼女の体験には、現実と虚構の狭間で生きる彼女の様子がうかがえる。ザモーナ公爵の姿を見たシャーロットは我を忘れ、自分がどこにいるのかも、自分の境遇の陰鬱さもわびしさもすっかり忘れ去るのだが、「ブロンテ先生」と生徒に呼びかけられて幻想から覚める（Ed. Alexander 156-157）。彼女が思わず飛び込んでいったアングリアの幻想は虚構の世界であり、そのなかのシャーロットは現実世界で生きる彼女の複製にすぎず、名前を呼ばれた瞬間に彼女は現実世界に引き戻されるのである。

一八三六年一月に執筆された無題の詩が示すように、シャーロットにとってザモーナ公爵は詩歌の泉であり彼女を支配する心の王であった（C. Brontë, *Poems* 187）。また、「ロウ・ヘッド日記」と呼ばれる断片の一つである「今日は一日中、夢のなかに」（一八三六年八月―一〇月）で述べられているように、彼女にとってアングリアの夢想は、「苦役」を忘れさせてくれる「不穏な、けれども魅力的な魔力（spell）」を帯びた「天上の余暇」であった（Ed. Alexander 163）。しかし同じ断片内で、彼女はアングリアの世界を「地獄の世界」とも呼んでおり（162）、親友エレン・ナッシー宛ての書簡でもアングリアの夢想に耽ることへの罪悪感を漏らしている（10 May 1836, *LCB* I 143-144）。甘受すべき現実とはかけ離れた空想世界に逃げ込み陶酔することに後ろめたさも感じていたシャーロットは、一八三五年以降、これまで夢中で書き綴ってきたアングリアという壮大な虚構の世界を見つめ直し、そこからの脱却を試みるようになる。

それにともない、まず語り手のチャールズに変化が現れる。一八三六年以降、チャールズ・アルバート・フローリアン・ウェルズリー卿はチャールズ・タウンシェンドに改名され、ウェルズリー王家の次男としての、またアングリア国王ザモーナ公爵の弟としてのアイデンティティは薄れていった。チャールズがタウンシェンドというより周縁的な人物へと変化したことで、語り手の彼とザモーナ公爵やアングリア社交界との間には一定の距離が保たれるようになった。タウンシェンドは、やや自嘲癖のあるシニカルなめかし屋で、読者に話しかけるときや序文内ではときにトリストラム・シャンディのように饒舌で剽軽だが、物語の語り手として登場人物や出来事を描写する際の語り口は総じて冷静で客観的であり、中期習作までの語りとは対照的にリアリズムが感じられる。現実と向き合うのに、真実や現実をむしろ回避するような信頼できない語りはそぐわないのだ。そしてまた、この現実への意識は、習作末期の作品テーマにも変化をもたらすのである。

## 作品テーマの変化

一八三六年末に職業作家を夢見て桂冠詩人ロバート・サウジーに自作の詩を送って助言を求めるも創作活動は女性の本分ではないと戒められ（12 Mar. 1837, *LCB* I 165-168）、一八三九年には二度も結婚の申し込みを受けるなど、習作末期には実生活において自分の人生と向き合うことが多くなっていたシャーロットは、おのずとアングリア物語でも女性の生き方について考えるようになる。その際、彼女がまず目を向けた人物は、その境遇やザモーナ公爵との関係が当時の彼女自身のものとよく似ていたマイナ・ローリーであった。

マイナは、ザモーナ公爵が初めて恋した女性でありながらも身分差ゆえ結婚には至らず、その後は彼の二番目の妻マリアンの侍女として、そして彼女の死後は彼の愛人として献身的に仕えてきた女性である。マイナは、「現在の事件」（一八三六年四月）のなかで自ら述べているように、その自己犠牲がザモーナ公爵に顧みられていないことを知っている。それでもなお彼女は、ロウ・ヘッドで教師としての職務を全うすべく苦役に耐えていたシャーロットのように、ザモーナ公爵への奉仕こそが自分の運命だという信念に沿ってわびしい日陰の人生を強く生き抜いてきたのであり、「貧しさと働く必要から、人々の魂は見事に鍛え上げられる」と信じている（「呪い」150）。しかしその一方でマイナもまた、彼女とザモーナ公爵との関係が道徳にも社会的規範にも反することを理解している。だが、自責の念を感じつつアングリアの魔力に魅了されていたシャーロットのように、「彼の魔力（spell）に囚われた」マイナもまた（*EWCB* II-2: 57）、恥辱を感じながらも彼を愛さずにはいられない。「マイナ・ローリー」（一八三八年一月）に描かれているように、マイナにとってザモーナ公爵は、「彼女の性質の一部となった」「人間以上の存在」であり、彼との結びつきがなくなれば、心は虚ろになり生気を失いかねないのだ（Ed. Alexander 192, 197）。

愛と道徳、愛と自我の選択でマイナと異なる決断をするのが、「ヘンリー・ヘイスティングズ」（一八三九年二月—三月）の女性主人公エリザベス・ヘイスティングズである。ある日、思いを寄せるウィリアム・パーシーと思いがけず再会した彼女は、「胸の奥で震える激しい喜びに身を任せて」二人きりの散歩を楽しむ（*FN* 248）。彼のうちとけた口調は「魔法（spell）」のように彼女を会話に引きこみ（250）、二人は互いの愛情を確認する。だが、彼の情婦にならないかと誘惑されたエリザベスは、「月が輝かずにいられないのと同様にあなたを愛さずにはいられない」（256）が、情婦にはなれないと言って彼のもとを去る。ウィリアムなしでは生きていけないという思いを振り切り、彼の「情婦（mistress）」（256）ではなく、これまでどおり「他人に支配されない自由の身（her own Mistress）」（248）であることを選ぶエリザベスは、アングリア物語において初めてロマンティックな愛よりも自尊心を重んじた女性である。エリザベスは、マイナの内面的魅力ゆえに彼女を唯一の理想の女性と賛美してきたウィリアムが、同じくその人間性に惹かれて愛するようになった女性であることから、二人は本質的によく似た人物と想定されているものと思われるが、二人の決断はまったく異なる。次作「キャロライン・ヴァーノン」（一八三九年七月頃—一二月）において、マイナはただザモーナ公爵の不品行の証たる情婦として言及されるにとどまることを考慮すれば、このエリザベスの決断は、シャーロットが少なからず共感していたマイナに背を向けたことを意味するものと思われる。そしてまた、エリザベスがアングリア的なバイロニック・ヒーローを拒絶し自我を尊重したことは、アングリア物語の主題がザモーナ公爵から女性の自我へと移行したことを示唆しているのではないだろうか。

最後のアングリア物語である「キャロライン・ヴァーノン」は、ザモーナ公爵の虜となった女性が彼の手に落ちるという典型的な誘惑物語のプロットを持つが、それをもとに描かれるのは一五歳の少女キャロライン・ヴァーノンの自由意志による人生の選択である。パリの社交界にデビューした彼女は、後見人であり指導者であったザモーナ公爵がじつはきわめて不埒で邪悪な人間であることを知るが、それを承知のうえで、彼女は「自発的な駆け落ち」を決行し「完全に自分の自由意志で」彼のもとへ飛び込んでいく（Ed. Alexander 294）。物語のクライマックスである、キャロラインがザモーナ公爵に誘惑され彼の情婦になることに同意する場面で描写されるのは、彼の毒牙にまさにかからんとする彼女の姿とそのときの彼女の心理であり、彼女が自分の運命を決める瞬間である。キャロラインの行く先がスカー・ハウスであることから、彼女もやがては前住人のロザモンド・ウェルズリーのように彼に捨てられることが推測できるが、それが描かれることはない。この物語の主眼は、女性を誘惑する邪悪なザモーナ公爵と彼に翻弄される女性の悲嘆にあるのではなく、男性の選択あるいは男性からの誘惑という形によってではあるけれども、女性が自分の人生を選ぶことに置かれている。まさしくこれは、シャーロットの後期作品を含むヴィクトリア朝小説のなかで多くの女性主人公が経験する決断であり、「キャロライン・ヴァーノン」もまた、社会における女性の生き方を見つめた作品となっているのである。

## 4　アングリアからの旅立ち、チャールズとの別れ
### ——子どもの作家から大人の作家へ

キャロラインが森を散歩しては空中楼閣を描いていたように、シャーロットもまたハワースの牧師館でアングリアという架空の世界を築き、そのなかで事実と虚構の戯れを気ままに楽しんでいた。しかし、ロウ・ヘッドで働き始めたシャーロットは、まさしく世間を知ったキャロラインと同様に、「世の中の現実と子ども時代の夢物語との違いに気がついた」(Ed. Alexander 272)。現実世界とアングリア世界という相克し合う二つの世界の間で分裂状態に陥ったシャーロットが、ファンタジーを脱して現実を直視するよう努めるなか、語り手のチャールズにも変化が生じ、作品テーマも社会における女性の生き方という彼女にとってよりリアリスティックなものに変わっていった。そしてついにシャーロットは、初めてありのままの自分の姿を投影した女性主人公——エリザベス——を登場させたのだ。

エリザベスは、これまでアングリア上流社会を彩ってきた美しい女性たちとは異なり、小柄で血色の悪い不器量な女性であり、無口で控えめな態度ゆえ人目につかない存在であるが、落ち着きはらった表情の下に情熱と強い意志を秘めている。また彼女は、ガヴァネス兼コンパニオンとして働いたのち、自分の学校を経営しながら生計を立てている自立した女性でもある。一八三八年末に書かれたとされる未完の無題の断片「しかし本当の性格があらわれるのは社交界ではない」ですでに彼女とよく似たミス・ウェストという女性が登場しているが、(4) 二人がのちのジェイン・エアやルーシー・スノウ、そしてなによりシャーロット自身を彷彿させる人物であることは言うまでもない。シャーロットは、等身大の自分

を投影したエリザベスをアングリアという虚構空間に作り出し、彼女を介して女性の生き方という自分にとって現実的な問題を考察した。それによって初めて、現実世界と虚構の世界という乖離していた二つの世界が、アングリア物語のなかでもシャーロット自身のなかでも繋がり合い、虚構の世界と作家の自己とが結びつけられることになったのだ。そしてまた、エリザベスを通して描かれるテーマが、愛と自我の相克ならびに男性の選択による人生の選択というシャーロットの後期作品に直結するものであることは、大人の作家としてのアイデンティティがシャーロットのなかで形成されつつあったことを示唆している。

シャーロットにとって、創作活動はもはや単なる虚構空間での遊びではなくなり、虚構の世界は現実を見つめる場となっていた。「キャロライン・ヴァーノン」を脱稿後、すぐに彼女は「アングリアとの別れ」（一八三九年末頃）を書き、アングリア世界との決別を宣言する。子どもの頃から何度も描き続け、いまやすっかり新鮮さを失った登場人物や情景からなる現実離れしたアングリアの空想世界では、新しい現実的なテーマを扱うことはできないと感じていたのだろう。アングリアとの別れは、約一〇年にわたりその世界をともに創り上げ、描いてきたチャールズとの別れでもあった。チャールズの誕生には、物語の基本構造に対するシャーロットの認識の芽生えが、また彼の信頼できない語りには、のちの『ヴィレット』（一八五三）にも繋がるような物語の虚構性への意識が、そして彼のタウンシェンドへの変化には、リアリズムへの志向が表れており、これらはまさに、シャーロットの作家としての成長や自己形成の軌跡を示している。シャーロットの習作時代は、チャールズとともに歩んだ大人の作家への道のりであり、彼との別れは、彼女が子どもの作家から大人の作家へと成長を遂げ、創作の新しい一歩を踏み出したことの証なのである。

＊　本章は科学研究費（若手研究（B）課題番号24720140）の助成を受けた研究成果の一部である。

## 注

（1）第一巻第四章では、シャーロットと妹のエミリ・ブロンテが、誰かに扮することもなく「わたしたち」として直接舞台上に出てきている。

（2）『ブラックウッズ・マガジン』の初期作品への影響については、Alexander（1994）や Bock に詳しい。

（3）「内在する作者」とはウェイン・C・ブースの提唱した概念であり、作品から推定されるその作品の作者像を意味する。現実の作者の第二の自己とも言える「内在する作者」は、現実の作者に代わる筆記者として、語り手を含む作品の諸要素を作り出す。

（4）詳細は Alexander（1983：184-185）や岩上（247-249）を参照のこと。

## 引用文献

Alexander, Christine. *The Early Writings of Charlotte Brontë.* Oxford : Basil Blackwell, 1983.

Alexander, Christine. "Readers and Writers : *Blackwood's* and the Brontës." *The Gaskell Society Journal* 8 (1994) : 54-69.

Alexander, Christine. "Autobiography and Juvenilia : The Fractured Self in Charlotte Brontë's Early Manuscripts." *The Child Writer from Austen to Woolf.* Ed. Christine Alexander and Juliet McMaster. Cambridge : Cambridge UP, 2005. 154-172.

Bock, Carol. *Charlotte Brontë and the Storyteller's Audience.* Iowa City : U of Iowa P, 1992.

Booth, Wayne C. *The Rhetoric of Fiction.* Chicago : U of Chicago P, 1961.

Brontë, Charlotte. "But It Is Not in Society That the Real Character Is Revealed." N.d. MS B113(7). Brontë Parsonage Museum, Haworth.

Brontë, Charlotte. *The Poems of Charlotte Brontë : A New Text and Commentary.* Ed. Victor A. Neufeldt. NY : Garland, 1985. 本章では *Poems* と略記。

Brontë, Charlotte. *Five Novelettes : Passing Events, Julia, Mina Laury, Captain Henry Hastings, Caroline Vernon.* Ed. Winifred Gérin. London : Folio, 1971. 本章では *FN* と略記。

Brontë, Charlotte. *An Edition of the Early Writings of Charlotte Brontë.* Ed. Christine Alexander. 2 vols. Oxford : Basil Blackwell, 1987-1991. 本章では *EWCB* と略記。

Brontë, Charlotte. *The Letters of Charlotte Brontë : With a Selection of Letters by Family and Friends.* Ed. Margaret Smith. 3 vols. Oxford : Clarendon, 1995-2004. 本章では *LCB* と略記。

Brontë, Charlotte. *Villette.* 1853. Ed. Margaret Smith and Herbert Rosengarten. NY : Oxford UP, 2000.

Brontë, Charlotte. *The Brontës : Tales of Glass Town, Angria, and Gondal Selected Writings.* Ed. Christine Alexander. NY : Oxford UP, 2010. 本章では Ed. Alexander と表記。

岩上はる子『ブロンテ初期作品の世界』開文社、一九九八。

岩上はる子監訳『秘密・呪い――シャーロット・ブロンテ初期作品集Ⅰ』鷹書房弓プレス、一九九九。

# 第9章　エドワード・ロチェスター『ジェイン・エア』

## ――（再）形成されてきた魅惑的人物――

永井容子

シャーロット・ブロンテの第二作『ジェイン・エア』は、一八四七年に刊行されて以来、現在に至るまで多くの読者を魅了し続けてきた。実に二四か国の言語に翻訳され、英国だけでも二三以上の版が存在し、翻案という形で舞台劇、映画、ミュージカルなど異なる表現様式を獲得してきた。また、最近では、女主人公ジェインではなく、ロチェスターや彼の狂気の妻バーサ・メイソンの目を通して物語が語られる派生作品（derivative）[1]も数多く出現している。文学研究者を始め、一般読者・観衆をこれほどまでに引き付け、多様な解釈を引き起こす要因はどこにあるのだろうか。『ジェイン・エア』が、時代と共に幅広く受容され、小説という枠を超えて大衆文化の一端として変容を遂げてきた一つの理由として、登場人物の魅力――強いて言えばその人物像の許容範囲の広さにあるかもしれない。小説の中でとりわけ注目されてきたのは、ジェインの思慮深さと自己責任に基づく自立心であり、理性に裏付けられた情熱である。しかし、作品のバイロン的ヒーロー[2]、エドワード・ロチェスターは、どうであろうか。原作『ジェイン・エア』が持つ潜在的な可能性を探るべく、ジェインではなく、一人の男、ロチェスターに注目する。そして、この人物が時代の嗜好や関心に応えるかのように（再）形成され続けるその所以を考察する。

## 1　不完全であるがゆえの人間の魅力

### ロチェスターの風貌

ジェインが、会ったことのない雇い主についてフェアファックス夫人に尋ねると、彼女からは思いがけない返事が返ってきた。地主としても主人としても非のうちどころのない紳士でありながら、夫人の見るところではロチェスターはどこか風変り（peculiar）な側面があるとされている。

「とくに目立ってどうというのではない。でも、話しかけられればわかりますよ。いつも、真面目なのか冗談なのか、喜んでいるのかその反対なのか、こちらにはわからないのです。要するに、完全には理解することが出来ないのです――」（小池訳[3] 159）

ジェインが、ロチェスターについてもっと詳しく知りたいと思うように、我々読者もこの謎めいた人物について想像を掻き立てられる。「若い頃は外観で大きく左右されやすい」（149）と自ら認めているように、ジェインはロチェスターと顔を合わせた際、彼の強面できつい表情より先に彼の「男」としての外観に関心を寄せる。

暖炉の火がその顔を照らしていた。わたしはあの時の旅人の顔を覚えていた。太い真っ黒の眉毛。黒髪を横に撫でつけてあるので、真四角な額が余計四角く見えた。強い決断力を示す鼻は、造作の美しさよりは性格を印象づける。大きな鼻の穴は、きっと癇癪持ちを意味しているのだろうと思った。気むずかしそうな口、上顎、下顎――そう、この三つともとても気むずかしそうだ。間違いない、昨日のあの旅人だとわかった。今はマントを着ていないので、体格が顔と同じく四角ばっているのがわかった。スポーツマンとしてはよい体格なのだろう――胸幅が広く腰幅は狭いが、背は高くはなく、優雅な体形ではない。(181-182)

ジェインは、己の外観には無頓着でありながら、雇い主であるロチェスターの外観については、実に細部にわたり分析していることがわかる。ジェインが彼に対して親近感を抱いた最大の要因となったのは、彼の美貌でもなく、上品さでもなく、紳士的な振る舞いでもない。彼の「不可解」な言動とも捉えるべき、彼の「不完全さ」にある。彼の完璧とは言えない容姿、そして気まぐれで奇想天外な反応こそが、ジェインの興味をそそり、彼女がロチェスターの前で自分の本来の姿、自然体のままでいられた所以である。「彼の態度がごく自然なので、わたしは堅苦しい気分にならずに済んだ」(223)とジェインは明かす。人間は不完全であるがゆえに人間らしいと考えれば、紳士という社会的地位の裏に見え隠れするロチェスターの人間的・外見的欠陥や弱さがジェインを始め、我々読者の琴線に触れ、無意識のうちに彼の魅力に引き付けられるのであろう。

人並みはずれて胸幅が広く、手足の長さと不釣り合いなくらい。ほとんどの人が彼を醜男と思ったに違いない。ところが彼の態度には無意識の自尊心があり、悠々としていて、自分の外見なんかどうでもよいという素振り。単なる容姿の魅力に欠けていても、それを埋め合わす他の特質が、先天的か後天的かは別として、どっさりあるのだぞというような傲慢な自信があるので、彼を眺めている人もまた、同じくどうでもよいと思ってしまい、彼の自信に対して盲目的、不完全な信頼を寄せざるを得なくなるのだ。(202)

ジェインを始め、我々読者も無意識のうちにロチェスターに盲目的になっているのである。

## 鏡写しの自分

ジェインは、ロチェスターの人間的欠点――彼の傲慢さ、皮肉っぽさ、残酷さ、気性の激しさ――を心の底で見抜いていた。しかしながら、彼に人間的魅力を感じざるを得なかった。それは、ジェインが相手の言動に自分自身を重ねて見ていたからである。自分はロチェスターと「同じ種類の人間」であり、「彼と同じ何がしかの趣味と感情を持っている」(268) とジェインは直観的に感じていた。二〇歳も歳の離れたジェインとロチェスターには、他人とは思えないほど多くの共通点があった。ジェインが自分の雇い主のことを風変り (peculiar) と感じているように、ロチェスターもジェインのことを変わった人間 (singular) と評する。移り気で、予測不可能な相手の言動に翻弄されながらもこの二人は互いの奇想天外な反応を楽しんでいるとも思える。また、時としてロチェスターの言葉が謎めいて理解を絶することがあったとしても、彼が根本的には立派な地主であり、何か残酷な運命の仕打ちにより汚された混沌とした人生を送らざるを得ない境遇にあるのだとジェインは信じて疑わなかった。そして、ロチェスターもまた、世間一般が女性にあてがう枠から逸脱しようとするジェインを鋭く見抜く。

今でも時どき、鳥籠の狭い格子の間から鳥の好奇心あふれた視線が見えるよ。活気にあふれ、せかせかした、意志強固なとらわれの鳥の姿が。自由にさえなれば空高く飛び上がるだろう。(212-213)

さらに、ジェインとロチェスターは互いのプライドと自尊心についてもたびたび言及している。平穏で安楽な道を自ら捨て、世間の荒波に抵抗する中、これまで自分を支え、擁護してきた唯一の砦であるプライドや自尊心すら相手に見破られる。しかしながら、相手に自分と同じ特徴を見ることにより、いっそう親近感が湧き、心の隙に入り込む余地を相手に与えていたとも言える。愛するジェインへの求婚を前にロチェスターはジェインとの心の繋がりを身体的な繋がりに喩える。

「……わしは時どきお前について妙な感じを持つことがあるのだよ――とくに、今のようにお前が、すぐ傍にいる時にはね。わしの左の肋骨の下あたりに紐がついていて、それがお前の小さな身体の同じところについている紐と、しっかりとほどけぬように結びついているのではないかと、ね」(391)

そして、ロチェスターが遂に結婚を申し込み、ジェインを自分の小鳥のように囲い込もうとした時、彼女を「ぼくと対等の人、ぼくと似た人」(396)と断言する。つまり、ロチェスターは、ジェインを意図的に自分と同類の者として見ている。この小説が一人称で語られ、語り手ジェインが物語の出来事に参加して、読者に共感を求めるからこそ、我々読者は一人の男性に囲い込まれるジェインの複雑な心境――戸惑いと喜び――を自分のことのように理解することができる。ジェインは、独自の意志を持つ自由な人間でありたいと願う一方で、ありのままの自分を受け入れる男性に遭遇した喜びにも浸り、この二つの感情の間で大きく揺れ動く。読者はジェインの心理状況の過程を辿り、最終的にロチェスターのもとを去る決断をする彼女の苦悶を身をもって感じる。ジェインの言葉や彼女の眼差しを通し、読者は「同じ種類の人間」と見なされるロチェスターの内奥をも垣間見て、彼にも共感と一層の関心を寄せるのである。

## 2　眼差しの先にあるもの

### 眼差しから読み取るもの――『ダニエル・デロンダ』の例

「見る」という行為は、見られる側の本質を明らかにすると同時に、見る側の本質も曝け出す行為であると言える。ジョージ・エリオットの『ダニエル・デロンダ』（一八七六）を一例に挙げると、小説の冒頭部分から見る側と見られる側の支配関係を登場人物の眼差しを通して読み取ることができる。ルーレットの前で賭け事に没頭する一人の令嬢風の女性（グエンドレン）を、デロンダは詮索するような目つきで眺める。そして、次のような疑問を自問自答する。

あのひとは美人なのか？　美人ではないのか？　あの目の動きに力強いものがあるのは形に、あるいは表情に、なにか秘密があるからなのか？　あの目の輝きを支配するのは善の霊なのか、悪の霊なのか。おそらく悪の霊だろう。さもなければあの目の魅力に悩まされるわけはないのに見る者を不安にするのはなぜなのか。もう一度見たくなるのは、身も心もこぞって切望するからではなく、強制され

るような気がするからなのはなぜなのか。（淀川訳[4] 7）

デロンダは、ただ単にグエンドレンの外見的な美しさに魅せられているのではなく、彼女の本質を問う必然性を感じている。そして、読者もまたデロンダの目を通して、グエンドレンの内面を探らざるを得ない。デロンダの視線の先にあるグエンドレンもまた、彼の視線を感じ、「見られている」ことを意識した途端、ひどく動揺する。

しかしその目は、見回す途中でデロンダの目と出会った。彼女としては目を逸したかったであろうが、それができなくて釘付けにされてしまったのがわかって――何秒かしら？――不愉快であった。このひとはわたしを劣った人間と評価して見下げているのだ、このひとはわたしの周りにいる人間のくずとは質が違うのだ、わたしにかかわりのない世界、わたしよりも上の世界にいる気でいるので、わたしを下等な世界の見本としてじろじろ見ているのだ、とっさに湧いたこの思いに、ぞくぞくする怒りが湧き、それと争うこの一瞬の間が長く感じられた。（11-12）

デロンダの眼差しに彼女が読み取ったものとは、彼が自分を下劣な人間として見下しているのではないかという意識であった。これは、自分自身が他人からどのように評されているかという自己評価でもあり、グエンドレンのその時の不安定な心理状況を表している。デロンダの眼差しはグエンドレンの外見や本質を男性の目で解釈する支配的なものではなく、グエンドレンが自分自身を知る、もはや鏡の役目を担っているとも言える。

## ロチェスターの眼差し

『ジェイン・エア』の場合、ジェインに向けられるロチェスターの視線はどのような意味を持つのであろうか。ロチェスターは、彼女がローウッド学校で過ごした最後の二年間の休暇の間に描いたというスケッチ画と水彩画を通して彼女の心のうちを読み取ろうとする。ジェインの視覚心像とも言えるこの絵を目にする前からロチェスターは、この絵が人の手を借りた合作であると決めつけて、彼女の脳裏に浮かんだであろう景色が偽りであると結論付ける。「わたしは何も申しません。ご自分で判断なさって下さい。」(189) と言い、ジェインがロチェスターの疑いの目、不当な見解、支配的な眼差しにまったく屈しようとしないと、彼は次に「こんな絵を描いていた時は幸せだったかね」、「それで、自分の熱中した仕事の成果に自分で満足を感じたのかね」(192) とジェインの内面をさらに詮索する。先入観と矢継ぎ早の質問でもってジェインを威圧しようとしたことがすべて不発に終わると、ロチェスターは、最終的に自分の質問を自ら打ち切ってしまう。予期せぬ反応を示すジェインを前にロチェスターの態度は目まぐるしく変わり、それは彼の動揺、心の葛藤を表していると言える。

そうしたジェインの支配的な立場は、この物語が一人称で語られていることにも起因する。彼女は、常にロチェスターの眼差しを意識し、自分に与える影響を時には読者を巻き込んで自己分析する。これは、ただ単にデロンダの視線を意識するグエンドレンとは一線を画する。ジェインは、眼差しが持つ威力を理解し、ソーンフィールドの招待客とロチェスターを傍観しながら、自分とロチェスターの関係について思いを馳せる。

「美はみつめる人の目の中にある」という格言は、まさに最高の真理だ。わたしのご主人さまの血の気のないオリーブ色の顔、角ばって突き出た大きな額、太い黒い眉、深く窪んだ目、いかめしい目鼻立ち、固く結ばれた気むずかしい口――すべてエネルギー、決断、意志をあらわしていて、一般の物差しによれば美男子とはいえない。しかし、それらはわたしにとって美以上のものだった。わたしをとりこにし、わたしの感情を自分で左右できず、彼の力で動かすようにしてしまう興味と感化力にあふれていた。わたしは彼を愛するつもりはなかった。読者もご存知の通り、自分の心の中に愛の芽生えを見つけると、それを根こそぎ引き抜こうと努力して来たのだ。ところが今や、彼の姿をふたたび見た時に、またもやその青々とした芽が力強くふき出て来た。彼はわたしに目もくれないのに、わたしは愛さずにはいられなくなった。（266-267）

二人の視線が交わる時、ロチェスターはその視線の意味を読み取る力を持っていることをジェインは知っていた。その視線を意図的に避けるかのようにジェインは、目立たない場所に座った。しかし、彼に見られることなく彼を見ることができると分かった途端、ジェインは我を忘れてロチェスターに釘付になった。「咽喉がかわいて死にそうになった人間が、見つけて這い寄った泉に毒があると知りながら、それでも身を屈めてその天の甘露を飲んでいる時の楽しみ」（266）を知ったジェインは、自らの眼差しを制御することができなくなっていた。ロチェスターには自分を引付ける特別な魅力があることを認めつつも、そんな彼を愛さずはいられない従順な自分にも能動的に向き合うところにジェインの強さが秘められている。そんな彼は誰のものでもなく、自分のものであるとジェインは言い切る。

「あの人たちにとっての彼は、わたしにとっての彼とは違うのだ」と、わたしは思った。「あの人たち

と彼とは別種の人間なのだ。彼はわたしと同じ種類の人──そうに決まっている──」（267）

ロチェスターとの結婚式の最中、侵入者ブリッグズにより、ロチェスターに生存中の妻がいることが明かされても、ジェインは落ち着いてロチェスターに視線を送る。そして「彼にわたしの方を見させた」（455）と主張することにより、ジェインが主導権を握っていることを読者に意識させる。しかしながら、ジェインが眺めていたものが、自分ではなくロチェスターが芽生えさせた愛情であり、その愛情も彼女自身の願望に過ぎなかったことを自覚する。また、ロチェスターが自分の思い描いた男性ではないことに気付くと、彼の前から去ることを決意するのである。未来の夫は、ジェインにとって「天国の希望にさえなりかかっていた」（430）。そして、ロチェスターの眼差しもジェイン自身の願望を満たす手段であったと言える。ロチェスターの暗い過去を知ってしまったことではなく、ジェインが思い描く彼のイメージから「汚れなき真実」（465）という美点が消え去ってしまったことにより、ジェインは、もはや彼を自分と同じ種類の人間として見なすことができなくなってしまうのである。ジェインは自分自身のことは気にかけても、ロチェスターの癒しや誇りとなる──いや彼のものとなることを拒むのである。自分自身の行動に対して、自責の念に駆られるものの、ジェインはあらゆる苦しみと共にロチェスターのもとを去る。

では、なぜ失明したロチェスターをジェインは再び受け入れることになるのか。ロチェスターにとってジェインが出会った当初からこの世の者とは思えない不可解な女性であったように、ロチェスターもまた、ジェインにとって実体のない霊のような存在であった。ロチェスターという得体の知れない存在を明らかにする過程で、ジェインは自分自身に目を向け、心の内なる叫びを読者に明かす。そして、

「見る」力を奪われたロチェスターは、自分の目ではなく、ジェインの目を通して彼女を見つめ、彼女との生の中で自分を見つめる。一度去ったジェインが、自らの力で生きて、自らの意思でロチェスターを探し当てた。ジェインは、ロチェスターの「目の瞳」(712) となり、彼の「隣人、看護婦、家政婦」(686) となることを望んだ。そして、ロチェスターには、ジェインに従う必然性があった。自分がロチェスターに気に入られているということが実感できたからこそ、彼女はロチェスターと共に過ごす時間に幸せを感じた。そして、ロチェスターもまた、自分がジェインの世話になることが彼女の活力と明るさの源になっていることを知り、生きる力が再び蘇るのである。

彼と一緒にいるとわたしは生きる充実感が持て、彼もわたしと一緒にいるとそうなのだ。目が見えなくても彼は顔じゅうをほころばせ、額に喜びの色が広がり、表情も温かく穏やかになった。(689)

このように、『ジェイン・エア』では、欲望と抑圧、男女間の支配と従順のせめぎ合いが時には読者を巻き込みながら繰り広げられる。ヴィクトリア朝家父長制における女性の理想像から脱却を試みる女性の強い意志と情熱がかつてないほど赤裸々に語られていることから、この小説は当時の批評家および読者を驚かせた。そして、読者自らの存在を登場人物に投影させて生きることを可能とする作品として、現在に至るまでその人気は衰えなかった。作品がジェインの一人称で語られていることから、当然、ロチェスターの心の内奥について語られていない部分が多い。その空白を埋めるべく、これまで数多くの翻案や派生作品が生まれたと言えるであろう。

## 3　ロチェスター像の変遷

### 一八六〇年代から八〇年代の舞台演劇

ジョージ・ヘンリー・ルイス〔(一八一七—七八) ジョージ・エリオットの内縁の夫。ヴィクトリア朝中期の批評家、記者、編集者、作家、科学者〕は、『ジェイン・エア』には、必要以上に多くの「メロドラマ」と呼ぶべき、起こりそうもない出来事が含まれていると述べている。確かに、真夜中の謎の襲撃、ロチェスターの狂気の妻バーサ・メイソンによって引き裂かれるウェディング・ベール、焼け落ちるソーンフィールド屋敷、バーサの死など、劇的な筋の展開、視覚に訴える感傷的な場面、サスペンスといった観客を引付ける要素が小説に多く盛り込まれている。それだからこそ、この作品が容易に舞台化され、下層階級を中心とした観客をも魅了したとも言える。一九世紀の翻案媒体が舞台演劇であったのに対して、二〇世紀以降の主な媒体は映画やテレビである。商業目的を果たすべく、民衆の嗜好や価値観が変化すると共に観客の趣向に合わせ、ジェインを始め、ロチェスターの描かれ方も再形成されていくのは、もはや自然な流れであった。

一八六〇年代および一八七〇年代の翻案劇では、登場人物は、既存の社会規範から逸脱することなく、社会が求める理想像に沿って描かれていた。男性は、家、富、名声、体面を重んじ、女性をあらゆる危険や誘惑から庇護する存在であり、女性は、絶えず男性に従属する者として描かれている。例えば、一八六七年にサリー劇場で上演された匿名の作家による二幕劇では、ロチェスターは「重婚の罪」に問われるどころか、女性の裏切りの犠牲者として登場する。同年、同劇場で上演されたジョン・ブローハムの五幕劇では、ジェインとロチェスターの結婚は、町の農民たちの祝福の中で迎えられ、農民たちの生活を守る地主としての責務を担うロチェスターの公的な立場がより鮮明に打ち出されている（図9－1）。一八六七年や一八七七年の劇作品では、彼は「ローランド卿」と貴族の称号まであてがわれている。一八七七年の翻案劇は、女性の手により翻案されたことからジェインの内面が台詞や振付などを通して、より丁寧に表現されているが、それでもなお、全面に打ち出されるのは、ジェインの内なる葛藤や情熱ではなく、人々を貧困から救うロチェスターの善意と特権階級に属する者としての彼の社会的責任である。一八六〇年代および一八七〇年代の翻案劇において、男女の社会的な身分、階級が強く意識されていたことは、当時の階級制度に対する観客の関心度の高さを物語っている。従って、劇中におけるジェインが求める「自由」とは、自ずと階級社会による苦悩からの解放であると観客は理解したのである。

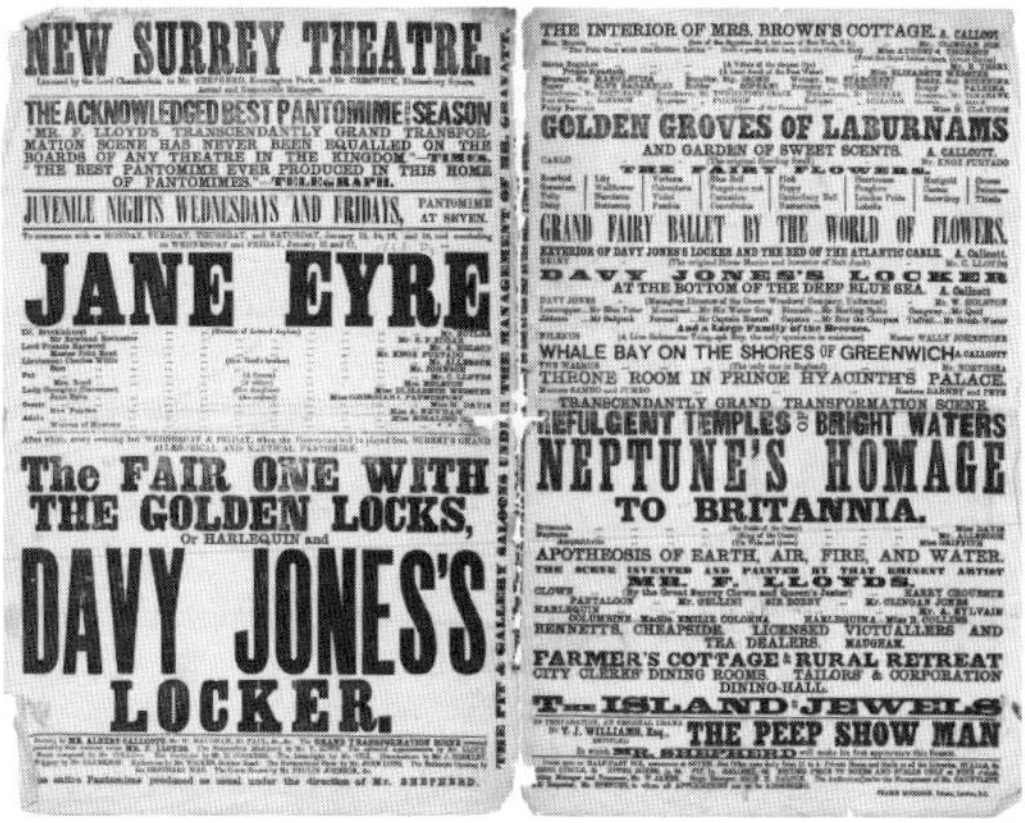


**図9－1**　サリー劇場で上演された翻案劇『ジェイン・エア』(1867) のビラ

（出典：The New York Public Library for the Performing Arts / Billy Rose Theatre Division）（版権取得）

　一八八二年にグローブ座で上演されたウィリアム・ゴルマン・ウィルズの『ジェイン・エア』では、女性登場人物の不幸な生い立ちや階層社会の弊害よりも、ロチェスターの「重婚の罪」つまり、恋愛や結婚に対する道徳意識に力点が置かれている。舞台上で、フェアファックス夫人、プライア氏、グレース・プール、イングラム家の人間が口々に語るのは、ロチェスターの偉大さではなく、彼の身勝手な振る舞いや品行のなさである。財産目当てにいったんはロチェスターとの結婚を目論んでいたブラーンシュ・イングラムは、彼が「不道徳で下劣極まりない無節操な男であり、彼の人生が一つの偽善の体系をなしている」（Wills 58）と警戒する。このような強い道徳観も一八六四年に「感染症予防法」が制定され、貞操が一層重んじられていた社会的背景を思い起こせば、十分に納得できることである。

## 舞台演劇から映画・テレビへ

二〇世紀に入り、翻案媒体が舞台演劇から映画に移り変わるとロチェスター像も更なる変遷を辿る。映画の原型が出来上がった一九一〇年以降、二〇を超える映画による『ジェイン・エア』の翻案作品が生まれており、その人気はとどまるところを知らない。原作を読んだことはないものの、舞台演劇を通して間接的に作品を知っている観客が映画館に足を運ぶことも珍しくなかった。このような観客を満足させるべく、現実の生活からかけ離れた豪華絢爛な内装や衣装、壮大な見せ場など娯楽的要素を存分に発揮した作品が注目されていた。階級制度や道徳観に重きを置いていたそれまでの翻案作品とは趣が異なり、恋愛物語としての要素が強調されていた。一九三〇年代になると戦争の脅威が人々の生活に暗い影を落としていたからこそ、現実逃避の場としての恋愛映画が求められていた。当然、ジェインやロチェスターの内なる葛藤や男女の力関係が問題視されることはなかった。中でも、ロバート・スティーヴンソン監督による『ジェーン・エア』（一九四四）に登場するオーソン・ウェルズ演じるロチェスターは、圧倒的な存在感を見せていた。ジョーン・フォンテイン演じるジェインは結婚を夢見るおしとやかで受動的な女性であるのに対して、ウェルズのロチェスターは指を鳴らしてジェインを意のままに動かして、命令調で威張り散らす。そのような扱いを受けてもジェインは素直に従い、密かに尊敬と憧れの念を抱きながら、ロチェスターを見つめる。ウェルズは、いわば伝統的な支配的な男性を演じてみせ、ジェインのか弱さとの対比の中でロチェスターの男性としての優越性が強調された。

一九七五年に「性差別禁止法」が制定されると、男女の機会均等への動きは加速する。そして、サンドラ・ギルバートとスーザン・グーバーの批評書『屋根裏の狂女―女性作家と一九世紀文学的想像力』（一九七九）が発表されると、狂女と見なされてきたロチェスターの妻バーサを家父長制およびイギリス帝国主義の犠牲者と捉え、荒れ狂う彼女を鏡に映しだされたジェインのもう一人の怒る自我――つまりロチェスターが作り出した虚飾の像によって本来の自分が疎外されたことを怒る自我――そのものを具現している、という斬新な解釈が生まれた。こうしたフェミニズム批評が広く浸透することにより、一九八〇年代ごろから少なからずロチェスター像にも変化が見られるようになった。一九八三年に英国放送協会（BBC）が放送したテレビシリーズでは、男性の力強さや優越性を感じさせるロチェスターは影を潜めていた。ティモシー・ダルトンが演じるロチェスターは、ジェインに寄り添う柔和な新しい男性像を提示していた。また、女性シナリオライター、ケイ・メラーによって脚色された一九九七年版の『ジェイン・エア』では、原作に見られるようなジェインの「怒り」や内的葛藤が再び導入され、自己主張するジェインに罵声を浴びせつつも、自暴自棄に陥るロチェスターが描かれている。これらの作品では、明らかにジェインの女性の視線が支配的な立場を占め、ロチェスターではなく、ジェインの物語であることを印象づけている。

## 派生作品とその他の翻案作品

一方、二〇〇〇年に入るとロチェスターの語り口で物語が展開する派生作品が次々と発表され、「女」の視点と「男」の視点とが二分化している現象が見られる。その例として、タラ・ブラドリーの『ジェイン・エアの夫――エドワード・ロチェスターの一生』（二〇〇七）、J・L・ナイマンの『ロチェスター』（二〇〇九）、そしてケン・ジョーンズの『エドワード・ロチェスターの回想録』（二〇一一）などが挙げられる。これらの作品の執筆者は、原作もしくは翻案作品に読者あるいは観客として触れ、ロチェスターにまつわる多くの謎を独自の解釈で解き明かそうとした。このような派生作品が登場すること自体、『ジェイン・エア』という原作が持つ潜在的な可能性、つまりあらゆる魅惑的な解釈を生み出す力を有していることを証明していると言える。

我が国においても二〇〇九年と二〇一二年に松たか子主演のミュージカル『ジェイン・エア』が、日生劇場で上演されている。二回ともジョン・ケアードによって脚色され、ロチェスター役は橋本さとしが演じているが、興味深いことに初演と再演では、ロチェスターの描かれ方が異なる。初演では、家の主人としての威厳とプライドを保ち、感情を露にする一方で、ジェインにだけは弱さを素直に見せるロチェスターが描かれている。それに対して再演のロチェスターは、感情を押し殺し、何を考えているのかはかり知れない謎めいた曖昧な部分を残し、ジェインの気持ちを翻弄していく。猜疑心、臆病さ、虚勢を併せ持ったどこか陰湿なロチェスターがジェインの気持ちを激しく揺さぶっていく様子は、どこか現代社会が抱える闇に相通ずるものがあると言えるのかもしれない。

## 4　ロチェスター像の潜在的な可能性

### ロチェスターの魅力の源

読者や観客は、何をもってロチェスターを魅惑的な人物と判断するのであろうか。それは、この人物が、見る者に不安、恐怖、そして好奇心を抱かせるアイデンティティの曖昧性と矛盾をはらんでいるからである。ロチェスターは明らかに身分と経験からして、ジェインを導く立場にあるものの、屋根裏の狂女バーサとの秘められた過去が暴かれると、道徳上の観点から二人の立場は逆転し、ジェインの方が優位に立つ。ロチェスターは、社会的な体裁や威厳が保たれる支配的な役割を望みつつも、ジェインの愛情を懇願し、失明後はジェインの庇護のもとに暮らすことを拒まない。彼の存在が曖昧で不可解であるからこそ、ジェインを始め、我々読者・観客は、ロチェスターの表情や一挙手一投足を追い、心の内奥に潜むものを模索し、彼をもっと知りたいという衝動に駆られるのである。「見る」「知る」「力」という三つの要素が作品の中で複雑に絡み合うのである。自立と解放という広い世界を願いつつも、最終的には家庭という身近な世界に人生の幸福を見出すヒロインとの関係のなかで、ロチェスターの謎は更に深まり、その魅力は増す。登場人物が、多岐多様な要素を持ち合わせ、あらゆる疑問点を読者に投げかける以上、その小説は時代やジャンルを超えて、様々な形で受容され、新たな作品として生まれ変わり、読者や観客を魅了し続けることであろう。

## 時代や社会と共に変容を遂げる小説

翻案作品に関する研究は、一九九〇年以前は、原作に如何に忠実であるかが、大きな焦点であった。しかし、最近では、テクストの創作を考える上で、既存のテクストの枠組みを超えて、その時代の社会組織や大衆文化にも目を配るようになっている。ピエール・マシェレによれば、文学的な「価値」はテクストに内在するものではなく、社会が作り上げるものである、とされている。つまり、テクストは作者自身によって完成するものではなく、出版後も社会によって絶えず再現、変化し得るものなのである。英国芸術会議が公表した統計によると一九八〇年から一九八五年にイギリスで上演された舞台の五パーセントが翻案劇であったのに対して、一九九〇年代に入るとその割合は二〇パーセントにまで急上昇している。少なくともイギリスにおいては、翻案作品が確かにもてはやされている。翻案作品は、当然ながら原作と比べれば単一的な内容のものが多く、その時代の嗜好を大いに反映しているが、このような翻案作品は、少なくともブロンテの小説に内在するあらゆる潜在的な意味に光を投じるきっかけになっている。アントニー・イーストホープが指摘する通り、「テクストが偉大であればあるほど、我々は、これまでの多様な解釈を踏まえて読むことを求められるのである」(59)。『ジェイン・エア』という一つの小説の中の一人の「男」、エドワード・ロチェスターを語る際にも、原作のみならず作品を取り巻く社会や文化的背景にまで視野を広げ、考察することが重要となるだろう。そして、ロチェスターに視線を向けることは、またジェインを始めとする女性登場人物にも新たな光を投じることになるに違いない。

## 注

（1）derivative という言葉は、『ブロンテの変容——「ジェイン・エア」と「嵐が丘」の文化的播種』（一九九六）の中で、パッツィ・ストーンマンが使用している。派生作品の中には、小説『ジェイン・エア』の前編としてジーン・リースの『広いサーガッソーの海』（一九六六）、タラ・ブラドリーの『ジェイン・エアの夫——エドワード・ロチェスターの一生』（二〇〇七）やJ・L・ナイマンの『ロチェスター』（二〇〇九）などがある。

（2）バイロン的英雄とは、英国ロマン派の詩人ジョージ・ゴードン・バイロン（一七八八—一八二四）ならびに彼の叙事詩に登場する男たち（Childe Harold, Manred, Don Juan）のように、世俗的の道徳を軽蔑し運命に抵抗し、たとえ誤りや欠点があったとしても称賛される悲劇的人物のことを指す。『嵐が丘』（一八四七）の Heathcliff もその一例である。

（3）『ジェイン・エア』からの引用はすべて、小池滋訳の『ジェイン・エア』（みすず書房）による。

（4）『ダニエル・デロンダ』からの引用はすべて、淀川郁子訳の『ダニエル・デロンダ』第一巻（松籟社）による。

## 引用文献

Brougham, John. "Jane Eyre." Performed at Surrey Theatre, London, 1867.
Easthope, Antony. *Literary into Cultural Studies*. London : Routledge, 1991.
Gilbert, Sandra M. and Susan Gubar. *The Madwoman in the Attic : The Woman Writer and the Nineteenth-Century Literary Imagination*. New Haven and London : Yale UP, 2000.
Hering, Mme von Heringen. "Jane Eyre : A Drama in Four Acts." Performed at Theatre Royal, Coventry, 1877.
[anonymous.] "Jane Eyre." Performed at Surrey Theatre, London, 1867.
Macherey, Pierre. *A Theory of Literary Production*. Trans. Geoffrey Wall. London and Boston : Routledge & Kegan Paul, 1978.

Wills, W. G. "Jane Eyre." Performed at Globe Theatre, Strand London, 1882.
エリオット、ジョージ『ダニエル・デロンダ』淀川郁子訳、全三巻、松籟社、一九九三。
ブロンテ、シャーロット『ジェイン・エア』小池滋訳、みすず書房、一九九五。

# 第10章　シン・ジョン・リヴァーズ　『ジェイン・エア』

## ――ミッショナリーの欲望の深層――

市川千恵子

シャーロット・ブロンテの『ジェイン・エア』（一八四七）の結末において、有名なヒロインの結婚の告白（448）のあとに描写される彼女の家庭的な幸福と愛の獲得の語りに並置されているのが、シン・ジョン・リヴァーズのインドでの殉教の暗示である。私的な空間での家族に対する献身的なジェインの生活と、帝国での責務と使命感に支えられたシン・ジョンの宣教活動への奉仕は、まさに一九世紀前半のジェンダー規範が構築した男女の使命の様相を映し出す。一見すると、ジェインの家庭的な幸福とシン・ジョンの死の暗示は、その明暗が対比されているようだ。その対比をへザー・グレンは選択の問題と、福音主義の信仰上の歩み方の違いとして読む（78）。しかし、この自己の軌跡を物語るヒロインが、最後に二人の将来を対比させるようにシン・ジョンの物語を並置したことに留意すると、そこには個人による生や信仰の選択という問題よりも、むしろ時代の規範が規定し、与えた男女の役割や領域に対するヒロインの内なる葛藤が浮かび上がるのである。

この章は、終わりから始める――つまり、物語の後半から登場し、結末において不在でありながらも強い存在感を放つシン・ジョンに焦点をあてる。とりわけ、インドにおける宣教活動の使命を支えるシン・ジョンの欲望を、男性性の構築と帝国主義的文化支配の枠組みから読み解いていきたい。まず、第一節では、昨今の批評においてジェインのダブルともみなされるシン・ジョンの人物像を明らかにし、第二・三節では、ミッショナリーの仕事を同時代の記録から検証する。さらに第四節では、シン・ジョンのミッショナリーへの強い使命感を突き動かすものとは何かを、自らの野心を語る言葉を中心に分析する。そのうえで、西洋女性の自立と帝国主義の共犯を提示するテクストとしての『ジェイン・エア』[1]におけるシン・ジョンと帝国の関係、さらにヒロインを含めた三角関係はいかなる様相を呈するのか、考察を試みたい。

## 1　シン・ジョンはジェインのダブルか？

### 似た者同士

先行研究においてジェインの他者なる存在の解釈と分析は、ポストコロニアリズム批評を中心に様々な広がりをみせている。一方で、ジェインの分身としての「ダブル」については、もはやフェミニズム批評の古典となった『屋根裏の狂女』におけるサンドラ・グーバーとスーザン・ギルバートによる指摘、すなわちバーサ・メイソンはジェインの「黒いダブル」(360) だという分析がある。さらに、マリアンヌ・トルマーレンはシン・ジョンをジェインの「ダブル」だと解釈し (204)、グレンも二人が絶えず感情の高揚を求めていることを指摘している (130)。確かに二人は性、容貌、職業の違いを超えて、心理的に共有する点が見出される。この節では、シン・ジョンがジェインのダブルであるか否かを考察し、シン・ジョンという人物像に迫りたい。

シン・ジョンとジェインの性格上の類似点を指摘するのは、ロザモンド・オリヴァーである。彼女は両者に「善良で、かしこく、落ち着いていて、しっかり」とした人物だという素朴な評価を下す。この裕福で美しい女性の発言のなかで特に興味深いのは、「天使のようだ」(368) とシン・ジョンを形容していることだ。ヴィクトリア朝では、むしろ女性の清廉さを称える「天使」という言葉に、彼に対するロザモンドの感情が示唆されている。その高潔さを敬いつつも、シン・ジョンは彼女の情熱的な愛の対象ではないのだ。では、ジェインが観察するシン・ジョンの姿をみておこう。ムーアハウスに来て間もないころ、リヴァーズ家の人々と親しくなるなかで、シン・ジョンには距離を感じざるを得ない。家を不在にしがちだという物理的な理由からだけではなく、親密な人間関係を避けているからだ。牧師として教区の人々の導き手でありながら、心の平静や充足を渇望する彼の苦悩をジェインは見抜く (351)。自己の立ち位置に対して彼が感じる居心地の悪さは、ヒロインを安住の地を求める巡礼の旅へと駆り立てる際の心的風景と非常に似ているからである。

ジェインとシン・ジョンの二人は、理性を愛に優先させるという行為においても共通している。ジェインは先妻の存在を知った後、ロチェスターに懇願されながらも彼のもとを去る。「わたしは神が定め、人間が認めた法を守ろう」(317) という彼女の言葉が明示するように、その決断の指針は理性と信仰であるのだ。シン・ジョンの場合には、ロザモンドに魅了されながらも、彼女がミッショナリーの妻にふさわしくないという理由から、その情熱を封じ込めてしまう。この選択の指針が理性であることは、彼の言葉通りである (375)。だが、シン・ジョンが最優先するのは己の野心と言える。その精神基盤であるキリスト教をさらに広めていくという野心の実現のために、選択した場所がインドなのである。

## 東洋への眼差し

帝国とミッショナリーは、ジェイン のダブルとしてシン・ジョンを考える際に鍵語となる。シン・ジョンは東洋へ赴く熱意をジェインに打ち明け、共有しようとする。牧師の世界に入ったことへの後悔の末に選択したのが、東洋での宣教活動の仕事である。この決断によって「心の状態が一変した」(362) と語っていることから、帝国での仕事は国内では得られない充足感を彼にもたらすことを可能にしている。換言すれば、彼が自らの救済を他者の宗教的救済の道のなかで模索するのである。ここで思い起こされるのが、かつてロチェスターに対して、ジェインがミッショナリーになることを宣言する場面である。ロチェスターが高価な宝石やドレスを贈ろうとするとき、ジェインは、自立した生が脅かされる不安を感じる。この場面でシャーロットは東洋の引喩を巧みに使用している。ロチェスターが冗談まぎれに、「私はこの小さなイギリス少女をトルコ皇帝の後宮全員とだって取り替えるつもりはない」(269) と言ったとき、ジェインは「わたしは、奴隷にされている人たち、つまり、あなたの後宮にいる人たちに、自由というものを教えるミッショナリーとして出かける準備をしましょう。後宮に入れてもらい、反乱を扇動するのです」(269) と切り返す。ミッショナリーとして東洋の女性に自由を説き、男性への隷従から解放するというジェインの言葉は、「自由で、理性的で、自立した英国女性」という理想像を内面化したうえで、自らを東洋の女性と峻別化しなければ発せられるものではないだろう。財力によるロチェスターの誘惑への抵抗と、自律性の堅持のために、ジェインは東洋の女性を救済すべき他者と位置づける。同時に、男性の性的欲望の対象として無為に日々を過ごす女性たちを救済することは、キリスト教徒の女性の使命だと考えているのだ。

ジェインがロチェスターの性的な誘惑に抵抗を示す場面においても、同様に東洋の引喩が使用されている。彼がつぶやく情熱的な詩のなかの「二人は常に、死すときも、永遠に一つだ」(272)という表現をジェインは拒絶する。それは異教徒の考えであり、「サティ」のように自らの死を早めまいと、ジェインはキリスト教徒の女性として、自分の生の権利を享受する自由を主張するのだ(273)。この「サティ」への言及は、東洋女性の救済という大義が一九世紀前半のフェミニズムの発展に寄与したことを想起させる。実際に一八二九年から翌年にかけ、福音主義運動の影響のもと、一四もの女性団体が議会にサティの廃止を嘆願した(Midgley 65)。英国の中流階級女性が政治的発言を成しえた最初の例がサティの廃止運動であることが示唆するのは、インドの女性は英国女性が私的領域を超える際に必要な存在であったということであろう。シン・ジョンとジェインの東洋への眼差しとミッショナリーへの思いは、キリスト教徒としての使命と帝国主義的事業を前提とした個人の自立の希求と主体獲得という問題を前景化させる。シン・ジョンをジェインのダブルとみるならば、二人の帝国主義の社会的使命への関与とジェンダー・アイデンティティの構築が共犯関係にあることに留意すべきなのである。

神と自分への従属を強いるシン・ジョンの冷酷な命に抵抗しがたいジェインの思いは、ロチェスターにミッショナリー宣言をした際の信念と連動している。自立した生が危険にさらされていることを認識しながらも、ジェインは彼の宣教活動と彼女が携わることになる女子教育の存在意義を理解しているし、彼の計画の背景にある苦悩にも共感している。それゆえ、苦悩の末に「自由の身であるならば、インドへ行きましょう」(405)と、自立した女性としての主体をインド行きの絶対的な条件に置くのである。セント・ジョンの妻としてインドに赴くことは自律的主体の放棄となるがゆえにこの求婚を断るが、そのうえで、彼女はシン・ジョンから与えられた「白人女性の責務」を受け入れようとする。では、シン・ジョンが自らに課した「白人男性の責務」とはいかなるものであろうか。

## 2　磁場としての帝国

### 若きミッショナリーの自己確認を誘う他者なるインド

東インド会社による支配の下では、エリート層を中心にインドの人々は宗教上の自由が保障されていた。M・ウィルキンソン著の『インド北部のキリスト教のスケッチ』（一八四四）によれば、早くも一七一〇年代にロンドンにおいて設立された「キリスト教義促進協会」が最初の宣教使節団を一七二八年にフォート・セント・ジョージへ、さらに一七三七年にカダロールへ派遣し、一七五八年にはカルカッタにミッションスクールを開校していた。F・A・コックス編著の『バプティスト・ミッショナリー協会の歴史』（一八四二）は、バプティスト派が使節団の派遣を開始した一七九〇年代における政府と東インド会社による介入と批判の経験を苦難の第一歩として記している（161-162）。

とりわけキリスト教的価値によるインドの文化的習慣への関与は、ジェインが自己の立ち位置を確認する際に用いた暗喩である「サティ」の廃止が象徴している。イギリスでもすでに著名となっていた社会改革運動家のラーム・モーハン・ローイを含めたキリスト教改宗者は宗主国の活動家とともに、幼児婚、幼女殺害、儀式的死、人身御供といった「非西洋的」で「野蛮」な習慣の廃止を訴えた。この活動は次第に支持を得て、立法化されていくものもあった。だが一方で、キリスト教改宗者への差別や暴力も頻繁に行われていた。反キリスト教陣営の主張は、キリスト教徒であるはずのイギリス人による統治の不公正であった（Frykenberg 271-273）(2)。総じてみると、インドの広大な土地、複雑な階層制度、多様な言語や信仰の存在が、宣教活動を困難にさせた。キャサリン・ホールによれば、ミッショナリーの究極の夢は殉教であった（90）。ミッショナリーをめぐる言説は絶えず精神の勝利を、つまり、「白人男性の責務」を全うすることによる「栄光」の物語を強調したのである。シン・ジョンのインドでの宣教活動を促し、駆り立てるものも、こうした精神的な「栄光」ではないだろうか。

シン・ジョンの人物造形には、シャーロットの父親パトリック・ブロンテのケンブリッジ大学時代の友人で、インドにおいて宣教活動を行ったヘンリー・マーティンによる影響が指摘されている（Alexander and Smith 319）。マーティンはチャーチ・ミッショナリー協会の一員で、イギリス東インド会社の牧師の職を得て、一八〇六年にインドへ赴いた。『オックスフォード英国人名辞典』によれば、この選択は家庭の経済状況から生じたものであった。偶然とはいえ、恋人にインドへの同行を断られた後も長く文通による親交を続けたという逸話もモデルとしての説得力を増す。所属するイギリス東インド会社は信仰上の中立性をうたい、原則として宣教活動を禁止していたにもかかわらず、マーティンは現地での学校運営を成功させ、優れた外国語習得力から新約聖書をヒンズー語とウルデゥー語に翻訳した功績により、後の宣教師たちの理想像として語り継がれた人物である。

**図 10－1**　Rev. Henry Watson Fox の肖像画

（出典：George Townshend Fox. *A Memoir of the Rev. Henry Watson Fox, B. A. of Wadham College, Oxford: Missionary to the Telugu People, South India 1850.* Cambridge UP, 2009）

## ヘンリー・ワトソン・フォックス

マーティンが伝説となっていたことは彼の死亡後に生まれたヘンリー・ワ

図10－2　テルグ地方（マスリパタム）での住居のスケッチ
（出典：図10-1に同じ）

トソン・フォックス（図10－1）の回顧録からも窺える。フォックスはラグビー校とオックスフォード大学を経て、チャーチ・ミッショナリー協会の宣教師としてインドへ渡ることになる。一九歳のときに妹に宛てた手紙のなかで、すでに神への奉仕を人生の仕事と認識していたフォックスは、初めてチャーチ・ミッショナリー協会の集会に参加し、マーティンの功績に強い関心をよせている（36）。このフォックスの回顧録には、若い聖職者がインドを運命の土地として選ぶ理由をさぐる手がかりがありそうだ。彼のインドへの思いとその活動を辿っていこう。

　シン・ジョンが自己省察を繰り返すように、フォックスも常に自己と向き合う姿勢を貫いている。友人宛ての書簡（一八四〇年一月九日付）に綴られているのは、宣教活動への参加をめぐる決断を支えた自己省察の一部である。「わたしはミッショナリーにならなければならない」という決断の背後に存在する理由とは、「神から与えられた使命」であり、神の「声」を聞き逃すことはできないということに加え、自らの身体的強さを挙げている。しかし、自らの内面性をむしろ「欠点」と位置づけるほど、自己評価は厳しい。神への奉仕が自分自身の弱さを克服する機会だと考えているのである（62）。

　インドに渡り、テルグ地方（図10－2）で活動を始めた時期のフォックスの日記からも、自己の内面と向き合う姿がみてとれる。年長の生徒との会話のなかで、彼は自分が「日々、罪を犯している」と告白する。その罪は、神との向き合い方に対する厳しい自己評価に起因する（83）。先述したように、フォックスにとり神への奉仕は自己の鍛練と連動している。ゆえに日々の生活において厳しい自己省察から解放されることはない。さらに、妻と息子をインドで失うという悲劇に見舞われた後の妹宛ての書簡（一八四六年一月五日付）では、その苦悩から彼を救済したのが信仰であり、神への愛よりも妻への愛を優先させたことを「偶像崇拝」の罪として悔いている（114）。この回顧録自体が兄ジョージ・フォックスによって、ラグビー校の学生のための一種の指南書として編集されたために、ヘンリー・ワトソン・フォックスの書簡の選択に指針があることは否めない。この回顧録から浮かび上がるのは、若き宣教師の聖人化した姿なのである。次節では、無名の青年を聖人化しうる場としての帝国をめぐる議論と表象を考察したい。

## 3　帝国のドメスティシティ

### 他者性の表象

ヘンリー・ワトソン・フォックスのインドにおける個人的な葛藤と自己確認の記録は、遠く離れた異国に対し、ある種の感情を読者に共有させる。そうした感情の形成を誘導するのは、帝国をめぐる議論や表象における政治性とドメスティックな要素であろう。この二つが連動する際に重要な存在が「女」であることを、フォックス、並びに同時代のミッショナリーの文献、そして『ジェイン・エア』から検証していく。

まず、テルグ地方のマスリパタムにおけるフォックスの宣教と教育活動を具体的にみていきたい。すでに彼が到着する前にイギリス人によって学校が開校されており、「良き英国流教育」を施すうえで、聖書はもっとも理想的な教材と位置づけられていた（77）。英国流教育の一つの成功例として記されているのが、一四歳の少女をめぐる挿話である。彼女の父親はヨーロッパ出身の外科医で、母親はテルグ地方出身の女性であった。この少女の例でもわかるように、近代西洋社会における表面上の抑圧されたセクシュアリティは、植民地において「解放」された。インドは西洋の男性にとり、その欲望の耽溺を満たす機会を提供する場所であり、現地の女性の身体は性的イメージにからめとられていた（James 207-208）。父親が死亡後、少女は母親によってヒンズー教徒として育てられた。フォックスはここに少女の教育の「欠陥」を見出しており、彼女を「粗野で、無知だ」と形容している（90）。母から教わったヒンズー教の迷信を正すこと、さらに手ではなくスプーンで食事をし、床ではなく椅子に座ること、西洋風の衣服を着用することを教えこむ。くわえて、この少女に対する教育の最大の難題であり、それゆえに「偉大なる仕事」とは、キリスト教の信仰を植え付けることであった。しかし、英国流の教育によって少女の「非西洋的」な習慣や偏見は消去され、キリスト教に改宗することになる。この少女をめぐる挿話を締めくくるにあたり、編者のジョージ・フォックスは、「弟夫妻はこの少女を最初から家族のようにみなしていた」（91）と脚注に書き添えている。その身体に西洋の血が流れる少女の「非西洋的」な要素が英国流の教育とキリスト教の信仰によって「正される」というシナリオは、ジェインによるモートンの村の少女への教育や、ソーンフィールドでのアデールへの教育と目的を一にする。そもそもシン・ジョンがインドへの宣教活動にジェインを妻として伴うことを決めた要因は、彼女がモートンにおいて実証した力量なのである。

## 個人の欲望とイングリッシュネス

ジェインが妻としてではなく、教育者としてインドに同行する意向を固めたにもかかわらず、シン・ジョンが自らの申し出を「神からの命」と同一視させようとする姿勢には、一九世紀中葉のキリスト教の信仰における神の権威と家父長的権威の融合がみてとれる。また同時に、シン・ジョンの声にはジェインを服従させようとする権威的な響きを聞きとることができよう。[3] 一九世紀前半においては、インドでの宣教と教育の両活動に貢献した女性の多くが宣教師の妻という立場にあった。ジョン・マードックが編纂した『インドのミッショナリーのためのマニュアル』（一八六四）においても、妻の選択は重要視されている。その理想は、「常に精神が安定している」女性である。異郷の地では妻こそが心を慰め、勇気づけてくれる唯一の存在であるからだ（379）。

この指南書の第一七章「妻の諸義務」は、いささかヴィクトリア朝初期の女性のための指南書の様相を呈している。教育にあたる者としての心構えや事前の準備から、身体の健康、現地の言葉の習得、夫と子どもたちへの義務、現地での親交のための他者への思いやりへと展開する詳細な指針は、宣教師の妻の理想像を明示する。インドでの妻の役割は、帝国がドメスティックな空間の延長として想像されていたことを反映し、さらには英国女性の理想像を帝国に示すことの重要性を強調しているようにも読み取れる。なぜならば、著者のマードックが述べているように、宣教活動の重要な位置を占める英国流の教育という文化企画は、英国の美徳を体現しうる妻の力量に依存する部分が大であるからだ。

マードックが引用するミセズ・ヴァイトブレヒトの言葉によれば、インドでの宣教活動と生活においては、ヨーロッパの贅沢な生活習慣は相いれず、衣服や家庭管理の簡素さが不可欠となる（53-54）。このミセズ・ヴァイトブレヒト著の『北部インドのスケッチと最近の出来事』（一八五八）のなかでは、孤児の少女たちの教育に献身するイギリス人宣教師の妻たちの姿が紹介されている。この時期に暴動の噂が流れ、女性たちは不安な日々に耐えながら、少女たちと質素な食事を共にし、裁縫などの自立の糧となる実践的教育を施す活動を続けていた（226-227）。指南書作家のセアラ・スティックニー・エリスが提唱したように、いかなる時も「じっと耐え忍ぶ」（133）という教えを守るイギリス人妻たちの徳目が異国の地でも発揮され、何よりもイギリス女性の美徳を示す機会であるがゆえに、女性たちの行為は称揚されるのである。ここで確認しておきたいのが、『ジェイン・エア』において、シン・ジョンがジェインを宣教師の妻としていかに適任であるかを説く場面である。

「……ジェイン、きみは従順で、勤勉で、犠牲的精神に富み、忠実で、着実で、勇気もある。とても優しく、英雄的だ。自分を疑う必要はない――わたしはきみを無条件で信用できる。インドの学校の教師として、インドの女性の救い手として、きみの協力はわたしにとってこのうえなく貴重なものとなるだろう」（403-404）

モートンの村の学校での成功は、ジェインが村の貧しい少女たちに「イングリッシュネス」を与えたことによるのだ。シン・ジョンは家父長的な視座から村の少女の他者性の延長線上にインドの女性たちを想像し、彼女たちに「イングリッシュネス」を育む構想のなかに、ジェインを巻き込もうとするのである。

シン・ジョンとジェインの個人的想像力は、植民地をめぐる国家のイデオロギーとレトリカルに連動する。インドはシン・ジョンがその野心を追求する場である（Thormälen 211）。ジェインにとってのインドとは、他者の解放のための場所である。ただし、その大前提となるのが、自立したイギリスの女性というアイデンティティである。シン・ジョンの家父長的権威に満ちた命に対する抵抗の理由はここにある。では、ジェインのダブルとも解釈できるシン・ジョンのジェンダー・アイデンティティとはいかなるものであろうか。

## 4 「栄光」という幻想——男性性の構築と信仰

### 理性による承認

ジェインはシン・ジョンの終始感情を抑制した説教に、彼が抱える心の闇を見出す。

……私が傾聴した雄弁は、失望という濁った滓が沈む胸底から湧きあがってくるように思われた——そこには、飽くなき憧憬と不安な野心の悩ましい衝動が渦巻いているのだ。(352)

ジェインの鋭い洞察力は、彼の苦悩の原因が自己のものと同じ理由、すなわち偶像崇拝的な耽溺の罪深さと楽園の喪失による失望、さらに飽くなき探求心から生じる不安だと察知する。村で最も歴史の長い家柄であるリヴァーズ家の長男であり、国教会の牧師という地位にありながら、彼は祖国であるイギリスに安住の地を見出すことができないのだ。

シン・ジョンをそこまで絶望の淵へと追いやるのは、自己の情熱と理性との相克であろう。ジェインが描いたロザモンドの肖像にフェティッシュな眼差しを注ぐとき、おもわず吐露してしまう彼の言葉は官能的な表現で満ちている（373）。しかし、この言葉を誘発するのは、ジェインの行為である。美しいロザモンドへの思いを抑制しているシン・ジョンの姿を観察してきたジェインは、「慰めを与えるもの」として彼女の肖像を持参することをすすめて、彼の心をあえて刺激するのだ。「彼女はわたしのものだ、そしてわたしは彼女のものだ」（373）という熱を帯びた言葉が示すように、ロザモンドの美は一人の青年としてのシン・ジョンにとって欲望の対象であり、同時に彼は、彼女の身体的魅力に隷従している。一方で、聖職者としての栄光を望む彼は、ロザモンドとの愛が偽りの楽園であり、世俗的平安でしかないことを認識しているし、何よりも彼女が自己の使命に共感を示していない、また協力者としての資質に欠けることを見破っている。

シン・ジョンのセンシュアルな空想の後での理性の強調は、ジェインがモートンの村での仕事に不安を覚えた際の自己の判断の正当性を確認する心理的プロセスを反復している。彼女はロチェスターの愛人としての豪奢な暮らしと質素で堅実な教員としての仕事を比較し、村の少女たちに「イングリッシュネス」を育むという後者の仕事に意義を見出して、その使命を全うする決断を強固にする。シン・ジョンの場合には、居場所のない祖国において、一人の女性への情熱を優先させれば、苦い敗北を味わうことになりかねない。シン・ジョンは自己を「神に選ばれた存在」と位置づけて、「無知の国へ知識をもたらし、戦のかわりに平和を、束縛のかわりに自由を、迷信のかわりに宗教を、地獄の恐怖のかわりに天国の希望を与える」（374）という使命の成就を自らの「栄光」とみるのである。

「わたしの欲望は飽くことを知らない」（375）と明言するシン・ジョンは、その歩みの困難を自己に備わる「忍耐、勤勉、能力」（375）によって克服し、自らが定めた高い理想に登りつめようとする。そして、同じ資質をジェインに見出して、インドにおける「聖なる仕事」の担い手へと誘うのである。

ジェインが愛なき求婚に抵抗しながらも、葛藤の末に受け入れざるを得ないと考えるのは、帝国での宣教活動によって心の空虚さを埋めることが可能となるからだ。それは祖国では実現不可能な自己充足である。とりわけ家庭的空間に居場所のないシン・ジョンにとっては疑いようがなく、さらにこの時点ではジェインにもあてはまるのである。自分の妻になることは「主」に仕えることだと自らを神と同一視し、妻を自分の一部と考えるシン・ジョンの尊大さと傲慢さに、福音主義に根差した彼の偏狭な博愛主義が読み取れよう。自己を絶対視する彼に抵抗できない自分に気づくジェインは、彼との宣教活動を自己犠牲として受け入れようとするが、その際に自らの前に「死の扉」が開くことを予見している（418）。シン・ジョンとキリスト教に奉仕するという自らの決心を、ジェインは自己破壊的な服従として描写しているのである。

## アイデンティティの政治

一方、シン・ジョンはインドでの宣教活動を「栄光」への道程と信じて疑わない。その心底には逆説的ながら自己破壊的な欲望の存在が見出せる。神に対するシン・ジョンの自己犠牲的服従は、比喩的かつ字義通りの「植民地」としての女とインドの人々に対する心理的支配のもとに成立している。女性、インド、服従と支配という彼の欲望をめぐる諸要素が、イギリスでは獲得し難い男性性の構築のために必要とされるのである。本テクストの時代設定である一九世紀初頭においては、家庭のなかの男性の権威、とりわけ妻に服従を強いる夫の権威は、結婚の誓いの儀式にも示されるように、宗教的言説（『旧約聖書』「創世記」第二章第一六節、『新約聖書』「コロサイ人への手紙」第三章第一八節）において正当化される傾向にあった（Griffin 51-52）。だが、予め付与された権威を男性が行使するには、時代の規範に基づく

「男らしさ」を身にまとう必要があり、一九世紀前半の大学教育においては、トマス・アーノルドがラグビー校の教育で涵養をめざした男性性（自己抑制、品行方正、紳士性）のさらなる知的・道徳的成熟が重要視されていた（Ellis 272-273）。シン・ジョンにこうした成熟が見られるかといえば、否である。というのも、彼には他者への共感というものが欠落しているからだ。彼のロザモンドへの愛は一方的であり、相手を思いやる様子は見受けられない。ジェインへの求婚には彼の冷淡さと支配欲が読み取れる。また、インドの土地と人々への思いを吐露する言葉にも他者を思う想像力といったものは存在せず、ただ己の「栄光」への願望ばかりが語られるのである。

シン・ジョンがインドでの宣教という己の使命の成就に、言い換えれば己の野心の追求に邁進する姿は、命を顧みない自己犠牲的な聖職者としての清廉なイメージよりも、他者への抑圧を強いる圧制者のイメージを帯びている。意識下で彼の動機を突き動かしているのは「男根を象徴する高圧的な力」（Glen 132）と解釈することも可能であろう。こうしたシン・ジョンの男性性の構築とは別の視点を提供するサラ・L・ピアソンの論考は、シン・ジョンを「神の花嫁」（299）として解釈している。ピアソンの分析によると、神はシン・ジョンの「主人」であり、「恋人」（303）でもある。ピアソンの読みはシン・ジョンのセクシュアリティに「女性性」、あるいはクィアな欲望を積極的に見出すものではないが、ジェインのダブルとしての要素や、国内における男性的主体の構築の困難さというシン・ジョンの表象をめぐる問題を考察するうえでも興味深い。だが、ここで注目したいのは、神とシン・ジョンの関係を主人と花嫁という構図でみている点である。ロマンティックな従属と結合というイメージは、まさにシン・ジョンのインドでの野心の追求に重なるのではないだろうか。ただし、そこには他者への抑圧や心的暴力が介在する。自己破壊的な欲望と苦悩からもたらされる痛みを自己充足に昇華し、己の栄光として夢想するシン・ジョンの最後の言葉、「神よ、来たれ」（452）には恍惚感すら漂うのである。

## 5　自己犠牲的奉仕の美化、そして不安

### 帝国とシン・ジョン

『ジェイン・エア』が時代背景として設定した一九世紀初頭は、福音主義の復活と帝国の拡大から、海外での宣教活動が植民地支配の文化的側面を担い始めた時期である。実在の宣教師のフォックスは兄に宛てた書簡のなかで、祖国を離れてから、神の姿を可視化できたと告げている（106）。シン・ジョンが想像するように、帝国でのミッショナリーの仕事は、国内では成就できない願望の追求とその充足の機会を提供したのであろう。

シン・ジョンの半生は、ヒロインの語りによって構成されている。本テクストの副題は「自伝」でありながら、シン・ジョンの最期について語ることによって、その結末は閉じられないままになる。

切り立つ岩と危険の真っただなかを、彼ほど不屈の精神で開拓した者はかつていなかった。……彼から最近受け取った手紙に、わたしは人としての涙を流したが、神聖な歓びで胸が満たされた。彼は間違いなく受け取る褒美、すなわち不滅の栄冠を予感している。この次の手紙には、未知なる人の手によって、善良で忠実な神の下僕が、ついに主の喜びに召されたことを、わたしに知らせることになろう。（452）

ジェインはこれまでにない調子でシン・ジョンの自己犠牲的使命とその有終の美を称える。主体性の構

築の歩みをたどる結末に、あえて彼の影を落とす行為は、私的な空間における家族への自己犠牲的奉仕を至福として描写しながらも、湧きあがる不安と帝国への複雑な思いを前景化させる。

## 厄介なる三角関係

再び帝国という場所が担う意味を確認したい。シン・ジョンにとっては野心の追求の場であり、その野心も達成間近である。ジェインは、イギリスの中流階級女性としての主体性を証明する場所として帝国を表象してきた。自分とシン・ジョンとの間に存在する根本的なジェンダーの差異に対する苦々しい思いを吐露する際に、またしてもジェインの眼差しは帝国に向けられる。ジェインは自己をシン・ジョンと帝国の関係のなかで想像し、非対称的な性配置への不満、そして自分自身の立ち位置の危うさから生じる不安を語りのなかに刻印してしまうのである。

### 注

（1）　こうした読みの可能性を提供したのがガヤトリ・チャクラヴォーティ・スピヴァクの「三人の女性によるテクスト」(1985) である。

（2）　インドにおいては、社会階層という概念に縛られたイギリスのミッショナリーの活動よりも、「信者間の平等性」を強調したアメリカや他のヨーロッパ諸国（特にドイツ）からの派遣団体の活動のほうが成功を遂げていた。(Frykenberg 257)

（3）　メアリ・ウィルソン・カーペンターは、家族を前に聖書を読むシン・ジョンの声を描写するジェインの語りに、家庭用聖書に刻み込まれた家父長的権威と信仰の共謀関係への意識を読み取っている。(72)

## 引用文献

Alexander, Christine and Margret Smith. *The Oxford Companion to the Brontës*. Oxford : Oxford UP, 2003.

Brontë, Charlotte. *Jane Eyre*. 1847. New ed. Oxford : Oxford UP, 2000.

Carpenter, Mary Wilson. *Imperial Bibles, Domestic Bodies : Women, Sexuality, and Religion in the Victorian Market*. Athens : Ohio UP, 2003.

Cox, F. A. *History of the Baptist Missionary Society, from 1792 to 1842*. London : T. Ward, 1842.

Ellis, Heather. "'Boys, Semi-Men and Bearded Scholars' : Maturity and Manliness in Early Nineteenth-Century Oxford." *What is Masculinity? : Historical Dynamics from Antiquity to the Contemporary World*. Ed. John H. Arnold and Sean Brady. London : Palgrave, 2011. 263-282.

Ellis, Sarah Stickney. *The Daughters of England : Their Position in Society, Character and Responsibility*. New York : D. Appleton, 1842.

Fox, George Townshend, Ed. *A Memoir of the Rev. Henry Watson Fox, B. A. of Wadham College, Oxford : Missionary to the Telugu People, South India 1850*. Cambridge : Cambridge UP, 2009.

Frykenberg, Robert Eric. *Christianity in India : From Beginnings to the Present*. Oxford : Oxford UP, 2008.

Gilbert, Sandra M. and Susan Gubar. *The Madwoman in the Attic : The Woman Writer and the Nineteenth-Century Literary Imagination*. New Haven : Yale UP, 1979.

Glen, Heather. *Charlotte Brontë : The Imagination in History*. Oxford : Oxford UP, 2002.

Griffin, Ben. *The Politics of Gender in Victorian Britain : Masculinity, Political Culture and the Struggle for Women's Rights*. Cambridge : Cambridge UP, 2012.

Hall, Catherine. *Civilising Subjects : Metropole and Colony in the English Imagination 1830-1867*. Chicago : Chicago UP, 2002.

James, Lawrence. *Raj : The Making and Unmaking of British India*. New York : St. Martin's Griffin, 1997.

Matthew, H. C. G. and Brian Harrison, Eds. *The Oxford Dictionary of National Biography*. vol. 36. Oxford : Oxford UP, 2004.

Midgley, Clare. *Feminism and Empire : Women Activists in Imperial Britain, 1790-1865*. London : Routledge, 2007.

Murdoch, John, Comp. and Ed. *The Indian Missionary Manual : or Hints to Young Missionaries in India*. Madras : United Scottish Press, 1864.

Pearson, Sara L. "'The Coming Man' : Revelations of Male Character in Charlotte Brontë's *Jane Eyre*." *Brontë Studies* 37-4 (2012) : 299-305.

Spivak, Gayatri Chakravorty. "Three Women's Texts and a Critique of Imperialism." *Critical Inquiry* 12 (1985) : 243-261.

Thormählen, Marianne. *The Brontës and Religion*. Cambridge : Cambridge UP, 1999.

Weitbrecht, Mrs. *Missionary Sketches in North India with Reference to Recent Events*. London : James Nisbet, 1858.

Wilkinson, M. *Sketches of Christianity in North India*. London : Seeley, 1844.

# 第11章　ヒースクリフ　『嵐が丘』
## ——その「男」を考える——

鵜飼信光

エミリ・ブロンテの『嵐が丘』（一八四七）はヒースクリフとキャサリン・アーンショーという順調には幸福になれなかった二人の男女の物語である。しかし、この二人は障害により結ばれることができなかったというよりは、六歳から一二歳までの幼い時期、同じ屋根の下で樫の箱寝台も共有し夫婦のように一体化していたのに、別離の道を歩むことになったのだった。[1]その要因の一つは、キャサリンのヒースクリフへの愛が、ヒースクリフが「男」でなくても構わないという特異なものだったことである。エドガーとの関係からキャサリンはヒースクリフが「男」であってくれては困ることになったが、ヒースクリフの方は男としてキャサリンを独占しようとし、二人は別れざるをえなくなったのである。二人の悲劇の根元には、ヒースクリフの中の「男」があったのだとも言える。

しかし、一方、ヒースクリフとキャサリンをお互いに惹きつけていたのは強さや野性味など、「男」と結びつけられやすい特性でもあった。また、キャサリンとの結婚がかなわなくなった後、ヒースクリフはキャサリンを奪った恋敵エドガー・リントンの家屋敷を将来乗っ取るために、エドガーの妹イザベラと愛もなく結婚するが、キャサリンを深く愛しているはずのヒースクリフは、それにもかかわらず、

「男」の能力を発揮してイザベラに子どもを生ませている。さらに、キャサリンの甥ヘアトンとヒースクリフの間の堅固な「男」の絆も、「男」としてのヒースクリフを考える際、ぜひとも見ておくべきものだろう。

## 1　所有欲と理解を超える非人間性

### 三〇代半ばのヒースクリフ

「男」としてのヒースクリフを捉えるためには、このようにいくつも考慮するべき問題が含まれているのだが、まずヒースクリフの「男前」が作品の最初の部分でどのように描かれているかを見てみよう。ヒースクリフとキャサリンの物語は一七七一年、二人が六歳だった頃から始まるが、『嵐が丘』の最初の三章は一八〇一年の冬、三六歳ほどのヒースクリフが、嵐が丘の家でキャサリンの娘である二代目キャサリン、ヘアトン、召使いのジョウゼフとジラと険悪な雰囲気の中で暮らしている様子を描いている。その三つの章からは、非人間的で所有欲の権化のようなヒースクリフの姿が浮かび上がってくる。しかし、第一章で彼は語り手ロックウッドによって次のように好意的に描写されている。

彼の顔は浅黒くジプシーのようだが、服装と物腰では紳士である。紳士と言っても、多くの田舎地主並にだが。少しだらしないかもしれないが、背筋が伸びていてハンサムであるため、服装に無頓着でも不体裁ではない。そしてやや気難しそうなところがあり、人によっては育ちのよくない誇りをその底に類推するかもしれない。しかしそうでないことを、わたしは共鳴する弦のように感じる。彼の遠慮が、感情をことさら露わにすること、親切さを互いに表明することへの反感から来ていることがわたしには本能で分かるのである。(5)

ヒースクリフをこのように描写するロックウッドは、ロンドンに住んでいた世捨て人を自称する青年である。彼はイングランド北東部のヨークシャーのへんぴな田舎にあるスラッシュクロス屋敷［ヒースクリフが手中におさめた、元はエドガーの屋敷］を借り、世捨て人であるはずなのに人恋しくなって家主のヒースクリフを、四マイル離れた風の吹きつける高台「嵐が丘」の家に訪問したのである。そして彼は、右の引用のように、自分の内向的な性格からヒースクリフの人格を共感を込めて類推する。しかし、二度目の訪問でにして、ヒースクリフの二代目キャサリンへの邪険な態度を目にして、共感できそうにないと感じ始める。その訪問中には雪が降りだし、ロックウッドは泊めてもらわなければ雪原で確実に死んでしまう状況になる。ヘアトンはまっとうな人間性を示してロックウッドを送ろうとするが、ヒースクリフは人命より一晩の家畜の世話を優先し、ロックウッドには盗みをしかねないよそ者に居間で一人で泊まらせるわけにはいかないと、厩か

**図11－1**　トップ・ウィズィンズ

嵐が丘のモデルと推測されるトップ・ウィズィンズという地域。建物は別のモデルがあるとされる。

（出典：F. B. Pinion. *A Brontë Companion: Literary Assessment, Background, and Reference*. London: MacMillan, 1975）

台所、あるいは召使いと一緒のベッドに寝るように言う。ロックウッドは怒ってジョウゼフからランプを奪って出て行こうとするが犬たちに制圧されて狂乱状態となり、台所から駆けつけたジラが家の中の一部屋へ彼を泊まらせてくれたおかげで、やっと雪原での凍死を免れることになる（図11-1）。

## 人間性からの逸脱

ロックウッドは前日の一度目の訪問でも居間の犬たちに襲撃されるが、これらの犬の凶暴さはキャサリンが狼にも喩えたことのあるヒースクリフの性格を象徴するかのようである。「番犬」はキャサリンの足首を噛んだリントン家のブルドッグが印象深いが、(2)嵐が丘のこの犬たちも富を暴力的に守ろうとする番犬であり、ロックウッドを決して居間に泊まらせまいとした猜疑心とともに、ヒースクリフの財産への強い執着を示している。ロックウッドは彼が雪原で凍死しても構わないという態度から、彼の理解や共感をはるかに超えたヒースクリフの非人間性を思い知らされることとなる。一三章で、ヒースクリフと駆け落ちしたイザベラは二か月後に嵐が丘に戻った時、「ヒースクリフさんは人間なの？　もしそうなら、狂っているの？　もし人間でないのなら、悪魔なの？」とスラッシュクロス屋敷で家政婦になっていたネリー・ディーンに手紙で書いている。わたしたちは「男」としてのヒースクリフを考えていくのだが、「男」である以前にそもそも「人間」であると言っていいのかも問題になるほど、彼が通常の人間性から逸脱した「男」であることを忘れるわけにはいかない。

ロックウッドがジラに泊まらされたのはキャサリンがヒースクリフと一緒に眠っていた箱寝台で、ロックウッドは二〇年さまよってきたと言う幼いキャサリンの幽霊が中へ入れて欲しいと呼びかけてくる悪夢を見て叫び声を上げる。そして、それを聞きつけて来たヒースクリフがひどく動揺して、キャサリンの幽霊に姿を現すよう呼びかけるのを目撃する。翌朝、ロックウッドはヒースクリフに道の半ばまで送られてスラッシュクロス屋敷にたどり着くが、ひどい風邪をひき、その間にずっと以前、幼い頃から嵐が丘にいた家政婦のネリー・ディーンから、ヒースクリフがキャサリンの父、アーンショーによって、リヴァプールで一人飢えていたところを拾われて連れて来られて以来の話を聞く。

アーンショー家にはヒースクリフとほぼ同じ歳と思われる六歳のキャサリンと一四歳の兄ヒンドリーがいて、キャサリンとヒースクリフは非常に仲良くなったものの、ヒンドリーは父がヒースクリフを贔屓にすると感じてヒースクリフを憎むに至る。三年後にヒンドリーは大学へ去るが、さらに三年後、父が死ぬとヒンドリーは秘密に結婚していた妻フランシスとともに戻り、ヒースクリフの教育の機会を奪って召使いの地位に落とす。そうした状況の中で生まれたヒースクリフとキャサリンの間の強い愛着とその亀裂において、ヒースクリフの「男」がどのような役割を演じているのかを、次節で検討していこう。

## 2　キャサリンとヒースクリフ

### キャサリンにかしずくヒースクリフ

キャサリンの父、アーンショーがリヴァプールから連れてきたヒースクリフは「汚く、みすぼらしい、黒い髪の子ども」で、辺りを見回して誰にも理解できない言葉を繰り返すばかりだった。キャサリンも最初は彼を邪険に扱う。彼女はリヴァプールのみやげに乗馬用の鞭を頼んでいたが、父がヒースクリフの世話をするうちにそれをなくしたのを知ると、歯をむき出しにしてヒースクリフを嘲り、つばを吐きかけるなどして敵意を示した。しかし、数日で彼女はヒースクリフととても仲良くなり、やがて、彼女をいたずらで罰しようとする時、ヒースクリフと引き離すことが彼女への最大の罰であるほどになる。ヒンドリーがヒースクリフを召使いの地位に落とした後も、キャサリンとヒースクリフにとって「朝からヒースの荒れ地へ逃げ出して一日中そこにいる」ことが主な楽しみの一つで、後で加えられる罰も笑いぐさにしてしまう、というありさまだった。

ヒースクリフはむっつりした子どもで、アーンショーに贔屓にされていることも自覚し、嘘こそ言わないものの、ヒンドリーに対し利己的でずるいことも平気でしていた。ヒースクリフは人に好感を与える「よい子」とはほど遠い存在なのだが、彼の大きな特徴は、キャサリンへのかしずくような服従ぶりである。彼は贔屓にしてくれているアーンショーに対してすら、命令は好みに合う場合にしか従わないのに対し、キャサリンに言われたことは何でも実行していたことが第五章で言われている。あるいは第六章で、リントン家のスラッシュクロス屋敷へ忍び込んで窓からエドガーとイザベラが犬を取り合って兄妹喧嘩をしているのを見たことをネリーに話す時、ヒースクリフは「キャサリンが欲しがる物をおれが欲しがっているところを見つけてごらん。絶対にそんなことはできない」と言う。キャサリンが欲しがる物は無条件にキャサリンに譲り渡すという態度がそこにはある。キャサリンの方もヒースクリフの服従はよく自覚していて、ヒースクリフに何か残酷なことをやめさせるには、それが残酷だと告げても無駄で、わたしがいやだと思っているからやめるように、と言うことでやめさせることができるのだと、イザベラに告げる場面が第一〇章にある。

「男」としてのヒースクリフを考える時、非常に重要だと思われることだが、キャサリンとの関係において、ヒースクリフは男らしさで女性を魅了し、虜にして屈服させるようなタイプとは正反対の男である。ヒースクリフは確かにこの上なく男らしい「男」ではあるが、キャサリンに対しては女王にひれ伏す奴隷のような態度を取るのである。ヒースクリフはずっと後、第一四章でイザベラに「おれをロマンスのヒーローと思い違いをし、おれの騎士のような献身から無限の甘やかしを期待してリントン家の奴らを捨てた」と、自分が決してロマンスのヒーローではないかのように言う。しかし、彼はキャサリンに対しては、まさしくロマンスのヒーローのように騎士的に献身し、彼女を無限に甘やかすのである。女性にとって彼は確かに、一つの理想的な「男」のタイプであるだろう。

**ヒースクリフをキャサリンに惹きつけたもの**

しかし、ヒースクリフは女性一般に騎士的なのではない。彼のキャサリンへの絶対服従は、彼女に対する非常に強い賞賛があるからに他ならない。それでは、ヒースクリフはキャサリンのどういう性質に惹きつけられる男であったのか。ネリー・ディーンは第五章でキャサリンを次のように描写している。

**図11－2**　エミリ・ブロンテ
ブランウェル・ブロンテ画。
（出典：Christine Alexander and Jane Sellars. *The Art of the Brontës.* Cambridge UP, 1995）

確かに彼女のすることはわたしがそれまでに見たどの子どもとも違っていました。一日に五〇回以上も、わたしたちは彼女に堪忍袋の緒を切らされていました。朝起きて下りてきてから寝る時間まで、彼女が悪さをしているのではと、一分の間も安心してはいられませんでした。いつも元気に満ちあふれていて、歌ったり、笑ったり、舌は動きっぱなしで——わたしたちにも同じように歌え、笑えとうるさくせがむのでした。荒々しい、生き生きとした子どもでした。けれども、教区じゅうで彼女ほどかわいらしい目をして、笑顔が愛らしく、足取りの軽い子どももいませんでした。（32-33）

こうした類例のない強烈なエネルギーの横溢が、ヒースクリフのキャサリンに対する賞賛の念をかき立てていたと考えられる。ヒースの荒野で遊び回ることや復讐への嗜好も、二人を結びつける共通項だった。ヒンドリーによってヒースクリフが召使いの地位に落とされた後、二人は折檻を受けてもその後で一緒になり、復讐の計画を思いつきさえすれば、全てを忘れるのだった。また、強さへの嗜好も二人を結びつけるものだったと言える。二人でリントン家の敷地へ忍び込み、屋内をのぞき込んでいた時、キャサリンはブルドッグに足首を嚙まれるが、キャサリンが決して痛みを訴えなかったことをヒースクリフはネリーに誇らしく語る。

ヒースクリフとキャサリンがリントン家の敷地へ忍び込んだのは、ヒンドリーが大学から戻ってしばらく後、家で自分たちが大人からあまりにひどい扱いを受けていると感じ、リントン家でも子どもがそのような扱いを受けているかを見るためだった。理不尽な罰としてジョウゼフに宗教書を読むよう命じられてそれらの本を投げたり蹴ったりし、居間から追い出されたのをきっかけに二人はリントン家へ出かけるのだが、キャサリンはそれを反抗の第一歩と書物の余白に記していることが第三章で言われる。しかし、あらゆる苦難の甘受を説くキリストの教えに背くそのような「反抗」に下された罰のように、リントン家への偵察を機に彼女とヒースクリフの絆にはひびが入る。(3) キャサリンはブルドッグに噛まれた後に家の中に入れられるが、ヒースクリフが彼女が帰りたがるのを見ようと窓からのぞいている時、彼女はヒースクリフを忘れてしまった様子である。キャサリンのその様子に既に、二人の別離への兆しが現れているのだが、そうとも知らずヒースクリフはネリーに、リントン家の兄妹がキャサリンに対する「愚かな賞賛の念」(40) で一杯だった様子を語り、キャサリンが「あいつらや、地上の誰に比べても、計りようがないほど優れている」(40) と言って、ネリーの同意を求めたりする。

### ヒースクリフの「男」がじゃまになる時

ヒースクリフとキャサリンを結びつけていたのは、汚くなるのも構わず外で遊び回る野蛮さであったとも言え、これまで見てきた他の点も含め、「女性的な上品さ」とは対極にある男性的な荒々しいものへの嗜好が二人の絆を形作っていた。ただし、二人の絆の基盤を男性的なものと捉えることは、女性を弱々しいものとして貶めることになる。そうした誤りに知らず知らず陥ることがないよう、あくまでも当時の社会が女性に求めた性質として上品さや淑やかさをここでは「女性的」なものと捉えるだけであることを確認しておこう。そして、犬に噛まれリントン家で養生したキャサリンは、まさにそのような社会が女性に求める上品さ、淑やかさへの嗜好を植え付けられて、五週間後に嵐が丘に戻ってくる。もちろん、彼女は以前のままでもあり、ヒースクリフと時を過ごすことも好むが、リントン家のエドガーともつきあいができ、嵐が丘では以前どおり奔放に振る舞い、リントン家の者たちの前では上品さを装うという欺瞞を行うようになる。

そうして三年ほどしてキャサリンは一五歳の時、エドガー・リントンと婚約するが、彼女はそのようにエドガーと婚約したことが間違いではないかというわだかまりが心の中にあり、ネリーに相談する。キャサリンはエドガーもヒースクリフも両方愛しているが、「エドガーへの愛は森の葉群のように冬が来れば変化するものだと自分も自覚していて、ヒースクリフへの愛はその下の岩に似て目に見える喜びはほとんど与えてくれないが、必要なもの」(64)であると言う。また、「ヒースクリフと自分の魂は同じものでできているが、エドガーの魂は稲妻と月光、火と霜ほどに違う」(62)とも言う。彼女は天国が自分の居場所ではないと感じて泣いていたら天使に嵐が丘のヒースの中へ落とされうれし泣きしたという夢にも言及するが、彼女は自分が天国にいるのが自分の本分《ビジネス》ではないように、エドガーと結婚するのは自分の本分ではないと感じるとも言う。

第九章にあるキャサリンのネリーへのそうしたわだかまりの告白では特に、彼女が「わたしは居心地の悪い良心をだまして、ヒースクリフがこうしたことが分からないと確信したいの——そうでしょ？彼は恋をするというのがどういうことか知らないでしょう？」と言っていることに注目したい。彼女はヒースクリフに男女の愛の観念がないことを望んでいるのである。彼女はヒースクリフと別れるという犠牲を払ってまでエドガーと結婚する気はなく、ただ、ヒースクリフと結婚しては二人とも物乞いをする身分になってしまうので、エドガーと結婚し、彼の財産でヒースクリフを援助したいと考えている。キャサリンは、「もしあそこにいる邪悪な人［ヒンドリーのこと］がヒースクリフの身分をそんなにも下げていなかったらそんなこと［エドガーとの結婚］など考えもしない」(62)、と言っているので、彼女のヒースクリフへの愛は男女の愛であることと相容れないわけではない。しかし、彼女はヒースクリフと結婚しなくても構わないようで、彼女のヒースクリフへの愛は、男女の愛でなくてもいいという特異なものである。むしろ、今、彼女はエドガーとは結婚したく、しかも、ヒースクリフも決して手放したくないため、ヒースクリフの中の「男」は彼女にとって困った存在なのである。しかし、ヒースクリフは「男」であり、彼女のように男女の愛を超越することはできない。

## 富と教養を身につけた「男」として帰ったヒースクリフ

キャサリンはネリーにだけ聞かせるつもりでエドガーと婚約した日の晩、苦しい胸の内を台所で話したのだが、長いすの背に隠れて偶然ヒースクリフもその告白を聞いていた。彼はキャサリンが彼との結婚は身分を下げることになると言ったところでいたたまれなくなり密かに戸口から出て、どこかへ去ってしまう。それを後で知ったキャサリンは重病に陥り、回復した後も精神的な負荷に耐えられない不安定な状態にある。その三年後に彼女は結婚しスラッシュクロス屋敷に移り、精神的に不安定な彼女はエドガーにかしずかれて暮らしていたのだが、三か月ほど後に三年間不在だったヒースクリフが富と教養を身につけて帰ってくる。第一〇章でその様子は次のように語られる。

彼は背の高い、筋骨たくましい、釣り合いの取れた体型の男になっていました。その横ではわたしの主人は全くほっそりとして若造のようでした。彼の真っ直ぐな姿勢は彼が軍隊にいたことを思わせました。顔つきはリントンさんよりも表情や目鼻立ちのはっきりしているところがずっと歳上に見えました。知的な顔で以前の落ちぶれた様子は全くありませんでした。(74)

キャサリンはヒースクリフが立派になって戻ったことを喜ぶが、深く愛するヒースクリフが戻ってきたからと言って、エドガーから心が離れたりすることはない。その点でキャサリンはヒースクリフを今回も「男」扱いしていないのだとも言える。一方、ヒースクリフの方は依然「男」として、キャサリンと結婚できることを期待して帰ってきたらしい。彼はスラッシュクロス屋敷で再会したキャサリンに、彼女の結婚はほんの少し前に知ったこと、玄関で名を告げて待っている間、キャサリンの顔を一目見て、彼女が驚いて見つめ、うれしい振りをしたのを見届けた後、恨みのあるヒンドリーを殺して自分も死ぬという計画を立てたこと、しかし彼女がこうして歓迎してくれたのでその計画をやめたことを告げる。

キャサリンに歓迎され、エドガーもキャサリンの意向を聞き入れたので、ヒースクリフはスラッシュクロス屋敷に出入りするようになるが、「男」ヒースクリフは、いくらか奇妙なことに、キャサリンをエドガーから奪い返すという発想をしない。嵐が丘を去った後、つらい生活をキャサリンのためだけに戦い抜いたので許してほしい、とヒースクリフは再会した日にキャサリンに言うが、それほどまでに戦ってきても、彼はキャサリンが結婚してしまった以上、彼女はもはやエドガーの所有物であって自分は手出しできないと考えているかのようである。その点ではヒースクリフはキャサリンに対し「男」であることをやめ、男女の結合を求めなくなったのだと言える。それはもとよりキャサリンの望むところである。彼女にとってヒースクリフが近くにいることが生存の必須条件であるのだが、ヒースクリフの彼女に対する無性化で彼女はその必須条件を維持できることになる。

しかしながら、キャサリンは一度だけ、エドガーと別れヒースクリフと暮らすという考えを、重病に陥った時に口にすることがある。キャサリンが重病を再発させたのは、ヒースクリフが財産目当てにイザベラに言い寄り始め、エドガーが堪忍袋の緒を切らして、キャサリンにヒースクリフか自分か二者択一をするよう迫ったことが原因だった。精神的な負荷に耐えられない状態だったキャサリンは、それをきっかけに重病に陥り、ネリーが三日三晩放置したこともあって回復不能になる。ネリーがやっと来た時、エドガーが彼女のことを心配せず本ばかり読んでいると聞き（それはネリーがキャサリンの重症さを伝えていなかったからだが）、エドガーがそのように無関心なら、ヒースクリフと一緒にこの地方を離れよう、とキャサリンは言うのである。しかし、エドガーが看病し始めるとその考えは消える。キャサリンがエドガーとヒースクリフの両方を近くに置いておこうとする理由の一端は、エドガーもまたヒースクリフと同じように、彼女に献身的に尽くす男であることにあるようである。彼女はそのように自分に奉仕する二人の僕をどちらも身近に侍らせようとするが、エドガーが「男」を発揮してヒースクリフを排除しようとするので、そうすることができない。キャサリンの悲劇は、ヒースクリフとエドガーという二人の男に「男」でなくなることを求め、それがかなえられないことから生じているとも言える。

## 3　イザベラとヒースクリフ

### ヒースクリフは節操のない男か？

キャサリンの兄ヒンドリーは、父の死後、どこかで秘密のうちに結婚していたフランシスという妻を連れて帰ったが、フランシスは息子ヘアトンを出産して間もなく結核で死ぬ。ヒンドリーは悲しみで身を持ち崩し、いかがわしい者たちを家へ呼び入れ賭博に耽っていたが、三年間行方をくらませていて戻ったヒースクリフは嵐が丘に住みつき、ヒンドリーから賭で財産を巻き上げようとする。その間、彼はエドガーの妹イザベラが自分に恋したのを利用して彼女と駆け落ちし、二か月ほど後に結婚して嵐が丘に戻り、ヒンドリーからすっかり財産を奪い、彼を自殺同然の死へ追い込む。一方キャサリンは、ヒースクリフが戻った頃に子どもを身ごもったのだが、ひどく衰弱していたこともあり、娘を出産すると同時に死んでしまう。ヒースクリフは彼女の葬儀があった雪の夜、墓を掘り返し棺を開けようとするが、地上にキャサリンの霊の気配を感じ、棺は開けないまま墓を埋め戻す。しかし、霊は気配だけで姿を見ることはできず、それでもその霊を見たいという渇望に駆り立てられて、キャサリンの死後も一八年間生き続ける。

キャサリンを深く愛する「男」として、ヒースクリフは彼女の後を追って死んでしまうのがふさわしそうでもあるが、彼がキャサリンの死後も長く生き続けたのには、彼女の霊が彼を訪れ、彼が後追い的に凍死するのを妨げたということが一つの理由として考えられる(4)。しかし、ヒースクリフにはキャサリンを想う「男」として、イザベラと結婚するという、もう一つ首をかしげさせることがある。普通なら、ヒースクリフは節操がないことになり、キャサリンの立場の女性はヒースクリフがイザベラに言い寄るのに嫉妬しそうなものである。しかし、キャサリンは嫉妬はせず、ただ、エドガーとの間に波風が立つのでイザベラに構うのをやめるよう求めるだけである。イザベラにはヒースクリフは非人間的なのでその恋はやめておいた方がよいとだけ親切心から忠告する。キャサリンのこの超然とした態度にも、彼女のヒースクリフへの愛がいかに男女の性を越えたものであったかが窺える。

ヒースクリフがイザベラに目をつけ始めたのは、キャサリンがイザベラの恋をたしなめるため彼女の面前で、ヒースクリフにその恋をすっぱ抜いたことがきっかけである。その場面でヒースクリフは、イザベラを害虫に対するように嫌悪感とともに見るだけだったが、エドガーへの復讐のため、イザベラの恋を利用しようと考え始める。エドガーの父はエドガーに息子が生まれなかったらイザベラに地所と屋敷を相続させるという遺言を残していたため、ヒースクリフはイザベラとの結婚を通してスラッシュクロス屋敷を乗っ取れる可能性があったのである。実際、キャサリンが娘しか生まなかったので、一八年後エドガーが風邪をこじらせて死んだ時、ヒースクリフの復讐はエドガーに対しても実現する。しかし、ヒースクリフがイザベラと結婚したのは、エドガーへの復讐だけが目的だったのではなさそうである。キャサリンへの「節操」の欠如とは言えないにしても、ヒースクリフはイザベラという彼のサディズムのはけ口を必要としたのだと考えられるのである。

## キャサリンへの隷従の反転としてのサディズム

第一一章でイザベラへのたくらみについてキャサリンが苦情を言った時、ヒースクリフは彼女がエドガーとの結婚を選び自分をひどい目に遭わせたことを思い出させる。ただ、キャサリンには復讐しないが、暴君に踏みにじられる奴隷が暴君には反逆せず、さらに下の者を踏みつぶすように、ヒースクリフは自分がキャサリン以外の者を虐げて楽しむのを許すよう彼女に求める。ヒースクリフはエドガーへの復讐としてその親族のイザベラを虐げるのではあるが、それはマゾヒスティックなまでの彼のキャサリンへの隷従が反転した他の対象へのサディズムでもある。

イザベラに言い寄り始めた時、ヒースクリフは彼女を抱擁するところをネリーに目撃されているが、彼は駆け落ちから戻った時、自分は彼女に「だますような優しさ《ソフトネス》」は一切示したことがないと、ネリーに言ってもいる。「抱擁」は「優しさ」であるはずだが、彼はたとえば、自分はイザベラを嫌悪しているが、イザベラの方で自分と結婚したいならそれもいい、などの言葉を口にしながら、彼女を抱擁したのだろうか。そのようなことを言いながら言い寄るヒースクリフも異様だが、彼はイザベラとの間に子どもをもうけてもいる。一切の「優しさ《ソフトネス》」なしになされる夫婦の肉体的結合とはどのようなものなのか、おぞましい様子が想像される。また、ヒースクリフは結婚後のキャサリンをエドガーから奪うことは考えないのだが、それにしても、彼はキャサリン以外の、それも嫌悪しか感じていないはずのイザベラに対し性的能力を持った。少なくとも生物学的に彼はキャサリンに対し「節操」を欠いたのだが、キャサリンへの激しい愛にもかかわらず、それ以外の女性に対しても自動的に発動してしまう「男」がヒースクリフの中にはあったということになるだろう。

嵐が丘へ来た後、イザベラはヒースクリフへの憎悪を頻繁に口にするがスラッシュクロス屋敷へ逃げようとせず、ヒースクリフもイザベラにいなくなってほしいと言いながら、離婚の理由を彼女に与えないよう、暴力を慎重に控えている。彼は言語的な暴力でイザベラを虐げていたのだが、サディズムの対象として彼女を手放したくなかったようである。ヒースクリフはイザベラを求め、必要としていたのである。イザベラはキャサリンの死後、ヒースクリフを暴力に訴えるほど怒らせるのに成功し、それで腹いせができたと感じたのか、スラッシュクロス屋敷へ逃げ帰り、すぐロンドン近郊へ去り、そこで息子を出産しリントンと名付ける。ヒースクリフは彼女を連れ戻そうとはしなかったが、彼女が一二年後に病死すると、リントンを嵐が丘に呼び寄せ、利己的で病弱な息子を嫌悪しながらも、彼が不自由しないよう育てる。

## 4　二代目キャサリン、ヘアトンとヒースクリフ

### 二代目キャサリンの目から逃れて

キャサリンが生んだ娘、二代目キャサリンは、ヒースクリフのたくらみで従弟のリントンと交流するようになり、やがてエドガーの死の直前にリントンと結婚させられる。リントンは極度に病弱で、結婚

後ほどなくして病死する。ヒースクリフはあらかじめリントンの遺書を作っておき、結婚でリントンのものとなっていたキャサリンの財産が彼自身の所有となるようにしていた。彼はスラッシュクロス屋敷だけでなく、二代目キャサリンが相続するわずかな動産まで手中におさめようとしたのである。ヘアトンも無一文になっていてずっと嵐が丘の使用人として働いていたが、二代目キャサリンも無一文にされ、嵐が丘に居候の身となる。ヒースクリフは恨みのあったヒンドリーとエドガーへの復讐を、その子孫を支配下に置くことで行ったのだと言える。作品のはじめでロックウッドが目撃したのは、ヒースクリフとそのように暮らす二代目キャサリンとヘアトンだった。

二代目キャサリンはヘアトンに最初は反発していたが、二人はやがて恋仲になる。ヒースクリフはここでこの恋人たちを裂けば、エドガーとヒンドリーへの復讐を完成させられるところだったが、急にキャサリンの霊との一体化への願望が激しくなり、二代目キャサリンに財産が渡らないよう遺書を作成したりすることもなく、絶食の後に死んでしまう。死へ至るヒースクリフの変化で、「男」という観点から注目されるのは、彼が二代目キャサリンを見るのをつらく感じるようになったことである。巨人のように強烈だった母キャサリンに比べて、二代目キャサリンは小粒な印象だが、激しい感情を表す時、目元が母とそっくりになる。目は母キャサリンの最大の魅力だったと言えるが、ヒースクリフはそういう瞬間の二代目キャサリンを直視できず、目をそむける。

ヒースクリフが二代目キャサリンを見るのを苦痛に感じるようになったのは何故なのか。ヒースクリフはエドガーの娘として、また、誕生がキャサリンの死の原因になった者として、二代目キャサリンを憎悪していたが、憎悪の対象にキャサリンの面影を見ることになる。しかし、憎い者に最愛の者の面影を見るのが苦痛であったのではなく、キャサリン以外の女性に最もキャサリン的なものを見て惹かれるのが苦痛であったのではないだろうか。その苦痛から逃れるように、ヒースクリフは死へと向かう。「男」としてヒースクリフは、この場合、キャサリンに対し堅固な「節操」を守るのである。

## ヒースクリフに惹かれ続けたアーンショー家の三代

キャサリンに対し「男」として節操を守って死へ赴くのであるにしても、キャサリンの霊と一体化しようとするヒースクリフは、もはや「男」という性を超越した存在になっているのだとも言えるだろう。エドガーはキャサリンの隣に埋葬されていたが、ヒースクリフはキャサリンをはさんでその反対側に埋葬される。キャサリンはそのように死によってやっと性を超越した二人の僕を左右に侍らせて、ヒースの荒野と一体化していく墓地で休らい続ける。

ヒースクリフが死んだ時、ヘアトンはその死を深く悲しむ。ヒースクリフはヒンドリーへの恨みを晴らすために、ヘアトンに教育を与えず、本で学問することを軽蔑させ、粗野な言葉遣いこそ最上のものと教え込んでいた。ヒースクリフはヘアトンが二代目キャサリンに惹かれながら、その粗野さのため相手にされないのを見て、かつてヒンドリーに学問の機会を奪われ、キャサリンに結婚相手と見なされなくなった恨みが晴らされるように思う。ヒースクリフはヘアトンの優れた気質を見抜いていて、そうした素質を埋もれさせておくことに復讐の喜びを感じていたのである。

しかし、野蛮さの礼賛を教え込むことを通じて、ヒースクリフはヘアトンとの間に、一代目キャサリンとヒースクリフの間にあったような絆を形作ることになったのだと考えられる。野蛮さを男性的なものと捉えるなら、ヒースクリフとヘアトンは「男」の絆で結ばれていたのだと言える。ヒースの野のような荒涼とした、荒々しいものへの愛を通して、一代目キャサリンとヘアトンというアーンショー家の二つの世代の者がヒースクリフに強く惹かれていたのだが、キャサリンの父、アーンショーもヒースクリフの様子に野性的な何かを感じ、それに惹かれて彼をリヴァプールから連れ帰ったのかもしれない。彼がヒースクリフをその後、自分の息子にもまして可愛がったのもそのためであったと考えれば理解できる。ヒースの野のような荒々しいものとしてのヒースクリフの「男」はそのようにアーンショー家の三代を魅了し続けたのである。

注

（1）サンドラ・M・ギルバートとスーザン・グーバーは、『屋根裏の狂女――女性作家と一九世紀の文学的想像力』で、思春期以前、まだ女性の身体的特徴が現れる以前のキャサリンの両性具有的な状態の象徴として、彼女とヒースクリフの箱寝台の共有を捉えている（248-308）。キャサリンのヒースクリフとの別離は、思春期以降、幼い頃の幸福な両性具有的状態を維持できないこと、社会から課される女性らしさを受け入れていくことの象徴ともなる。

（2）テリー・イーグルトンは、キャサリンの足首を噛むブルドッグが、文化の装いの下に隠れた暴力を明らかにしていると捉えている。（106-107）

（3）『嵐が丘』はヒースクリフの壮大な復讐の物語ではあるが、迫害に耐えきれず反逆することが彼とキャサリンの別離のきっかけとなることを通して、作品は反逆や復讐とは対極の迫害の甘受と許しの教えの重さを描いてもいる。その点に関しては拙著『背表紙キャサリン・アーンショー』の第八章を参照されたい。拙著では他に第一章で、語り手ネリーの問題行動を彼女の無意識の悪意と捉える解釈を提案している。

（4）キャサリンの霊の訪れがヒースクリフが後追い的に死んでしまうのを防いだという観点は、『「嵐が丘」の謎を解く』における廣野由美子氏の解釈に負っている。（132-138）

## 引用文献

Brontë, Emily. *Wuthering Heights*. Ed. William M. Sale, Jr. and Richard J. Dunn. 3rd ed. London : Norton, 1990.

Eagleton, Terry. *Myths of Power : A Marxist Study of the Brontës*. 1975. 2nd ed. London : MacMillan, 1988.

Gilbert, Sandra M. and Susan Gubar. *The Madwoman in the Attic : The Woman Writer and the Nineteenth-Century Literary Imagination*. New Haven : Yale UP, 1979.

鵜飼信光『背表紙キャサリン・アーンショー——イギリス小説における自己と外部』九州大学出版会、二〇一三。

廣野由美子『「嵐が丘」の謎を解く』創元社、二〇〇一。

# 第12章　エドガー・リントン　『嵐が丘』
## ——書斎の紳士——

中尾真理

『嵐が丘』（一八四七）はキャサリンとヒースクリフを中心に読むのが普通だが、目立たないもう一人のヒーロー、エドガー・リントンに注目して読むと、また別の世界が見えてくる。本章ではヒースクリフとともにキャサリン・アーンショーの人生に大きくかかわり、その愛情を二分した夫エドガー・リントンに焦点をあてて『嵐が丘』を読んでみる。

## 1　エドガー・リントン——人物像とその役割

### 人物像

エドガー・リントンは激情、直情型のアーンショー家の人間とは対照的に、冷静、柔和な紳士である。デイヴィッド・セシルは『初期ヴィクトリア朝時代の作家』（一九三四）の中で、『嵐が丘』の宇宙は「嵐の原理」（principle of storm）と「静穏の原理」（principle of calm）の二つの原理でなりたっていると説明したが、エドガー・リントンこそ「静穏の子」（child of the calm）の代表である。金髪、青い目、ほっそりとした華奢な体型、しかもハンサムである。地域きっての名家の嫡男、資産といい名声といい申し分のない正統派の貴公子、恋愛小説には欠かせない本命タイプであろう。「火のような」性格の、高慢でわがままなキャサリンも、エドガー・リントンには魅力を感じており、ハンサムで一緒にいると快い、お金持ちになるだろうし、結婚できれば自慢したくなるような夫だと言っている。エドガーが優雅な容姿の持ち主であることは、語り手であるロックウッド氏も、スラッシュクロス屋敷に残る「肖像画」を見て納得している。それによると、大きくまじめな眼、こめかみのところでほんの少し縮れた長い金髪、優雅すぎるほどの姿をしており、「このような人物ならキャサリン・アーンショーが最初の仲良しを忘れてしまっても不思議はない」(75)(1)とまで言っている。

同じ旧家でも、農場であるアーンショー家と、治安判事をつとめるリントン家では、家のあり方は大きく異なっている。小作人や農業労働者を使って厳しい自然の中で農場を経営しているアーンショー家では、主人夫婦と子どもたち、召使いのジョウゼフ、そして家政婦が一家を成し、主従が同じ生活空間（家《ハウス》）に混沌と暮らしているのだ。生活は質素で、床は石の剥き出し、食器は白鑞（pewter）の皿を用い、猛犬をそばにはべらせ、壁には銃やピストルなどの武器が架けてある。それに対し、リントン家には主人の「書斎」というものがあり、使用人との間にも明確な区別がある。暮らしぶりも、洗練された文化的なもので、室内には真っ赤な絨毯、金色の縁のついた白い天井、銀色のシャンデリアが下がっている。リントン家に迷い込んだ子ども時代のヒースクリフとキャサリンが目を丸くして、ガラス越しに見つめたのはそのような別世界だった。自然と共に生きるアーンショー家の人々が頑健で体格がよく、直情・激情型の性格で、黒い髪、黒い瞳であるのに対し、リントン家の子どもたちはほっそりとした体格で、金髪に白い肌を持っている。その優雅な様子にはキャサリンも一目置いており、「イザベラの金髪の光沢のあること、肌の白いこと、お上品な優美さ」(111)に羨望の眼差しを向けている。アーンショー家の召使いである家政婦のネリーによると、エドガーは体質が虚弱で、おとなしすぎるし、イザベラは気難しいというが、リントン家の洗練された生活様式とそこに住む優雅で知的な人々は、嵐が丘の人々から見ても大きな魅力であったことは確かである。

## エドガー・リントンの書斎

キャサリンはこのエドガー・リントンを夫に選び、嵐が丘からスラッシュクロス屋敷に移るが、そこでの生活の中心となるのが「書斎」である。書斎は単に、本好きのエドガーが本を置いているだけの場所ではない。書斎はリントン家の主人の居場所なのである。キャサリンは結婚した後も、幼馴染のヒースクリフに心を残しており、それが騒動を引き起こすことになるのだが、エドガーにもまた、妻と同等、あるいは妻以上に愛する対象がある。それが書物なのである。キャサリンにすれば、書物は夫の心をひきつける敵のようなものである。エドガーとキャサリンの新婚の家に、失踪していたヒースクリフが再び現れ頻繁に訪れるようになると、温厚なエドガーもついに堪忍袋の緒を切らす。エドガーがキャサリンに「わたしかヒースクリフか」と迫って、引きこもったのも「書斎」であった。

一方のキャサリンは、ヒースクリフとの決別を迫られて激怒し、死んでやると興奮し、三日間、私室に閉じこもる。それはエドガーの気を引くためで、子どものように自分本位な行動なのだが、それがキャサリンの本質である。それでもエドガーが折れないと、キャサリンはこう叫んでいる。

「そしてエドガーはしかつめらしい顔でわたしの最期を見届けると、家庭内に平和が戻ったことを感謝して神様にお祈りを捧げ、また本のところに戻っていくのでしょうよ！　少しでも感情というものがあるのなら、このわたしが死にかかっているのに、いったい、本が何だというの？」（139）

抑圧を嫌い、感情のままに行動する「嵐の子」キャサリンに対し、エドガーは精神の平静を第一に考える「静穏の子」である。そして、そのエドガーの世界を表すのが書物に囲まれた書斎なのである。キャサリンが狂乱の果てに、赤ん坊を産んで亡くなった後、悲しみに沈んだエドガーは書斎に引きこもる。しかし、家政婦のネリーが証言しているように、書斎のエドガーは決して不幸ではない。運命に不満の声をあげ、逆らって、恨みを募らせ、復讐を誓うのはエドガーの性格ではなかった。彼は書斎で平静を保ち、一粒種の娘キャシーの養育に喜びを見出していく。エドガーが幼いキャシー［二代目キャサリン、つまり、キャサリン・リントンのこと。以後、キャサリン・アーンショーと区別するためにキャシーと呼ぶ］を育てあげたのも、書斎と言う平和な空間であった。

このように見てくると、『嵐が丘』の書斎は、『高慢と偏見』（一八一三）のベネット氏の書斎のように、世をすねる隠遁所では決してない。エドガー・リントンの「書斎」は、神を信じ、忍耐する勇気を持つ人の港のようなものである。「リントンは、反対に、忠実で信義ある人らしい真の勇気を示しました。彼は神を信じ、神もまた彼をお慰めになったのです」（211）とネリーは言っている。キャサリン、ヒンドリー、ヒースクリフの混沌、自然、エネルギーに対し、「書斎」は秩序、文化、静穏という積極的な価値を与えられているのである。

## 2　『嵐が丘』の構造と「書斎」の位置

### 作品の構造

『嵐が丘』という小説は、混沌としたエネルギーの渦巻くアーンショー家に嵐が訪れ、その後再び、秩序がもたらされる壮大な過程を描いている。それは三世代にわたる家族の歴史として語られ、対照的なリントン家と交流する中で互いに衝突し、ぶつかり合い、最終的に平和と調和へと向かう。発端は、父親アーンショー氏が、リヴァプールから素性の知れない子どもを連れ帰り、ヒースクリフと命名したことである。ヒースクリフは一家の息子になったとはいっても、家族の中では望まれない醜い妖精の子、チェインジリングの扱いで、法的な跡継ぎではなく、あくまでもアーンショー氏が偏愛しただけの存在である。ヒースクリフの出現は、一家の秩序をかき乱し、ヒンドリー、キャサリン、そしてヒースクリフ自身を、長く、次世代まで混乱させることになる。この発端から始まって、物語の前半では、アーンショー家の子どもたちが、大人たちから理不尽で圧倒的な力で支配される様子が語られる（語り手は家政婦のネリー・ディーン、聞き手は世間を避けてこの地に家を借りた、よそ者のロックウッド氏）。子どもたちは、力による暴力だけでなく、言葉による暴力にもさらされている。本来は使用人であるジョウゼフの、偏狭な宗教心に基づくヨークシャー訛りの呪詛、脅し、罵詈雑言はその最たるものである。親たちの支配は、理不尽で、凶暴で、およそ現実の世界のできごととは思えない。時代は一七八六年頃の設定であるが、まるで太古の神話の世界のようである。

続いて中盤では、成人したアーンショー家の子どもたちの歴史が語られる。ヒンドリー、ヒースクリフ、そしてキャサリン、いずれも親たちの圧政の犠牲者である。それに、隣のスラッシュクロス屋敷のエドガー・リントンと妹のイザベラが加わる。話の中心はヒンドリーによるヒースクリフへの報復的虐待、キャサリンとエドガーの結婚、ヒースクリフが復讐を誓うこと、そして、キャサリンの死である。キャサリンは子ども時代の同志であったヒースクリフが、父アーンショー氏の死後、兄ヒンドリーによって「息子」から「使用人」へと格下げされ、教育の機会も奪われ、次第にすさんでいくのに心を痛めるが、どうすることもできない。子ども時代のキャサリンがヒースクリフに共感したのは、共に監督者である大人の男性たちから圧迫を受け、それに不満を抱いて、一緒に抵抗したからと解される。フェミニズム風に言えば、家父長制と世間の偏見に対して二人は共に戦っていたのである。ヒンドリーは父の愛情を奪われた復讐として、ヒースクリフを虐待するのだが、それを諫める人はいない。キャサリンは迷いながらもエドガーの求婚を受け入れ、アーンショー家の娘としてのプライドを保ち、「界隈きっての偉い奥さまになる」道を選ぶ。しかし、幼馴染のヒースクリフを忘れることはできず、ネリーに苦しい胸の内を明かす。しかし、ヒースクリフはその話を途中まで立ち聞きしたところで、絶望のあまり家を出る。頼みとするキャサリンに見放されたと誤解したのである。

このように、それぞれが運命に悩み苦しみ、もがきながら衝突し合うさまは、まるで嵐の到来か火山の噴火を思わせる激しさである。特にヒースクリフに父の愛情を奪われた、ヒンドリーの屈折した復讐ぶりがすさまじい。心の弱いヒンドリーは妻の死後、(2) 酒と賭け事におぼれ、嵐が丘屋敷は荒廃する。キャサリンはヒースクリフの失踪を知ると、心痛のあまり神経性の重い熱病にかかるが、回復してスラッシュクロス屋敷に嫁ぐ。失踪してから三年後に、ヒースクリフが、紳士の外見と教養を身に着け、復讐の鬼となって戻ってくる。(3) 屈辱と絶望の末に、ヒースクリフが復讐の鬼になるという筋書きは、リアリズムに基づいた人間ドラマとしては荒唐無稽に思われるが、メアリ・シェリーの『フランケンシュタイン』（一八一八）や尾崎紅葉の『金色夜叉』（一八九七―一九〇二）を思えば、ありえない話ではない。『フランケンシュタイン』は創造親［主人公の科学者（ヴィクター・フランケンシュタイン）］に見捨てられたと思った怪物が復讐の鬼と化す話であるし、『金色夜叉』の間寛一は許嫁のお宮に裏切られた恨みから金貸しの鬼になるわけで、いずれも人間離れした妄執にとりつかれる人間を描いている。

復讐談に加えて、『嵐が丘』にはメロドラマの要素もある。エドガーの妹、箱入り娘のイザベラが、乙女らしいロマンティックな誤解から、謎めいたヒースクリフを崇拝し、駆け落ちしてしまうのである。この部分は、イザベラからネリーにあてた手紙体で語られる。語りとしては「入れ子」構造という複雑な形をとるが、読者からすれば、直接、イザベラの言葉と視点による証言を得ることで、生々しい臨場感が得られる。特に、「ヒースクリフは人間なの？　もし、そうだとしたら、彼は気が狂っているの？　そうでないなら、彼は悪魔なの？」（155-156）という手紙の始めの部分など、ゴシック小説としてなかなかの迫力である。

中盤のクライマックスは、なんといってもキャサリンの壮絶な死の場面である。この世ではヒースクリフとエドガー二人への愛を両立させるのは、とうてい不可能と悟ったキャサリンは、その事実を受け入れることを拒否し、怒り狂い、錯乱し、瀕死の状態になる。しかも、この直後にはイザベラがヒースクリフの元に走ったことがわかる筋書きで、エドガーには試練の時である。ある夜、狂ったキャサリンの寝室に、一目会いたいとヒースクリフが忍び込む。この二人のやり取りが感動的である。どちらも人間の正常な精神状態にはない。枕を食いちぎり、歯ぎしりをし、口から泡を吹き、狂気と狂気がぶつかる激しい感情の高まり。これほど率直で、激しい愛の表明があるだろうか。キャサリンはヒースクリフの抱擁の中で意識を失い、その夜、子どもを産んで死ぬ。ヒースクリフの本性を知ったイザベラも、その晩、新婚旅行の後、軟禁状態だった嵐が丘の屋敷を逃げ出す……現実にありえない、ロマンティックな展開である。しかし、『嵐が丘』にはまだ、後半があるのである。

## 反抗か諦観か――運命に向かい合う人々

後半部分は、第一七章から第三四章までで、全体の半分を占めている。

キャサリンとヒースクリフに焦点をあてて読むと、『嵐が丘』の後半部は退屈で、長すぎるように思われるかもしれない。しかし、この作品は後半が大事なのである。アーンショー家に吹き荒れた嵐は、ここからゆるやかな収束に向かうからだ。

第一世代のキャサリンとヒンドリーが死んだ後、物語の中心になるのは第二世代、キャサリン・リントン、リントン・ヒースクリフ、それにヘアトン・アーンショーである。リントンはイザベラとヒースクリフの息子であり、ヒンドリーの息子ヘアトンは、アーンショー家の正統な跡継ぎである。キャサリンが死ぬ前に産んだ子キャシーは、順調に育ち、母親よりも穏やかな性格と、リントン家の華奢な容姿を受け継いだ娘となった。

この後半部分には、前半と中盤の激しい感情の衝突はない。むきだしの暴力も、呪詛や罵倒という言葉の暴力も鳴りを潜める。しかし、決してなくなったわけではなく、より心理的で陰湿なものとなっていく。後半の時代設定は一八〇一年から二年にかけて、いわば小説の「現代」であり、ロックウッド氏が目撃したそのままを語る部分が全体の半分を占めている。ロックウッド氏は第二世代の三人とほぼ同じ年代であるが、気質的には人間嫌いで、憂鬱な性格であるところから、ヒースクリフに親近感を抱いている。前半の神話時代、巨人の時代を経て、ようやく普通の背丈の、人間の世代にたどり着いたと言えるだろうか。

ヒンドリーに代わって嵐が丘の主人となったヒースクリフは、キャサリンの死後も、間接的なやり方で復讐の完成を図る。イザベラとの間に生まれた息子リントンを使って、キャシーを支配し、二人を結婚させ、アーンショー家とリントン家両方の土地財産を手に入れようというのだ。一六歳になったキャシーは従弟であるリントンに愛情を抱く。リントンもまた父ヒースクリフに心理的虐待を加えられている被害者なのだが、利己主義なうえに卑怯なところも臆病なところもある彼は、小暴君としてはかなり陰湿である。エドガーの心配をよそに、キャシーは、リントンにおびき出され、嵐が丘屋敷に軟禁され、ついにリントンとの結婚に同意する。これで、ヒースクリフは念願の復讐がかなうことになったが、虚弱なリントンはまもなく死んでしまう。

エドガーは娘の将来を心配しつつも、最後は娘に見守られ、安らかな最期を迎える。リントンは財産を父に譲る遺書を書いていたので、未亡人となったキャシーはスラッシュクロス屋敷も、父の財産もすべてを奪われ、義父ヒースクリフの監視のもと、嵐が丘で暮らすことになる。しかし、ヒンドリーの息子、無学な青年ヘアトンがキャシーに関心を持ち、本と読書をめぐって二人は急速に接近する。ヒースクリフは復讐こそかなったものの、ヘアトンとキャシーが結びつくという結末は、彼の計画にはなかった。こうしてキャサリンの死後一八年にもわたる彼の壮絶な復讐劇は、無意味なものとなり、ヒースクリフは悪人らしく、亡霊となることを願いながら死ぬ。キャサリンの亡霊と一体化することで、キャサリンとの愛の成就を図ったのである。天国で一緒になるのではなく、地上での、亡霊と亡霊による一体化に固執するところがヒースクリフらしい。

ヒースクリフの死後、嵐が丘には平和が戻る。ヘアトンとキャシーの結婚によって、アーンショー家とリントン家は、どちらも正統な後継者の手に戻るからだ。二人は結婚後、嵐が丘の家からスラッシュクロス屋敷に住まいを移すが、頑健な体格のヘアトンと洗練された知性の持ち主であるキャシーが結びつくことによって、二人のこれからの生活は、抑圧や暴虐とは無縁の、穏やかなものになりそうである。ヒースクリフという異分子が入り込んだために大嵐となったアーンショー家の秩序は、ここに回復されるのである。リン・ピケットは、ヘアトンとキャシーが接近する部分を指して、この小説にはフェミニズム的解放のテーマとともに、ヴィクトリア朝風家庭小説の要素が認められるとしている（73-74）。

## 3　啓蒙のテーマ——書物による闘い

### エドガーの書斎

後半部で重要な意味を持つのが、エドガーの書斎と書物の存在である。

ヒースクリフはアーンショー氏が亡くなったあと、ヒンドリーによって、教育を止められた。彼は、アーンショー氏の「息子」からヒンドリーの「召使い」の身分に落とされるという屈辱を味わい、しかも、重労働をさせられることから、「容姿も知性の低下に歩調をあわせ、歩き方もだらしなく、顔つきも下品に」（77）なった。その復讐として、ヒースクリフはヒンドリー亡き後、その子ヘアトンには、暴力こそ振るわないものの、教育を受ける機会をいっさい与えなかった。その結果、ヘアトンは文字も読めず、言葉も訛ったままの、無教養な若者に育つ。しかしながら、ヘアトンがよい素質を持っていることはネリーがたびたび証言しているし、ヒースクリフもあいつは「敷石にされた黄金」で「第一級の良い素質をもちながら、それが無駄になっている」（250-251）と述べている。青年になったヘアトンはキャシーに好意を持つが、粗野な外観は令嬢キャシーをたじろがせるのに十分だった。しかし、リントンの死後、嵐が丘で暮らすことになったキャシーは、ヘアトンが無学を恥じているのを知る。彼女は彼に本を贈り、文字を教えることを申し出て、ぎくしゃくしていた二人の関係は一挙に改善する。新しい恋が芽生えて、ヒースクリフが復讐の無意味さを悟るのは前に述べた通りである。このように見ると、後半はエドガー・リントンの書斎で育った二代目キャシーと、ヒースクリフとの闘いで、その武器は書物だったということになる。その経緯を詳しく見て行こう。

エドガー・リントンはキャサリンを失った後は、治安判事の仕事も辞め、一人娘を書斎で育てあげた。キャシーは屋敷の外の世界を全く知らず、本を友に大きくなった。一方、嵐が丘のヒンドリーは妻の死後、息子ヘアトンの養育も満足にせず、「ネグレクト（責任放棄）」状態で、偏狭な宗教偽善者である召使いのジョウゼフに子どもの監督を任せ、地方訛りの罵詈雑言の飛び交う環境に放置していた。ヒースクリフはこの殺伐とした嵐が丘に入り込み、ヒンドリーに代わり、嵐が丘を支配するようになる。エドガーの妹イザベラがロマンティックな空想からヒースクリフに思いを寄せるようになったのも、おそらく読書のためだろう。スラッシュクロス屋敷の土地財産を狙うヒースクリフはイザベラの空想を知ると、早速近づく。騙されたイザベラは駆け落ちして、屋敷を出る。二か月後、早くも本性を見せたヒースクリフに伴われ、イザベラは嵐が丘の人となった。ここでイザベラが、ヒースクリフを恐れつつ、幽閉同様の生活を送る間、唯一の頼りとしたのが書物であった。「昨晩はその炉ばたの隠れ場所に座って、一二時近くまで古い本を読んでいたの」（199）と、イザベラは前述の手紙でネリーに説明している。

本を読むことは現実逃避になる。空想破れ現実を知ったイザベラにとって、嵐が丘屋敷の殺伐とした環境で、ひとり読書するという行為は、心の平静と自尊心を保つのに役立っただろう。そして、本に没頭することにより、周囲の者を寄せつけないその態度は、周囲の人々への無言の牽制ともなっただろう。

キャシーもまた、リントンにおびき出され、ヒースクリフの下で、嵐が丘に軟禁状態になったとき、書物を頼りにしている。家政婦ジラが、後でネリーに話したところによると、リントンの死後、自室に閉じこもっていたキャシーは、ヒースクリフの留守にようやく、「氷のように冷ややかに、王女さまみたいに高慢な態度」（337）で居間に降りてきた。暖炉のそばに坐ったキャシーがまずしたことは、食器棚の上に積み上げてあった、たくさんの書物の一冊に手を伸ばすことだった（337）。

この時、手の届かない高いところから、その本を取ってやったのがヘアトンである。キャシーは、しかし、この時はまだヘアトンに邪険な態度をとっている。

誰一人味方のいない嵐が丘屋敷で、キャシーが手にしていたのが書物だったということは、注目してよい。冒頭の、ロックウッド氏が初めて嵐が丘を訪れる場面でも、キャシーは「棚の上から細長い黒っぽい書物をとって」（15）、黒魔術を使うふりをし、悪態をつくジョウゼフを脅している。これなど、実際に本を武器に使った例とも言える。その後、ネリーからアーンショー家の歴史を聞いて、事情を知るようになったロックウッドが、再び、嵐が丘を訪れる（第三二章）。この時のキャシーは「前より一層不機嫌で、最初に見た時よりも元気のない」（341）顔をしていたが、それはヒースクリフによって本を取り上げられ、焼かれたからだった。本を読まないヒースクリフは、キャシーの本を取り上げることで、彼女を完全に自分の支配下に置こうと目論んだのである。

「手紙を書きたいが書くものもない。本もないから破いて書くこともできない」と嘆くキャシーに、ロックウッドは「こんな田舎で書物もなしにどうやって暮すのです?」（343）と驚いている。本を読む人と、読まない人に登場人物が二分されているのが興味深い。

## 文字を覚えるヘアトン

ヒースクリフの復讐心をそぎ、彼を完全にうちのめしたのも、やはり書物である。字を覚え、知識を得たいというヘアトンの熱意が、本好きなキャシーに伝わり、二人が接近するからだ。

当時の家族制度からすると、キャシーは死んだリントンの妻で、ヒースクリフの義理の娘である。スラッシュクロス屋敷の相続権はキャシーにはなく、エドガーの甥にあたるリントンの手に渡るが、彼は財産をすべて父ヒースクリフに残すという遺書を書いていた。そのため、キャシーは何ひとつリントンから相続することができず、嵐が丘のヒースクリフのもとで一生を送らねばならない。それがヒースクリフの復讐であった。キャシーは義父に看視され、幽閉同然の身の上で、嘆くのも当然である。家政婦のネリーはスラッシュクロス屋敷から本を運んでくるなどして、状況を改善しようとするが、事態は変わらない。しかし、初めは恐れ、軽蔑していた、従兄のヘアトンが秘かに本を集め、読む努力していたことを知ると、キャシーは彼に関心を持ち、キャシー自身も変わり始める。キャシーが「一冊のきれいな本を白い紙で包み」、ヘアトンに贈り、読み方を教えようと申し出る場面は、この小説の中でも最も微笑ましい場面である（359）。どちらもプライドがあるので、初めはぎくしゃくする。ヘアトンは教育こそないが、血統の誇りだけはジョウゼフに植えつけられていたのだ。

結局、ヘアトンはキャシーの贈り物を受け入れ、キャシーはヘアトンに読み方を教え始める。こうして、一冊の本をはさんで、先生と生徒になった二人は急速に親しくなる。ヘアトンという味方を得たキャシーは大胆になり、ヒースクリフに反抗し始める。「あなたはわたしの土地を全部取ってしまったのですから、わたしが少しくらいお庭をきれいにしようとしたって、文句を言う筋合いはないでしょう」(365)。驚くヒースクリフに向かって、キャシーは「ヘアトンとわたしは、今は友達同士なのですから、あなたのことは全部わたしが話してやるわ」と言い、さらに「もしわたしをなぐったら、ヘアトンがあなたをなぐりますよ」(365) と言う。

生まれつき聡明なヘアトンは、キャシーの指導によって、急速に磨かれていく。知恵の光は心を明るくするだけでなく、彼の顔つきまで明るくし、ネリーによれば「覇気と高貴さがそなわって」(367) 見違えるようになる。二人が一冊の本を間に一心に勉強しているところに、外からヒースクリフが帰ってきて、おもわず顔をあげた二人と目を合わす……その時の二人の、輝くばかりの幸せそうな顔に、さすがのヒースクリフも復讐の無意味さを感じ、敗北を悟るのである。ここに、啓蒙の光が無知と妄執を追い払うという図式が読み取れる。

## フェミニズム的反逆か、クリスチャン的受容か

エドガー・リントンの書斎で育ったキャシーが本の力により、ヒースクリフの我執を打ち破るという後半部と、ヘアトン啓蒙のエピソードは、この小説の隠れたテーマをよく表している。ヒースクリフは本を読まない人である。彼は子どもの時に教育を止められ、三年の失踪の間に、紳士の外観だけを身につけて戻ってきた。キャサリンもまた本を読まぬ人である。彼女は子どもの時、蔵書の余白に不平、不満、愚痴を日記のように書き込み、雪で足止めされたロックウッドがそれを読んでいる (第一章)。しかし、キャサリンは本の頁を日記代わりに書き込むことはしても、本そのものを読んではいなかった。ヒンドリーも本は読まない。一方、エドガー・リントンの書斎に出入りのできたネリーは、家政婦では

あっても、なかなかの読書家である。ロックウッドにアーンショー家の物語を語る前に「ロックウッドさま、わたくしはあなたさまがご想像なさるより、ずっとたくさん本を読んでいるのですよ。この書斎の中の本で、どれをあけてみても、わたくしが読まなかった――そこから何かを学ばなかった本は一冊もありません」(71) と言っている。

エドガーの書斎は、この一家の馬丁にも、啓蒙の光を送っている。キャシーがリントンに会うため、秘かに屋敷を抜け出す時には、父の馬丁を手なづける必要があったが、その時、馬丁のマイケルが出した条件は「書斎の本を貸してくださるなら」(282) というものだった。語り手のロックウッド氏もスラッシュクロス屋敷の借家人の権利として、書斎を自由に使っているから、彼もエドガー・リントンの書斎の恩恵にあずかったひとりである。

書物は人が社会で生きていくのに必要な知識を与え、体験を授けてくれるだけでなく、人の心を寛容にし、世界を大きく広げてくれる。それを一番よく知っていたのは、家庭で束縛を感じていた女性作家たちだったかもしれない。啓蒙はメアリ・シェリーの『フランケンシュタイン』のテーマでもある(4)。

## 4 「書斎」が象徴するもの

### 忍耐という愛情

キャサリンとヒースクリフの愛情は一途で、激しく、自分に忠実であるところが読む者の心を打つ。しかし、この小説にはそれとは逆の愛情も描かれている。エドガー・リントンは三年越しの恋を実らせて、キャサリンと結婚した。彼は求婚した時に、キャサリンが癇癪を起こし、家政婦の手をつねったり、幼い甥へアトンを乱暴にゆさぶるのを目撃している。キャサリンがうっかり本性を見せてしまったからだ。彼自身もそのとばっちりで、キャサリンに横っ面を殴られている。その時は衝撃を受け、真っ青になり、唇を震わせ、その場を立ち去ったエドガーだったが、キャサリンが泣いたために引き返し、二人は恋人になった。

エドガーはキャサリンの本性を見抜いたにもかかわらず、キャサリンに求婚したのである。三年後に結婚した時には、世界一の幸せ者だとさえ思っていた。それでいて、結婚後のエドガーは、キャサリンの機嫌を損ねないよう細心の注意を払っている。キャサリンの気性では、激昂すると何をするかわからないことを承知していたからだ。わがままで、興奮しやすく、激情にかられると狂気のようになる、キャサリンの性質をよく知ったうえで、それでも愛していたのだから、よほど好きであったに違いない。

エドガーには男性的な腕力はない。激しい衝突場面では、青ざめ震え、手で顔をおおい、泣いているようでもある。キャサリンはその弱点をよく承知していて、ヒースクリフの面前でわざとエドガーを「弱虫」呼ばわりし、侮辱した。しかし、腕力には欠けていても、エドガーには冷静に判断する能力があり、冷静さを保つ術も心得ていた。彼は治安判事であり、社会的地位も影響力も持っている。エドガーが、いざとなれば毅然とした態度の取れる人物であることは、折にふれて示されている。妻の面前でヒースクリフに侮辱された時には、「もっと華奢な男なら倒れてしまうほどの、思いきった一撃をヒースクリフの喉に加えて」もいる(132)。正義感は人一倍強いのである。彼は家庭内の平和にも気を配り、ヒースクリフの元に走った妹イザベラには、一線を画し、いっさいの交渉を持とうとしなかった。これは一時の怒りにかられた行動ではなく、イザベラがヒースクリフの元を離れると、文通も援助もし、イザベラが死ぬ前には会いにも行っている。筋を通しているのだ。

エドガーの理性ある行動には、語り手であるネリーも全幅の信頼を寄せている。ネリーは、ヒンドリーとは乳姉弟のような間柄で、キャサリンがエドガーと結婚した時に、キャサリンと一緒にスラッシュクロス屋敷に移った。したがって、ネリーはキャサリン付きの召使いなのだが、直接の主人であるキャサリンよりも、むしろエドガーの方を親切な主人と呼び、敬愛していることに注目したい。ネリーは、感情のむらの激しいキャサリンを、子どもの頃から信用しておらず、わざと意地悪な行動もとっている。

考えて見れば、キャサリンのヒースクリフへの愛も、ヒースクリフのキャサリンへの愛も、著しく身勝手で、自己主張的である。一方、エドガーの妻への愛情は利他的で献身的である。キャサリンが脳膜炎を起こした時のエドガーの看護ぶりは、「ひとり子をみとる母親でも、これほどとは思えないほど献身的に世話をした」とネリーは語っている（153）。このように献身的な愛情、忍耐心は、普通は女性の側に求められる美徳である。『嵐が丘』では男女の役割が逆転しているのだろうか。キャサリンとヒースクリフの、強引で身勝手な愛情の対極として、エドガーの献身的で忍耐強い愛情が設定されているのは確かだろう。

死の床で狂乱のキャサリンは、ヒースクリフに向かって言う。「あなたをつかまえていられればねえ……わたしたちが二人とも死んでしまうまで。あなたが苦しくてもわたしはかまやしない。あなたの苦痛なんかなんとも思わない。あなたが苦しんでいけないってこともないでしょう。わたしが苦しんでいるのだから！」（182）ヒースクリフも息絶えたキャサリンに叫ぶ。「キャサリン・アーンショー、おれが生きている限り、安らかに眠ることがないように！　……いつまでもおれといっしょにいるんだ……おれの魂なしにおれが生きていられるか！」（191-192）。

二人の愛情は自己本位で、キリスト教の教えにかなうものではない。口に泡を吹き、歯ぎしりをし、恋人の髪の毛を摑むという異様な状態でヒースクリフとキャサリンが抱擁し合うのを見て、ネリーは「わたしは自分と同じ人間といっしょにいるような気がせず……途方に暮れ、離れたところに立ったまま、口をつぐんでいました」(184) と匙を投げて傍観しているのも、そういう理由からだろう。

死も運命も受け入れようとしない、ヒースクリフとキャサリンに比べ、エドガーがどのようにキャサリンの死を受け入れたのか、それを見てみよう。彼は狂気のキャサリンを看病し、「昼も夜も、見守り、いらだつ神経と狂った理性から、かけられる限りの迷惑苦労をじっと辛抱」(153) していた。キャサリンが亡くなった後は、キリスト教徒らしく、昼も夜も眠らず柩に付き添い、静かに悲しみに耐えることで、愛情を表した。柩は、キャサリンの望み通り、一族の墓地にではなく、荒野を向いた外の緑の斜面に葬った。これはキャサリンの意思を尊重したやり方である。自らも死後、その隣に葬られるよう取り計らい、今もキャサリンの横で眠っている。三七歳で死ぬまで、彼は毎年妻の命日はひとり書斎で静かに過ごし、夕方から夜までの長い時間を墓地ですごすのがきまりだった。このエドガーの死の受け止め方は、キリスト教徒にふさわしいもので、作品のモラルもそこにあると思われる。小説の最後はキャサリン、エドガー、ヒースクリフの墓の描写で終わっているが、三つの墓のうち、エドガーの墓だけは「足元に這い上る芝と苔で調和していた」(385)。このロックウッド氏の証言は、前にも述べたネリーの「彼は神を信じ、神もまた彼をお慰めになりました」(211) という述懐と重なっている。いたずらに運命に抗するのではなく、静かに耐えるというあり方をエドガー・リントンは示していると思われる。

### キャサリンはヒースクリフか

一方、キャサリンの夫としてのエドガー・リントンを見ると、エドガーはキャサリンにとって、最後まで「他者」であったことがわかる。優しい夫ではあっても、キャサリンからすれば、エドガーは思う通りには動いてくれない夫であった。わがままなキャサリンも、リントン夫人となれば、家庭の制約を受けざるをえない。リントン家の生活がいかに穏やかな、洗練された生活であろうと、束縛を感じることはあっただろう。束縛への不満による、束縛からの逃亡というファンタジーが、女性作家の手によるゴシック小説を成立させる、根源的な要素であると、リン・ピケットは指摘している（77-78）。温厚なエドガー・リントンも、キャサリンやイザベラ、キャシーにとっては、彼女たちの前にたちはだかる壁であり、永遠の他者であった。だからこそ、エドガーはキャサリンを愛することができたのだろうし、キャサリンとしても、愛されたいと思う夫だったのだろう。キャサリンと同じ反逆者の魂を持つ、ヒースクリフは、キャサリンにとって、ともに、抑圧されることに抵抗し、闘った同志である。キャサリンは子どもの頃から行動を共にし、不満を分かち合い、兄妹のように育ったヒースクリフについて、「ネリー、あたしはヒースクリフなの！」（93）と、叫んでいるが、これは文字通り、二人が一心同体の同志であったと解釈してよいのではないだろうか。

### メロドラマと書斎の紳士たち

最後に、メロドラマを成立させる道具立てとしての「書斎」について考えてみたい。ヒーロー像は、時代や社会と共に変化する。古代には高貴な生まれと、勇気と腕っぷしがあればヒーローとしては十分だった。近代社会になると、ヒーローには血筋と体力に加え、知性、社会的地位と文化的洗練度が要求されるようになった。「英雄」から「紳士」へ、さらに「芸術家」へと、現代になればなるほど、ヒーローにはより個人的な資質が問われるようになっている。ヴィクトリア朝初期において、黒髪で異端的な容貌を持つヒースクリフとは対照的に、エドガー・リントンの優雅な容姿は、クリスチャン的美徳を表すものであっただろう。

「紳士」は理想の男性であると同時に、社会的に安定した身分にあることを表している。「紳士の書斎」は、財力と家父長としての権威を表す装置である。「書斎」にはその持ち主の経済力が示されるだけでなく、知性や好み、一家の歴史までもが如実に浮かび上がる。もう一つ、忘れてならないのは、「書斎」が「男性の領域」であることだ。書斎は男性の聖域で、女性や子どもは許可なしには入れない。こうしたことを踏まえて、ヴィクトリア朝後期から二〇世紀の初頭にかけて、ポピュラーな小説、映画、演劇の世界では、ぎっしり本の詰まった書棚の並ぶ、重厚な書斎をバックにした「書斎の紳士」が次々に現れた。ジェイン・オースティン『高慢と偏見』のベネット氏、シャーロット・ブロンテ『ジェイン・エア』のロチェスター氏はその先駆けだろう。バーナード・ショーの『ピグマリオン』（一九一八）を映画化した『マイ・フェア・レディ』（一九六四）では、ピカリング教授が書斎で、花売り娘のイライザに正しい英語を教える。また、ダフネ・デュ・モーリアの『レベッカ』（一九三八）をヒッチコックが映画化した『レベッカ』（一九四〇）でも、謎めいた紳士ド・ウィンター氏がいるのは、重厚な書斎である。ローレンス・オリヴィエ演じるド・ウィンター氏は、若い青年ではなく、中年の紳士であったが、書斎がよく似合い、すでにタイプとしてりっぱに確立した証拠だろう。マーガレット・ミッチェルの『風と共に去りぬ』（一九三六）も、映画化（一九三九）されて大ヒットした。アメリカ南部の裕福な農場主の息子アシュレ・ウィルクスは、書斎がお似合いの華奢な貴公子タイプ、風雲児レット・バトラーは道徳や慣習をやすやすと乗り越える野生児タイプで、『嵐が丘』のエドガー・リントンとヒースクリフを思わせる対照的な二人として造形されている。アシュレは、筋骨たくましい男性的魅力には欠けるのだが、気の強いスカーレットに軽蔑されるどころか、憧れの人として、いつまでも魅力を持ち続ける。スカーレットは三度も結婚を繰り返しながら、初恋のアシュレを忘れることができないのである。行動の人レット・バトラーと対比されることで、「書斎の紳士」アシュレの魅力が意識される。エドガー・リントンも、ヒースクリフという野生児と対照されることで、メロドラマのひとつのタイプとして確立したようである。

注

(1) テキストからの引用は Emily Brontë, *Wuthering Heights* (Everyman's Library, 1907) による。邦訳は筆者によるものである。
(2) この妻もヒースクリフ同様、どこの誰だか素性の知れない女性である。
(3) ヒンドリーも父に疎まれ、三年間家から離れていたことがあった。
(4) 怪物は山の小屋で書物を知り、道で拾った書物を読んで独学する。

引用文献

Brontë, Emily. *Wuthering Heights.* London : Everyman's Library. 1907.
Cecil, David. *Early Victorian Novelists. : Essays in Revaluation.* London : Constable, 1934.
Pykett, Lyn. 'Gender and Genre in *Wuthering Heights* : Gothic Plot and Domestic Fiction'. *Emily Brontë. Women Writers.* London : Macmillan, 1989.

# 第13章　ヒンドリー・アーンショー　『嵐が丘』
——内なるアウトサイダー——

山内理恵

『嵐が丘』（一八四七）のヒンドリー・アーンショーは、当時の家父長制の中では旧家の長男という優位な位置に身を置く。しかし同時に、彼はヒースクリフ以上にアウトサイダー的な存在とも言える。そこで、ヒンドリーのアウトサイダー性に着目する。

## 1　従来の読み方

### アウトサイダーとしてのヒースクリフとキャサリン

『嵐が丘』の批評で一般的にアウトサイダーと位置づけられるのは、当時の社会において序列を定めていた家父長制に所属しないヒースクリフである。彼が身元も人種も不明の孤児であることを考えると、この位置づけは自然と言える。イーグルトンが「放浪者として、孤児として、ヒースクリフは緊密に結びついた家族構成の中に、よそ者として放り込まれる。彼はきちんと定義された家庭というシステムの『外部』にある、あの曖昧な闇の領域から現れたのだ」（102）と指摘するように、彼は文字通りアーンショー家の外側からよそ者として連れてこられた。イーグルトンが使う「放浪者」「孤児」「よそ者」は、「外部」と同じく、いずれもヒースクリフが共同体の序列から外れたアウトサイダーであることを表す。また、彼が嵐が丘屋敷に到着した時に理解できない言語を話していたため、彼は英国の外側から来た可能性もある。さらに、ネリーやイザベラなどの登場人物たちは、彼が悪魔か化物ではないかと疑う。このことは、彼が人間界の外側の存在である可能性も残す。このように、ヒースクリフは幾重にもアウトサイダーの要素を持つ。

ヒースクリフと共に、しばしばキャサリン・アーンショーもアウトサイダーとして扱われる。家父長制では、女性は地位や財産を継ぐことはおろか、ほとんど何の権利も持てないからだ。イーグルトンは、キャサリンが財産を相続することができないことを指摘して、父親を失った彼女を精神的な孤児（103）と呼ぶ。アーンショー家の娘であるため、本来、彼女は孤児のヒースクリフよりも家父長制に居場所を持つはずである。しかし、彼女のアウトサイダー性は、家父長制が求める女性像を彼女が拒否することで強調される。子ども時代のキャサリンは周囲の大人に露骨に反抗し、家父長制において最重要人物である父親に嫌われる。また、リントン家での滞在後、上流階級の生活に魅せられ、社会が求める女性像に自分を近づけようと努力し始めてからも、社会のアウトサイダーであるヒースクリフへの愛着を通して体制への反発は存在し続ける。そして結婚後にヒースクリフをスラッシュクロス屋敷に歓迎することで、それは再び表面化する。

このように、孤児ヒースクリフは家父長制の枠に入ることができず、反抗的なキャサリンは家父長制に最後まで適応できない。そのため、彼らは物語の中でアウトサイダーとして位置づけられる。

## インサイダーとしてのヒンドリー

ヒースクリフとキャサリンが家父長制の外にいるためにアウトサイダーであるならば、父親の財産と嵐が丘屋敷を相続するヒンドリーはインサイダーと呼べる。実際にアーンショー氏の死後、葬式のために帰ってきた彼は当然のごとく嵐が丘屋敷の主人として振る舞う。使用人たちに居間を使わないよう指示を出し、以前から嫌っていたヒースクリフを使用人の身分に落として教育も受けさせない。このように、主人の地位を得たヒンドリーは自分の思うままにその権力を行使し、周囲を支配する。日記の中でキャサリンはヒンドリーを父親の嫌な代理人と呼ぶが、ここで彼女は兄が父の代理である事実を認識している。さらに、嵐が丘屋敷の外でもヒンドリーは屋敷の主とみなされている。嵐が丘屋敷を抜け出してスラッシュクロス屋敷で捕まったキャサリンとヒースクリフについて、リントン氏が後日ヒンドリーの監督不行届きをたしなめるのは、彼が一家の主人とみなされているからである。

家父長制社会における身分の安定がインサイダーの条件ならば、ヒンドリーが継ぐアーンショー家が経済的に安定した家系であればあるほど、彼のインサイダー性は強まると言える。その点において、ブロードヘッドは興味深い指摘をする。嵐が丘屋敷が建てられた時代に石造りの家は裕福な階級のみが所有できたとするハンソンの指摘を受けて、彼女はアーンショー家が裕福で高貴な家系であった可能性が高い（55-56）と述べる。そして、エミリ・ブロンテが建築史に通じていない可能性に触れるハンソンに対して、彼女はエミリの作品世界が細部に至るまで正確であると反論する。その一方で彼女は、一五世紀半ば以降にウエスト・ヨークシャー地方でジェントリーと呼べない階級が財を誇示するために立派な家を建て、その結果ジェントリーに仲間入りしたと指摘して、アーンショー家がそのような家系である可能性にも触れる。ハンソンが述べるように一五〇〇年前後の石造りの家が裕福な階級にのみ許され、ブロードヘッドの指摘通り本作品が細部まで正確ならば、「一五〇〇年　ヘアトン・アーンショー」と彫られた石造りの屋敷を持つアーンショー家は、少なくとも家屋の建築当時から続く裕福な家柄だったはずである。よって、その長男であるヒンドリーの立場は、家父長制の中でも安定したものだと言える。

旧家の跡取りとしてのヒンドリーの特権的立場は、まず、一四歳の彼が土産にバイオリンを買い与えてもらえるほど裕福な階級に属する点に見られる。さらに、ニューマンやブロードヘッドが指摘するように、大学から帰ったヒンドリーのしゃべり方や服装がすっかり変わっていた点にも表れている。ニューマンはこの描写について、ヒンドリーが、オックスフォードであれケンブリッジであれ、大学のために南部へ行き、そこで上流階級の話し方や紳士的な身なりを身につけた（47）と説明する。また、ブロードヘッドも同じ箇所を指して、要するにヒンドリーが紳士になったのであって、もはや彼は畑で労働したり、労働する階級と付き合ったりすることなく、快適で暇な人生を送るのだ（60-61）と指摘する。つまり、大学で彼はジェントリーの教育を受けて、正式にジェントリー階級の仲間入りを果たしたのである。彼が帰宅後にジェントリーとしての特権的な生活を守ろうとする様子は、伝統的な屋敷内のルールを変更して使用人を居間から追い出す点に窺える。大山が指摘するように、ヒンドリーは大学生活で身につけた見聞のもとに召使を家族から分離するという行動に乗り出したのである（86）。

以上に見たように、旧家の跡取り息子として家父長制に守られたヒンドリーは、家父長制社会のインサイダーであり、優位な立場に立つ。本人もそのことを意識し、自分の思うままに家族や使用人たちに指図して自らの優位性を守り、誇示しようとしている。

## 2　アウトサイダーとしてのヒンドリー

### 父との関係

しかし、観点を変えると、ヒンドリーはヒースクリフの到着と同時に、実質的にはインサイダーからアウトサイダーに転落したと理解できる。なぜなら、ヒースクリフの出現はヒンドリーから周囲のサポートを奪い、彼は孤立状態に陥るからだ。

まず、ヒンドリーがヒースクリフに敵意を持つことに気づいた父親アーンショー氏は、息子を可愛がらなくなる。ヒースクリフが出現する以前、彼は息子を可愛がっている。リヴァプールに発つ前に「可愛いわが息子」と呼び、最初に土産を選ばせている。この呼びかけは愛情を感じさせるし、キャサリンよりも先に声をかけることで長男を優遇している。ネリーの語りの中でも、当時の父と息子の関係が悪いとは描写されていない。むしろ息子は父の帰宅を出迎えようと夜遅くまで待つほどの愛着を示している。そのため、アーンショー氏とヒンドリーの関係が悪化するのは、ヒースクリフの到着後と理解できる。ネリーは、その後二年以内にヒンドリーが父親を抑圧者として、ヒースクリフを親の愛情と彼の特権を奪う強奪者として見るようになったと述べる。つまり、父子の不仲のきっかけは、ヒースクリフが作ったと言える。

家父長制において父親の愛情を奪われることは、跡取りとしての地位を脅かされることに繋がる。「ヒースクリフ」はアーンショー氏の亡くなった息子の名前である。ギルバートとグーバーは、「ヒースクリフ」が本来長男として生まれたはずの息子の名前だ（264）と推測する。それは死んだはずの長男の蘇りを意味し、跡取りとしてのヒンドリーの立場を一層危うくする。実際に、ヒースクリフはまるで一家の長男であるかのように優遇される。ネリーは当時のヒースクリフについて、自分が言いさえすれば家中の人間は彼の希望に従わざるを得ないと知っていたと述べ、彼が家族全員を支配する力を与えられていたと証言する。これは本来長男が与えられるべき権力である。

アーンショー氏が息子たちに仔馬を与えた時も、ヒースクリフはまず見栄えの良いほうを選び、その後、自分の仔馬が足を痛めると、今度は自分が選ばなかったヒンドリーの仔馬を自分の仔馬と交換するよう命令する。「そうしないなら、きみが今週ぼくを三回殴ったことをきみの父さんに言いつけて、肩まで広がる腕のあざを見せてやる」(39) と脅迫し、身勝手な命令に強く反発するヒンドリーに対して「すぐにそうしたほうがいいぞ。そうせざるをえなくなるぞ。もし殴られたことをバラしたら、きみはまたおまけつきで仕返しをされるぞ」(39) と、さらなる脅しを与える。ヒンドリーは腹立ちまぎれに相手に分銅をぶつけはするものの、結局は仔馬を譲る。ここでヒンドリーがヒースクリフに従うのは、ヒースクリフの脅しが効果的だったからである。父親に嫌われることへのヒンドリーの恐怖を、彼はうまく脅しに利用したのだ。彼の脅しは一貫してヒンドリーの仕打ちをアーンショー氏に「言いつける」ことである。分銅を投げつけられる直前にもヒースクリフは「投げてみろ。きみの父さんが死んだらすぐにぼくを追い出すと自慢していたのを言いつけてやる」(39) と脅す。仔馬を交換した時にヒンドリーはヒースクリフに向かって、「父さんをおだてて全財産を巻き上げたらいいや」(39) と言い捨てるが、この発言には跡取りの座を横取りされる可能性への不安が表れている。

ヒンドリーの不安は的を突いている。副牧師の勧めで大学進学が決まった時、父親は彼をつまらない奴とけなし、どこを放浪しても成功しないだろうと言う。息子を無能だと考えていることが分かる。その後、ヒンドリーが大学に行っている間にアーンショー氏は死去するが、もし長生きしていた場合、無能な実子の代わりに養子を跡取りに据えた可能性も考えられる。このように、ヒースクリフの到着後、ヒンドリーは息子として父親から見捨てられた状態であり、その意味ではすでに家父長制のアウトサイダーだったと言える。

## その他の登場人物たちとの関係

さらに、ヒンドリーはヒースクリフの到着が原因で、父親以外の家族や使用人の間でも味方を失う。まず、妹のキャサリンは、ヒースクリフの到着後、ヒンドリーよりもヒースクリフと仲良くなる。これは、彼女が兄としてのヒンドリーの存在をヒースクリフに置き換えたと解釈できる。ヒースクリフと親しくなる前のキャサリンは、ヒースクリフに意地悪をするのもヒンドリーと共にしており、兄と仲が悪い様子はない。ネリーもこの時点では二人の関係に問題があると語っていない。しかし、ヒースクリフはキャサリンと仲良くなることでヒンドリーから兄の座を奪う。キャサリンがヒンドリーに対して抱くようになった反感と、屋敷の主としての兄への否定的な評価とは、「父さんが生き返ってくれたらいいのに。ヒンドリーは嫌な代理人」(20)という日記の文章に示されている。

ヒンドリーとキャサリンとの間に摩擦が生じる原因は、たいていヒースクリフである。前述の日記でも、ヒンドリーが嫌だと書く理由は、ヒ−スクリフへの仕打ちが残虐だからとある。そして、そのことに抗議して、彼女はヒースクリフと一緒に兄への反逆を企てる。また、乳搾り女のマントをかぶってムーアを走ろうというヒースクリフの提案を実行して再びヒンドリーに叱られた時も、彼女がこぼす不満のほとんどはヒースクリフに対するヒンドリーの扱いの酷さである。

「かわいそうなヒースクリフ！　ヒンドリーは彼を浮浪者呼ばわりして、もうわたしたちと一緒に座ったり食事をしたりするのを許さない。わたしと一緒に遊ぶことも禁じて、自分の命令に背いたら彼を追い出すと脅すの」(22)

つまり、キャサリンがヒンドリーを一家の主人として認めたくない理由は、彼女自身と兄との関係というよりも、ヒースクリフとヒンドリーとの関係にある。言い換えれば、ヒースクリフの存在がキャサリンをヒンドリーから引き離したのである。

さらに、乳兄弟である使用人ネリーにも、ヒンドリーはヒースクリフが原因で見放される。最初はヒンドリーと一緒にヒースクリフを嫌っていたネリーも、麻疹にかかったヒースクリフの看病のおかげで周囲に褒められ、ヒースクリフへの気持ちを和らげる。その時に彼女は「こうしてヒンドリーは最後の味方を失ったのです」(39)と述べる。ネリーは最後までヒースクリフを警戒してヒンドリーに愛着を示すが、それでもヒンドリーはこの時点でネリーからの絶対的な支持を失う。

息子ヘアトンが生まれると同時に、ヒンドリーは妻フランシスを失い、自暴自棄な生活に走る。そのため、ヘアトンがヒンドリーに懐かないのは自然である。しかし、ヒースクリフはそんなヒンドリーとヘアトンの間に入り込み、ちゃっかりヘアトンの父親役に収まる。スラッシュクロス屋敷に移り住んだネリーが久々に嵐が丘屋敷を訪れた時、門のところでヘアトンに出会う。その時の彼女とヘアトンの会話は、ヒースクリフがヒンドリーから息子の愛情と父親としての立場を奪ったことを示している。

「父ちゃんは何を教えてくれるの」わたしはたずねました。

「なんにも」と彼はいいました。「歩くじゃまをするなっていうだけ。父ちゃんはぼくに命令できないんだ。ぼくが父ちゃんをののしるから」

「ああ、それで悪魔があんたに父ちゃんをののしるよう教えるのね」わたしはいいました。

「そう――じゃない」彼はゆっくりと引きのばして言いました。

「じゃあ、だれ」

「ヒースクリフ」

わたしは彼にヒースクリフを好きかとたずねました。

「ああ」と、彼は再び答えました。(110)

ヘアトンはヒンドリーを父ちゃんと呼びながらも、ヒースクリフを実質的な父親として慕っている。彼にとっては、実父ではなくヒースクリフが自分を敵（この場合は実父）から守り、敵に投げつけるための言葉を教えてくれる保護者なのである。

妻フランシスはヒンドリーにとって絶対的な味方と言える。しかし、ネリーによれば、彼女は地位も財産もない家父長制社会のアウトサイダーである。さらに、彼女の名前はフランス人という意味を持つ。『嵐が丘』の舞台となるイギリス北部は一般的にイギリス人気質や地元意識が強いと言われる。このことは、ネリーの口からも「一般的にこの地域ではよそ者を好きにならないのですよ、ロックウッド様、向うから先にわたしたちを好きにならない限りはね」(46) と説明される。そのような排他的な土地において、フランス人という名を持つよそ者のフランシスは二重にアウトサイダーとなり、彼女の支持は夫を家父長制の主流に引き戻す力を持たない。さらに、彼女が結婚後一年程で死ぬことで、ヒンドリーは夫としての地位も唯一の支持者も失い、さらに孤立を深める。

以上に見たように、ヒンドリーはヒースクリフによって父親の愛情も家族や使用人からの支持も奪われる。また、彼の妻は力を持たないよそ者である。しかも、彼女の死によって彼は家庭内の味方を失い、さらに孤立する。このように、ヒンドリーは嵐が丘屋敷の主人にはなるが、ヒースクリフの到着以降、実質的にはアウトサイダーなのである。

## ヒンドリーとヒースクリフ――コインの裏表

ヒースクリフとヒンドリーは対照的な存在である。ヒンドリーが酒で身を持ち崩し、落ちぶれて社会秩序のアウトサイダーになるのに比例して、ヒースクリフは財を成し、ジェントルマンとしての身のこなしも身につけて、アウトサイダーから家父長制の内部に入ろうとする。しかも、ヒンドリーが賭けに負ける度に彼の財産がそのままヒースクリフの懐に移動するため、二人の盛衰は反比例をなす。しかし、別の見方をすれば、ヒースクリフとヒンドリーは互いによく似ている。二人とも少年時代に愛情を奪われて自尊心を傷つけられ、自分よりも優遇される他者への嫉妬と怒りのはけ口を、乱暴に振る舞って周囲を脅かすことに見出すからだ。

二人の名前が似ているのも偶然ではない。本作品にはよく似た名前が出てくるが、ヒースクリフ、ヒンドリー、ヘアトンの名前はすべて「H」で始まる。ヒースクリフとヒンドリーの名前の類似は、彼らがコインの裏表であり、実質的には似た人物であることを示す。そして、同じく「H」の頭文字の名を持つヘアトンは、実父のヒンドリーと養父のヒースクリフの要素を合わせ持つという意味で、二人の息子と言える。ヘアトンが父親ヒンドリーの遺伝子を持つことは、ネリーがヘアトンを子ども時代のヒンドリーと見間違えるシーンや、彼がヒンドリーの妹キャサリンと同じ目を持つ点に示されている。一方で、ヘアトンの境遇が若い頃のヒースクリフと似ている点や、彼がヒースクリフを父と慕い、ヒースクリフの価値観を継承している点では、ヒースクリフの息子とも解釈できる。さらに、彼はアーンショー家の本来の跡取りとしては家父長制のインサイダーと位置付けられるが、ヒースクリフからその権利を奪われた存在としてはアウトサイダーともみなされる。このように、ヘアトン自身も二人の「父」と同じく家父長制の内と外の狭間に存在し、ヒースクリフとヒンドリーを合体したような人物である。反目する二人の父の要素が彼の人格の中で融合・調和していることを考えると、彼が作品の結末で和解をもたらすのも理解できる。

## 3　ヒンドリーの人物像

### 愛すべき幼なじみ

エミリ・ブロンテは、このようにインサイダーでもありアウトサイダーでもあるヒンドリーを、どちらかと言えば同情的に描く。イーグルトンがヒースクリフに対するヒンドリーの敵意を「理解できる」(103) と述べる通り、仔馬のエピソードを例に取っても、ヒンドリーが一方的にヒースクリフを迫害しているのではない。

ヒンドリーが悪人でないことは、彼に最も同情的な乳兄弟のネリーが語り手を務めることで、より効果的に伝えられる。ヒンドリーに対するネリーの愛着は、作品の複数個所に見られる。一巻一一章では、嵐が丘屋敷に行く途中で子ども時代のヒンドリーを思い出した彼女が思わず「かわいそうなヒンドリー！」と叫ぶ。そして、彼の死を予感して不安になり、嵐が丘屋敷に急ぐ。このようなネリーの心情や行動は、子ども時代のヒンドリーがネリーのよい遊び友達であったことを窺わせる。また別の場面で彼女はヒンドリーとエドガーを比較して、二人とも愛情深い夫で自分の子どもたちを可愛がっていたと述べる。ヒンドリーがエドガーと本質的に同じく愛妻家で子煩悩だったという説明は、ヒンドリーが特別に邪悪なわけではないことを示唆する。さらに、ヒンドリーの死を知らされた時、ネリーはそのショックを以下のように伝える。

「白状すると、わたしにはリントン夫人が亡くなった時よりも大きなショックでした。昔の結びつきが心の中に残っていたのです。わたしはポーチに座りこみ、まるで肉親を失ったかのように泣きました」（186）

ネリーの嘆きは、ヒンドリーが愛される価値のある人間であったことを証明する。

## 周囲への愛情と気遣い

ヒンドリーの言動には、愛情深さや人間らしさを感じさせる箇所がある。最も印象的なのは妻に対する愛情だろう。ヒンドリーは妻を嵐が丘屋敷に連れ帰った時から、屋敷の使い方についても、ヒースクリフへの接し方についても、彼女の望み通りに行動している。クリスマスパーティでは音楽好きの彼女のためにギマトン楽団にたっぷりと演奏をさせる。彼が妻に腹を立てる場面はなく、フランシスが死ぬ直前には二度も泣き出したり、彼女の体調を気遣って喋らないよう頼んだり、彼女が死ぬという医者の宣告を頑として聞き入れなかったりと、うろたえる様子が描かれる。ネリーは、妻に対するヒンドリーの溺愛を「ヒンドリーの心は、彼の妻と彼自身という、二人の偶像しか抱く余地がありませんでした。彼は両者を溺愛し、妻を崇拝していました」(65) と説明する。妻に対するこのように強い愛情は、ヒンドリーが人を愛する能力を持つことを示す。

ヒンドリーの気遣いや愛情は他の登場人物にも向けられている。例えば、ヒースクリフ失踪の翌朝、彼は妹キャサリンが濡れたままで体調が悪そうなのを見て、どこか具合がわるいのか、なぜびしょ濡れで青い顔をしているのか、と心配する。また、ずっと前に鳴り止んだはずの雷を妹が怖がったわけではないだろうとネリーに尋ねる時、彼は妹が雷を怖がる可能性に思いやりを示している。妹が病気であることに気づくと、彼は自分の家の中でこれ以上の病気騒ぎはまっぴらだと罵る。最愛の妻を失ったばかりの彼が、さらに身近な人を病気で失うかもしれない可能性を直視できなかった様子が読み取れる。

ヒンドリーは、素面の時にヒースクリフ以外の相手に肉体的暴力を振るうことはない。彼がネリーにナイフを突き付け、赤ん坊の息子ヘアトンを階段の手すりから落とす場面は、彼の理不尽な暴力場面として印象的であるが、この狂気じみた行いの原因が「酔い」であることは作品中で明示されている。誤ってヘアトンを手すりから落とした後、彼は正気に戻り、ヘアトンを自分から隠すようネリーに指示して、息子の安否を心配する。酔うと自分の行動を自制できなくなることを自覚する彼は、手の届かないところに息子を置くことで息子を守ろうとしている。

イザベラが嵐が丘屋敷に滞在した期間、彼女はヒンドリーと同居することになる。その時の様子は、イザベラの視点から伝えられる。彼女はヒンドリーについて、「あの〈小さなご主人〉と彼の忠実な支持者である不愉快な爺さんと一緒にいるより、ヒンドリーと一緒にいて彼の恐ろしい話を聞いているほうがましなの」（175）と述べる。つまり、ジョウゼフやヘアトンと一緒にいるよりもヒンドリーと一緒にいるほうがいいのである。そして、彼女はヒンドリーを、ヒースクリフという共通の敵を持つ仲間とも捉えている。例えば、「ヒンドリーは、おそらくわたしと同じこと［ヒースクリフに復讐する方法］をもくろみながら、頭を手にのせて向かいに座っていたわ」（176）や、「アーンショーさん［ヒンドリー］はわたしたちの共通の敵を見上げたわ」（181）などの語りに、その意識がうかがえる。イザベラが嵐が丘屋敷から逃げ出すシーンでは、激怒して彼女に突進するヒースクリフにヒンドリーが抱きつき、二人は取っ組み合ったまま暖炉の前で倒れる。つまり、ヒンドリーがヒースクリフを押さえ込むことでイザベラの逃走を手伝ったのである。これらのことを合わせて考えると、イザベラとヒンドリーとの関係はむしろ友好的で、イザベラはヒンドリーにある程度の親近感さえ抱いていたと考えられる。

### ヒンドリーが落ちぶれた理由

ヒンドリーが自暴自棄になり、周囲に対しても乱暴になったのは、父親や周囲の人間の愛情を奪ったヒースクリフへの嫉妬と、最愛の妻を失ったことによる人生への絶望、そして彼自身の精神的弱さが重なったためである。精神的弱さに関しては、一四歳の時に土産のバイオリンを壊されて大泣きする場面が、マーシュも指摘するように彼の幼さを表しており（37）、一家の跡取りとして甘やかされて育った様子が窺える。成長したヒンドリーの精神的弱さは、妻を失った時に現実を直視できず、自暴自棄になって向こう見ずな放蕩に身を任せる点に顕著である。ネリーも彼をエドガーと比較して「ヒンドリーは明らかに［エドガーよりも］頭がしっかりしているにもかかわらず、悲しいことに、より劣った弱い人間であることを露呈しました」（185）と指摘する。ヒンドリー自身の台詞、「キャサリンも死んでしまった今、この瞬間におれが喉を掻き切ったとしても、生きている者は誰もおれの死を悼まないだろうし、恥じることもないだろう」(177)には、誰も自分を大切に思ってくれない現状に対する彼の悲しみと孤独感が窺えるが、同時にそれは彼の精神的弱さをも露呈している。

このように、エミリ・ブロンテはヒンドリーを単なる暴力的な悪人としてではなく、むしろ通常の優しさや思いやりを持つが精神的に弱い人物として描いている。彼は妻フランシスを溺愛するだけでなく、ネリーやイザベラからもある程度の愛情や親近感を持たれている。妹キャサリンとの間はヒースクリフが原因で精神的距離があるが、その彼女に対しても、身体の具合を心配する優しさを見せている。彼はごく普通の人間なのである。そんな彼が心の弱さゆえに嫉妬と絶望で人生を破滅させていく様子こそ、エミリが描きたかった点ではないか。なぜなら、運命によって自分が置かれた環境と、そこから生じた感情に振り回されて破滅していくヒンドリーの哀れな無力感は、程度や環境の違いがあるとはいえ、妹キャサリンやヒースクリフの人生にも共通して見られるからである。

## 4　ヒンドリーとは誰か

### 兄、ブランウェル

最後に、本来は家父長制のインサイダーでありながらもアウトサイダーに追いやられて破滅するヒンドリーの人物像がどこから生み出されたかについて考える。

まず、ヒンドリーのモデルとして、兄ブランウェルを参考にした可能性が挙げられる。ブランウェルはブロンテ家の唯一の息子で跡取りだったが、ヒンドリーと同様に心の弱さゆえに自暴自棄となり、人生を破滅させた。ノープフルマッカーは、ヒンドリーの妻への依存とその後の譫妄の発作をブランウェルの言動と結び付け、エミリが兄の精神的・肉体的破滅を身近に見ていた（100）ことを指摘する。また、ヒンドリーとブランウェルは音楽好きという点でもつながる。ヒンドリーは父親にバイオリンをねだるが、ブランウェルもかなりの音楽愛好家だった。バーカーによると、彼は一八三一年一一月以降にはフルートを演奏し、ピアノやオルガンも弾けた（211-222）という。

ブランウェルが晩年に自暴自棄になり、酒や薬に溺れた主な原因の一つは、家庭教師として住み込んだ屋敷の女主人ロビンソン夫人への失恋である。相思相愛だと思い込んでいたブランウェルは、寡婦になったロビンソン夫人に拒否され、大きなショックを受ける。研究者メアリ・ロビンソンはリードの論を紹介しているが、それによると、出版されていない講義資料の中で、リードは『嵐が丘』の世界、特にヒースクリフとキャサリンの狂気じみた言動が、アヘン常用者の夢のようであると指摘し、同じような狂気じみた言葉が当時のブランウェルの手紙にも見られるという。そして、リードはヒースクリフのモデルとしてブランウェルを挙げているという（Robinson 161-162）。ヒースクリフの狂気じみた恋愛感情のモデルがブランウェルである可能性は否定できない。しかし一方で、人生に絶望して自暴自棄になり酒に溺れたのはヒンドリーであるため、ヒンドリーのモデルがブランウェルであることも否めない。自分よりも優遇される人物への嫉妬や、自分が選ばれなかった怒りと悲しみ、その結果として自暴自棄になり酒や（ブランウェルの場合は）薬に溺れる結末は、ヒンドリーとブランウェルに共通する。また、精神的弱さという点において、ブランウェルは、冷徹に復讐を計画して実行するヒースクリフよりも、現実逃避に走るヒンドリーのほうに近いと言える。ヒンドリーが破滅していく様子が同情的に描かれる一つの理由は、エミリが彼を兄ブランウェルと重ねたからだろう。

## バイロン、ド・クィンシー、エミリ・ブロンテ

次に、ヒンドリーのモデルの可能性として、本来は尊敬されるべき才能や地位を持ちながらも、アウトサイダーとしての人生を送ることになったバイロンやド・クィンシー、そしてエミリ・ブロンテ自身について考察する。

エミリが好み親しんだロマン派文学者、バイロンとド・クィンシーの人生は、社会の主流から次第に外れていった点でヒンドリーを思わせる。バイロンは貴族出身で有能な詩人だが、晩年にスキャンダルを起こし、社交界から追放されて放浪生活をせざるを得なくなる。ミラーはブロンテ姉妹がムーアによるバイロンの伝記を読んだ（9）ことに言及し、バイロンをヒンドリーではなくヒースクリフと結び付けながらではあるが、『嵐が丘』にはバイロンの人生と彼の作品の両方からの影響が見られる（217）と指摘する。一方、ド・クィンシーはマンチェスターの裕福な織物商人の息子で、彼もすぐれた文才を持っていたが、若い頃に究極の貧しさと飢えを体験し、ウェールズやロンドンを流浪する。その後大学に進学するが次第に阿片中毒にかかり、ひどい時には手紙一本すら満足に書けない状態にまで陥る。ノープフルマッカーは、ド・クィンシーが『ブラックウッズ・マガジン』の寄稿者でブロンテ姉妹によく知られていたことを指摘し、特に自伝文学である『阿片常用者の告白』（一八二二）は兄のブランウェルと重なるため、エミリにとって大きな意味を持った（36）と推測する。ヒンドリーの人生はバイロンやド・クィンシーのものと異なる点も多いが、裕福な家庭に生まれ、後に転落する点において共通する。エミリがこれらの作家を好んでいたため、彼らの人生についての知識がヒンドリーの人物像を生み出す際のヒントになったのではないかと感じられる。

また、ヒンドリーが作者エミリ自身を反映する可能性も考えられる。エミリは優れた文才と論理的な

思考力を備えていた。ブリュッセル留学中の指導教官エジェによると、彼女の論理的思考力は男性においても珍しいほど優れていたという。また、彼女は銃に詳しかったり（Evans 303-307）、投資を行ったりと、男性であれば大いに社会で活躍できそうな知識や素質を持っていた。一方で、人見知りが激しく社交下手で、そのため家族以外に心を開く相手が存在しなかったという。このような状況の下、自分の才能や人格を周囲に理解してもらえない葛藤が彼女にもあったはずである。そして、そのような社会からの疎外感は、周囲から孤立したヒンドリーが抱くだろう感情に通じる。伝記では、エミリは黙々と家事をこなし、出版する気もなく詩を書き続けるなど、自分の立場を淡々と受け入れていた様子だが、一方で彼女が生み出した多くの登場人物たちが爆発させる激しい怒りは、彼女の日々のフラストレーションを表現するとも考えられる。

以上、『嵐が丘』のヒンドリーが名家の長男であるにもかかわらず、ヒースクリフの存在が原因で父親に嫌われ、さらに他の家族や使用人からも孤立してアウトサイダーとなっている様子を示した。家庭や社会で居場所を失って自暴自棄になる彼を、エミリは同情的に描いている。このようなヒンドリー像は、酒と薬に溺れて身を滅ぼしたブロンテ家の長男ブランウェルや、裕福な環境に生まれ文才に恵まれながらも社会の外れ者になったバイロンやド・クィンシー、そして、女性であり内気な性格だったために自分の才能や人格をなかなか周囲に認めてもらえなかったエミリ・ブロンテ自身の体験などがヒントとなり、生み出されたと思われる。

## 引用文献

Barker, Juliet. *The Brontës.* London : Phoenix, 2001.

Broadhead, Helen. "Crumbling Griffins and Shameless Little Boys : The Social and Moral Background of Wuthering Heights." *Brontë Society Transactions.* 25-1 (2000) : 53-65.

Brontë, Emily. *Wuthering Heights.* London : Penguin, 2003.

Eagleton, Terry. *Myths of Power.* Basingstoke : Palgrave MacMillan, 2005.

Evans, Roger D. C. "Some Notes on a Reference to a Pistol and Bayonet in *Wuthering Heights.*" *Brontë Society Transactions* 20-5 (1992) : 303-307.

Gilbert, Sandra M. and Susan Gubar. *The Madwoman in the Attic.* New Haven : Yale UP, 2000.

Knoepflmacher, U. C. *Wuthering Heights : A Study.* Athens : Ohio UP, 1994.

Marsh, Nicholas. *Emily Brontë : Wuthering Heights.* Baskingstoke : Macmillan, 1999.

Miller, Lucasta. *The Brontë Myth.* New York : Anchor, 2005.

Newman, Beth. "Wuthering Heights Reflects the Social Changes of Its Time." *Class Conflict in Emily Brontë's Wuthering Heights.* Ed. Dedria Bryfonski. New York : Gale, 2011.

Robinson, A. Mary F. *Emily Brontë.* London : W. H. Allen, 1883.

大山茂之「ネリー・ディーンの『嵐が丘』——奉公人の生き残り戦略」『広島大学総合科学部紀要V　言語文化研究』27（2001）：69-89.

ド・クインシー、トマス『阿片常用者の告白』野島秀勝訳、岩波書房、二〇〇七。

# 第14章　ポール・エマニュエル『ヴィレット』
## ――第三の「ロマンティック・ヒーロー」――

惣谷美智子

ブロンテの三姉妹が創出した二人の「男」――シャーロットの『ジェイン・エア』（一八四七）におけるロチェスターと、エミリの『嵐が丘』（一八四七）のヒースクリフ――彼らはともに、公認された「ロマンティック・ヒーロー」として君臨している。だが、そこに「待った」をかけるのが、パツィ・ストーンマンである。彼女は、論文「ロマンティック・ヒーローとしてのロチェスターとヒースクリフ」(Stoneman 2011, 111-118) において、二人のヒーローを凝視、対比することにより、両者のロマンティック・ヒーローぶりの差異をあぶり出し厳密に区分けしてしまう。それでは、『ヴィレット』（一八五三）のポール・エマニュエルの場合ならどうだろうか。同じシャーロットのヒーローとはいえ、ポールは、それらの燦然と輝く二大ヒーローに比していささか（あるいは、大いに）見劣りする、未公認のロマンティック・ヒーローといってもよい男だが、この第三のヒーローを絡ませることにより、思わぬ現象（化学反応ならぬ受容反応）が生じるかもしれない。これはいってみれば一つの実験である。

実験の手順としては、まず第1節でストーンマンの論を手短に紹介したあと議論を発展させ、ポールという人物創造、いわばシャーロット・ブロンテの「ロマンティック・ヒーロー」創出の戦略のような

ものを探っていきたい。(1)

## 1　大文字ヒーロー、小文字ヒーロー

### 「ロマンティック」にも格差あり？

ストーンマンによれば、ロチェスターは、小文字のｒではじまる「ロマンティック・ヒーロー」（"romantic hero"）であり、他方、ヒースクリフは、大文字ではじまる「ロマンティック・ヒーロー」（"Romantic hero"）ということになる。大文字と小文字という微妙な差異——しかし、（この差はあなどれない、とわれわれが直観するまもなく）ストーンマンは手際よく二人の男を別種のヒーロー棲息領域へと定着させてしまう。

ストーンマン自身、大文字と小文字の違いに関しては、大文字ではじまるロマンティック・ラヴを、結婚へと導かれる種類の（小文字の）ロマンティック・ラヴと区別するためとしているだけで、両者の区別を明確に定義しているわけではない。しかし彼女のいま一つの関連した論文（Stoneman 1998, vii-xxxvi）のコンテクストからすれば、大文字ではじまる「ロマンティック」は、通常の意味でのロマン主義的なものを指していると解釈してよいだろう。

### 理想の夫、ロチェスター

大文字と小文字の使い分けという小手業《こてわざ》ながら、われわれがすでに直観していたごとく、ジェイン・エアの恋人ロチェスターはロマンティック・ヒーローとしては少々、格下げということになる。いかな

る失態ゆえか。精神錯乱の妻バーサを屋根裏部屋に閉じ込める、という蛮行のためか。いや、そうではない。むしろそれとはまったく逆に、彼が、二度目の妻となるジェインの「優しい夫」に豹変してしまったからである。それはまさしく作家の采配（つまりジェインには財産を、他方ロチェスターには罰を、といった男女間の力のバランス調整）ゆえに他ならない。だが、ともあれ、ロマンティック・ヒーローに話を戻せば、ロチェスターは、物語の最初のうちこそ、シャーロットの習作、アングリア物語のヒーロー、ザモーナ公爵を思わせはするものの、この「青髭」気取りは、最終的には、あっけなく自ら兜を脱ぎ捨て、ジェインにすっかり飼い馴らされてしまう。作者好みの冒険者、バイロン的無法者はいまいずこ——主人公のかたわらには、妻と人生を分かち合う理想の夫が何食わぬ顔でちょこなんとおさまっているというあんばいである。

他方、ジェインの側にしても、ロチェスターに惹かれるのはフロイトのいう「オイディプス・パターン」の踏襲にすぎず、自分より年上で、かつ財力も経験も豊か、という三高男性、つまりはもう一人の〈父親〉に惹かれるという、いたって当り前の「正常な女性性《ノーマル・フェミニニティ》」(113) の発露にすぎない。

このように、ストーンマンは、まずロチェスターを「小ヒーロー」として区分けして、自らの議論の本命であるヒースクリフの「大ヒーロー」ぶりを証明していくのだが、これは、当然ながらロチェスターの小ヒーロー的性格とは対照的である（これ以降、小文字ではじまるロマンティック・ヒーローと大文字ではじまるそれを、区別する必要がある場合には、便宜的に、前者を「小ヒーロー」、後者を「大ヒーロー」として表記したい）。

## 渇望する恋人、ヒースクリフ

ストーンマンによれば、『嵐が丘』は前述したようなオイディプス・パタンの三要素をもつでもなく、また男女の出会いのあと発見のプロセスを辿っていくという求愛小説の特徴をもっているわけでもない。ストーンマンは、キャサリンとヒースクリフの関係自体がそもそも恋ではない、と断定してその証拠として取り押さえるのが、キャサリンのあの有名な台詞、"I am Heathcliff."(「わたしはヒースクリフだ」)である。ストーンマンは、二人を惹きつけ合っているのは、未分化な、幼児期の原初的結びつきであり、相手の人間に対しても独立したアイデンティティの概念はないと主張する。ヒースクリフとキャサリンの関係は、シェリーやバイロンといったロマン派詩人に見られるような兄弟姉妹愛《ブラザー・シスター・ラヴ》に近いものであるとして、そうした宿命的な愛に共通した苦悩、すなわち相手は恋人として永遠に「手が届かない存在であること」、それこそが大ヒーローたる者の必須条件であると結論づけるのである。

「読者は、フィクションとしてはヒースクリフの輝かしいエゴティズムを大いに楽しみながらも、自らの思い描くライフ・ストーリーで関わり合いになるなら、そんなヒースクリフより、広範な精神、そして躍動する肉体を調和させた大人の風格十分なロチェスターのほうを選びそうだ」(117)。この論文の締めくくりにストーンマンは漏らしている。ここにいたるストーンマンの議論の力説ぶりからすれば、いささか気抜けするような総括、というより、むしろ感想ではあるのだが、この論文のタイトル決定の(つまりヒースクリフとロチェスターを同列に並べるという)時点で、こうした結論はすでに織り込み済みのものでもあっただろう。というのも、端的にいってしまえば、そもそも『嵐が丘』と『ジェイン・エア』という作品自体がすでに大文字、あるいは小文字のロマンティック・ラヴに居場所を定め、棲み分けがなされていたと思われるからである。

## 2　揺らぎのなかのヒーロー像——ポール・エマニュエル

### 居心地の悪い「ロマンティック・ヒーロー」

『ヴィレット』のポール・エマニュエルが、読者のライフ・ストーリー（実人生）でどの程度歓迎されるかどうかはさておくとして、輝かしい二大ヒーローの間に引き出されたこの癇癪持ちの小男は、いささか場違いの感じがしないでもない。シャーロットの晩年の作『ヴィレット』は、『嵐が丘』とは当然異なり、また『ジェイン・エア』よりもさらにリアリズムを重んじた作品だと考えられている。ヒーローに関しても同様のことがいえるのだが、しかしどうだろうか。ポールにとって「ロマンティック・ヒーロー」は、高嶺の花なのだろうか。結論を先取りしていえば、彼にもまたその資格がある。しかし、それは静的なものではなく、動的な流れのなかでむしろふと立ちのぼってくる気配のようなものである（かもしれない）。ここではそうした造形のダイナミズムのなかに、二転三転するポールの「ヒーロー」像を追っていきたい。

### 「ポール」が生きているのか？　「モデル」が生きているのか？

シャーロットの男性描写は概して評判があまり芳しくない。ディヴィド・セシルの意見も同様で、たとえばシャーロットのオーソドックスなヒーロー、ドクター・ジョンは美点ばかりの退屈な寄せ集めであり、生気など感じられないと即却下される。だが、その一方で、ポールに関してだけは特別な思い入れが披歴される。セシルによれば、ポールはヒーローであるが、同時に「生きている人間」でもある。

彼女（シャーロット・ブロンテ）は真面目な人物を描くときにも失敗することがあり、特に男性の場合がそうである。……ただポール・エマニュエルにおいては、シャーロット・ブロンテは、同時に生きている人間でもあるようなヒーローを描いている。しかも彼はわざと非英雄的《アンヒロイック》な線で描かれる。ポールが物語に登場してきて三分の二以上すぎるまで、われわれは、彼がグロテスクな［特殊な型の人物表現を主眼とした］「性格役《キャラクター・パート》」であると思い込み、それ以外のものとして意図されているなどとは気づきもせずにいる。（124）

セシルがポールにみた「生きている人間」は、またレズリー・スティーヴンが、このヒーローにみたものでもあった。しかし、その方向性はまったく異なる。ここでは「ポール」は、「実在のモデル」の引き写しである、と糾弾されるのである。

……実際のところ、ポール・エマニュエルが放つあまりに強烈な個性は、別の意味からすれば、この人物にとってこの上なく深刻な難点となる。彼はブリュッセルの寄宿学校で、ある時期、講義を行っていた本物の人間である。……［ポールが文学における偉大な登場人物たるには］あまりにも一時的、偶発的なものが多すぎる――永遠的で本質的なものがあまりにも欠けすぎているのである。（733）

ヴィクトリア朝を代表する知識人、スティーヴンが一八七七年に発表したこの批評は、後々のシャーロット評価に甚大な影響を及ぼしもしたのだが、彼は、「ポール」が帯びる現実性は作家の創作ではなく、作家であるシャーロット自身の「現実」そのものであるとして、文学の殿堂から情け容赦なくこのヒーローを駆逐してしまうのである。端的にいってしまえば、セシルが、「ポール」のなかに「生きている人間」自体をみていたのに対し、このスティーヴンは「ポール」の背後に「生きている人間」、つまり実在のモデル［すなわち、エジェ］の存在を嗅ぎつけている。なるほどセシルとスティーヴン、それぞれ方向性は異なる。しかし両者とも、このヒーローになにかしら生身の人間の気配を察知してしまう、という点においては奇妙に一致するのである。

　このように二人の碩学が「生きている人間」を見透かしたポールとは、どのような人物なのか。セシルの指摘する「三分の二」以降、このヒーローに何が起こるのだろうか。たしかに物語の進行につれて彼の変貌ぶりには著しいものがみられるようになる。しかし、そうした変化は容易に定着するものではないだろう。ちなみにロラン・バルトは、登場人物の「個性《パーソナリティ》」を決定するものとして次のようなことをいっている。

> 同一の意味素が何度も同じ固有名詞を行き来し、そこに居つくかのように思われるとき、登場人物が生まれる。このように登場人物は合成の産物である。その合成は比較的安定している。……そして多かれ少なかれ複雑性を帯びている。……こうした複雑性が、登場人物の「個性」を決定する。それはちょうど料理の香りやワインの芳香の合成と同様である。固有名詞は意味素にとって磁場として働く。(67)

しかしポールの場合、「ポール」を行き来する「意味素」は同一ではない。しかもポールという「固有名詞」はそうしたものの「磁場」としてはきわめて脆弱なものでしかない。さまざまな意味が彼をすり抜ける。あるいは、それらはむしろ覆されることを前提としている。彼の正体は磁場としてあるよりはむしろ変遷のなかにある、といってもよい。形成されながらその端から崩されていく、そうしたポールのヒーロー像の形成を、これから変遷の過程を通してみていこう。

## ポールの魂胆、シャーロットの魂胆

まずストーンマンの議論に関連させて、ポールを全体像としてみれば、彼は『ジェイン・エア』のロチェスターに劣らず、オイディプス的である。ポールは、ストーンマンがロチェスターについて挙げたオイディプス的三要件、つまり経験、財力、年長、それらすべてを満たしている。ポールと出会う時点で、ルーシーは二三歳だが、ポールは四〇過ぎの設定であり、両者にはジェインとロチェスターとほぼ同様の年齢差があり、ポールはルーシーを文字通り「小さい妹《プティトゥ・サール》」(476)と呼び、かつ最終的にその「小さい妹」に学校を贈り物にするだけの財力もある。

だが、彼のオイディプス的要素は、巧妙に、そして同時に常に揺さぶりをかけられるものとしてある。彼には、ぬぐいがたい確固たる現実性ともいうべきものが付加されるからである。卑近な例を挙げれば、彼の「醜男」ぶりが再度、語られる。ロチェスターの強面《こわもて》ぶりが、青髭的、非現実的(ある種、神秘的ですらある)意味合いを帯びているのに対し、ポールの場合、俗物脇役ジネブラ・ファンショーの評価(「ゾッとするほど醜い」「こちらがヒステリーを起こすほど恐ろしい」)も交えた視点の多様化が行われ、また比喩の具体性もともなって、現実味の補強がなされる。まさしくルーシー自身いうように、今にも「爆発しそうなこの小男」(203)は、「痩せこけた頬」で「ピクピク震える大きな鼻穴」をした「厳しいお化け」(197)に他ならない。(作者シャーロットは、このヒーローの造形にかけては、おそらくかなり本気になっている。）こうしたポールのもつ確たる現実性と対置すれば、ロチェスターの「醜男」ぶりなど、恋人同士の単なる睦言（「不美人」「醜男」と面と向かって言い合えるような、むしろ第三者への排他性をも含んだ親密さの表明）にさえ思われてくるだろう。

こうしてポールは、ヒースクリフの「大ヒーロー」はいうに及ばず、ロチェスターの「小ヒーロー」からもほど遠くなっていく観があるのだが、その最たるものは、ルーシーとの関係、端的にいえば相互理解の関係のありかたであろう。それは、『ジェイン・エア』のヒロインとヒーローとの関係性とも大きく性格を異にしている。たとえば、ジェインはロチェスターに対して「わたしは小鳥ではない、人間だ」（443）と正面から抗議し、また自分たちは「対等」（256）であるという意識をもって「わたしにはあなたと同じだけの魂も心もある」（255）と叫ぶのに対して、ルーシーのヒーローに対する態度はそれとは好対照をなしている。彼女は、ポールが挑発的な、お得意の持論、つまり「知的な女性」を揶揄する毒舌にもたじろいだりはしない。

彼は「知的な女性」などというのは、「一種の不運な災害《アクシデント》」、「居場所を失くした、無用の長物」であり、「妻としても、職業人としても求められてはいない」といってのけ、ルーシーを挑発しようとするのだが、肝心の彼女といえば、そうした「反抗や異議を自分からおびきだそうとする問いかけ」には乗ろうとはしない。そんなことは自分には無関係で、「どうでもいいことだ《ジュ・ヌ・モン・スシ・パ》」（443）と軽くいなしてしまうのである。

ルーシーはポールに、ジェインのように正面切って抗議などしない。だが、それがかえって両者の立場を物語ることになろう。ポールはルーシーを挑発しようとする。ルーシーはその魂胆の裏をかく。ルーシーはポールの揶揄を超越する。さらにいえば、両者はすでに「対等」の立場にある。こうしたルーシーの一種のしたたかさは、ジェインが一八歳、ルーシーが二三歳という設定上、ごく自然ななりゆきではあろうが、それは当然ながら、作家シャーロット自身のしたたかさ、巧妙さを示すものでもある。人物創造上の作家の魂胆（と思われるもの）は、この場面におけるポールの魂胆よりよほど見極めがたい。こうして一筋縄ではいかないヒーロー像が形成されていくことになるのである。

## 3　ロマンティック・ヒーロー——その誕生と失墜

### 日常語で語る愛

ポールのヒーロー像に関して、次にポールの事実上の求愛場面を取り上げるが、シャーロットの描く求愛場面には、概して手厳しい批判がある。たとえば、前出のセシルは、ロチェスターの台詞を例に取り、シャーロットは自分自身の得意とする場面、ラヴシーンにおいてさえ、急落《ベイソス》、つまりアンチ・クライマックスを引き起こすことがあると批判している。なるほどセシルが指摘するように、三〇分もの熱烈な求愛のあとで、「貧しく、くすんでいて、ちっぽけで、美人でもないあなた」（121）の夫になりたい、などとロチェスターに突然切り出されれば、ジェインならぬ読者としては思わず苦笑《ヒイテ》してしまう他ないだろう。

だが、『ヴィレット』では、作家であるシャーロット自身が意図的に、そうしたアンチ・クライマックスを仕掛けることになる。まずは、その急落にいたる前の、クライマックス、ごく真面目な求愛場面からみていこう。場所はフォセット街、マダム・ベックの女子寄宿学校の裏に続く庭である（図14－1）。

「きみの額は、ぼくのと同じような形をし――きみの目は、ぼくのと同じようなのがわかるかい。ぼくの声の調子が、きみにもいくぶんあるのが聞き取れるかい。きみにはぼくの顔つきと似たところがたくさんあるのを知っているかい。ぼくにはこのことが全部わかっている。きっと、きみはぼくの星の下に生まれたんだ。そうさ、きみはぼくの星の下に生まれたんだよ！……」（457）

**図 14 - 1**　「フォセット街の庭」（1884）『ヴィレット』挿絵
（出典：Charlotte Brontë. *Villette.* 1853；Smith, Elder, & Co., 1884）

このポールの台詞は、たとえば、いま一人のヒーロー、ロチェスターが語る愛の台詞とは大いに異なっている。「二人の体のどこかには、お互いを結びつけている糸があり、別離でそれが引きちぎられ血を流す」（254）といったロチェスターの囁く非日常的な、そして（それが上質なものであるか否かは別にして）詩を思わせるような表現は、ここにはない。ましてや大ヒーロー、ヒースクリフに対するキャサリンのあの有名な愛の表現、"I *am* Heathcliff." の輝きには遠く及ばない。前述したようにストーンマンは、この台詞をキャサリンの未熟な原初的愛の表出として捉えているが、これを一種の「詩」として読むことも当然、可能であろう。だが、そうしたヒースクリフを取り巻く、詩のメタファーとも見紛う言葉は、『ヴィレット』のヒーローの唇を通すと、平板といえば平板な日常語に移し替えられる。

しかし、どうだろうか。いかにも慎ましやかなポールのこの台詞もまた、効果としては、キャサリンの「詩」にも相通じるものをもっているのではないだろうか。ルーシーとは「似た者同士である」ということの発見と、それを相手のルーシーにも確認すること、そうした日常語、日常の些事もまた、このコンテクストのなかにおかれてみれば、一種のメタファーとなり、雄弁な（とまではいえぬにしても、少なくとも相手に、そして読者にとっても読取り可能な）愛の告白として機能するからである。

## ポールはバイロンか

さらにシャーロットは、このヒーローの求愛場面に厳粛性を織り込むために、手の込んだ細工をしている。ゴシックである。『ヴィレット』では、わざわざ「真実の地味な織物」（563）を目指す、という、作家自身の決意めいた表明があるのだが、逆にいえば、そうした表明が必要なほど、この作品はゴシック色が濃厚である。たとえば同時代作家のジョージ・エリオットもまた、この作品に「なにかしら超自然的なもの」（"something almost prenatural"）（一八五三年二月一五日付）（Eliot, *Letters* 87）を読み取っている。『ヴィレット』は、ストーンマンの言葉を待つまでもなく、『ジェイン・エア』よりさらに写実的な作品であるはずだが、ゴシック性に関していえば、それは精神のさらに深層に入り込んだ「ニュー・ゴシック」（Heilman 118）であり、主人公ルーシーと、ヒーローであるポールとの関係にも微妙に関わってくる。

作者はヒーローの求愛のさなかに修道女の「幽霊」、という超自然を出現させて、ポールに、ルーシーとともにそれを共視——つまりは、sense の共有、あるいはむしろ、まさしくハイルマンのいう「sensibility の共有」（128）——をさせることにより、彼に自らの求愛の正当性を確認させる。この超自然的存在の介入により、日常語によるポールの求愛の言葉は、厳粛さを帯び、それは、ついには "I *am*

Heathcliff.” の高みさえ、獲得するかのようにみえはじめるのである。

「……ぼくは、明らかになにかあるものを一度ならず見たことがある。そしてその修道院風の衣装は、見るからに奇妙で、他のだれに対してよりもぼくに多くを語っていた。修道女！」
「ムッシュ、わたしもまた見たことがあります」
「その修道女が生身の体をもっていようと、あるいは、血が干からび、肉が朽ち果てたあとのなにか遺物であるとしても、おそらく彼女はぼく同様、きみにも用があって現れているんだ。……」(457)

超自然の存在を介在させて、二人の結びつきは厳粛性を確保し頂点へと高まっていく。この場面は、いかにも絵画的である。たとえば、それはまさにドイツ・ロマン派画家、カスパー・ダーヴィト・フリードリヒの「月を眺める男と女」に重ね合わすことすらできるだろう。フリードリヒの絵画では、険しい山岳風景が描かれ、高山がもたらす浄化作用が大気を鎮め、静謐があたりを満たす状況のなかで、闇に包まれた恋人らしきこの男女は寄り添っている。(フリードリヒの作品の多くがそうであるように、これらの人物もまた) 見る者には背を向けて、はるかな月にひたすら視線を注いでいる。この油彩画では、二人は互いに向き合うことはないのだが、ともに月をひたすら共視するという行為によって、むしろ互いの感情に幽かな流動が生じている気配がある。心が通い合い、しっかり結びあわされていく、一種の情感の流れのようなものが感じられるのである (図14-2)。

天空のかなたで煌々と冴え渡るフリードリヒの月にかわって、『ヴィレット』では、二人は超自然の「幽霊」を共視しているのだが、この場面は、ロマン派絵画の極致をも髣髴させる。ポールはヒーロー

**図 14－2**　「月を眺める男と女」(c. 1824)
カスパー・ダーヴィト・フリードリッヒ画

(出典：ベルリン・ナショナル・ギャラリー所蔵。Norbert Wolf. *Caspar David Friedrich*. Köln：Taschen, 2007)

としてヒースクリフの位置にまで一気に引き上げられる。しかもこの絵画（ヴァーチャル・テクスト）的読みは、前述した語り（ナラティヴ・テクスト）の読みをさえ、逆戻りして再検討したい気持ちに読者を誘うだろう。

ポールのあの求愛の台詞に関していえば、たとえば以下の台詞はどうだろう。

> あのひとの顔立ちはおれそっくり。眼も、
> 髪も、目鼻立ちも、すべてが、声音の
> ひびきそのものまで、あれと生き写しといわれた。
> （小川訳 47）

これは、ポールの台詞ではない。バイロンの劇詩「マンフレッド」におけるロマンティック・ヒーローの最たる者、マンフレッドの悲嘆の言葉である。マンフレッドと恋人アスターティの悲恋は、バイロン自身とオーガスタ（バイロンの異母姉）との現実、つまり許されざる不倫の愛、まさしく「手の届かぬ愛」を思わせるのだが、このマンフレッドの台詞のみを字義通りにとってみれば、前述のポールの紡ぎ出した言葉は、平凡な日常性どころか、むしろバイロンのこの熱烈な大ヒーローの想いとも重なってくるであろう。

### 壮大なる失墜

ポールの大ヒーロー化には、さらにだめ押しがある。そうした愛する者同士は、ここで超自然「誕生」の目撃者ともなるのである。木の葉を切り裂く激しい振動、陣痛の身もだえの果てに暗い幹から誕生する森の精とも見紛うなにものかの「誕生」――「それは共視している男女にとっても象徴的な『誕生』、つまり新しい関係性の誕生になる」（Soya 20）はずのものであり、また「ヒーロー」の観点からしても、大ヒーローとしてのポールの誕生をさらにいっそう補強する展開にもなりえたであろう。

しかし、シャーロットのこのヒーローへの（おそらくは）思い入れはこれよりさらに深い。深く、巧緻である。「幽霊」の正体の種明かしによって、すべての輝きは一瞬にして反古にされる。ヒーローたちが共視した「森の精の誕生」とは、実は、尼僧に変装した軽薄な俗物、アマル伯爵が誤って木から墜落しただけのことでしかなかった。ドタバタ喜劇さえ思わせる没日常性、手の内が明かされる。作家のこの意図的なアンチ・クライマックスが暴露するのは脇役アマルの無様《ぶざま》な墜落であるが、それはまたポールの「ロマンティック・ヒーロー」からの失墜をも意味することになるのである。

## 4　ロマンティック・ヒーロー――「手の届かぬ者」であれかし

### 「今は、もっと愛している」

このように、求愛という一場面においてさえ、ポールのヒーロー像は二転、三転するのだが、結末に至り、ポールはまたもや別の一つのヒーロー像を獲得することになる。ポールはルーシーとの再会を目前にして船の難破により、その死が暗示される。だが、ここで作者は突然、ペンをおいてしまう。「ここで休もう。ただちに休むのだ。……陽光のような想像力には希望を残そう。……それらには、結婚とその後の幸せな人生を思い描かせておこう」(596)。

あまりにも唐突な終結、しかし、この語りが、その直前に語られていたルーシーの台詞の謎に対する鍵となろう。ポールのヒーロー性は、他ならぬルーシーの台詞そのもののなかに予め存在していたことが判明するのである。「彼が去っていったとき、わたしは彼を愛していると思った。今は、もっと愛している。彼はもっとわたし自身のものとなっている」(595)。『ヴィレット』におけるヒーローは、「手が届かない」という属性を確保する。つまりポールはロマンティック・ラヴの範疇に入る存在になり、彼自身がロマンティック・ヒーローとならないまでも、男女を入れ替えた形で、ロマンティック・ラヴの対象となることが可能となるのである。

「手の届かぬ恋人」に関して、ストーンマンはヒースクリフを論じる際にアテイラ・スタインの論文から引用している。「恋人が手の届かない存在であるかぎり、その恋人は、自分のどんな理想像にもなりえる」のだが、その理由は、ロマンティック・ヒーローが求める相手が「[ギルバートとグーバーが指摘するように]自分の理想への憧れを映し出してくれる存在」(Stein 190) たりえるからである。さらにストーンマンは、恋愛神話と結婚との軋轢を論じるデニ・ドゥ・ルージェモンの言葉も引用している。「恋の対象とは、手の届かない者である。すなわち、恋人を得ることとは恋人を失うことである」(116)。非常に逆説的に響きはするが、これは同時に真実でもある。ストーンマンの論文での引用はわずかにこの箇所のみだが、ルージェモンの議論は示唆に富むので、この結論にいたるまでを少し紹介すれば、ルージェモンは、結婚後（つまり、追い求める獲物を得てしまった後）も恋の渇望は可能かと問題提起して、「恋人を自分のものにしたいという渇望は、恋人を所有すること自体よりも、はるかに大きな喜びを与えるものである」(284)としている。さきほどの「恋人を得ることは恋人を失うことである」という結論が引き出されるのは、こうした観察によるのだが、ことほどさように恋愛においては「手の届かない」ということが最重要課題、必須条件となる。

　ストーンマンがそうした先行研究の引用を必要としたのは、まさにヒースクリフの「ロマンティック・ラヴ有資格者」ぶりを証明するためであったろうが、これらはまたポールの場合にも有効に機能する。彼もまた「自分のものとはならない」、「手の届かない」といった属性を獲得し、ロマンティック・ラヴの条件を優に満たすことになるからである。彼自身の死(かもしれないもの)の手柄である。それはルーシーの "I love him now in another degree." という言葉を引き出すことになる。さらに彼が死んだかどうか、その真実は作者によって宙づりにされるため、なおのこと読者にとってポールはいっそう強烈に、手の届かぬ存在となる。ポールの求愛の言葉が(一見)いかにも散文的に読めながらも、変容の可能性を大きくはらんでいたように、ルーシーのこの台詞もまた、それを取り巻く、いわば〈状況〉が、ルーシーの言葉の精神を変貌させる。

　たとえばルーシー自身、舞台で迫力ある演技で観客を瞠目させた後、「台本にある台詞の言葉は変えないで、わたしは大胆不敵にも役の精神《スピリット》のほうを変えてしまった」(210)と漏らす場面があるが、ポールに対するルーシーのこの謎めいた愛の告白においても、いわばその言葉の精神が変容させられる。突然のヒーローの「空白」の後に仕掛けられた「今は、もっと愛している」――「愛している」("love")、その現在形が意味を帯びはじめるのである。

「だが、ここで休もう」

ポールの「ヒーロー」像の二転三転する変容が可能であるのは、いうまでもなく作家シャーロットのしたたかさ、巧妙さゆえである。ポールはまさしくシャーロットの仕掛ける遠近運動のなかで、ちょうどセシルの指摘するように「ヒーロー」であるのみならず、「生きている人間」ともなりうる。ヒースクリフとロチェスターという壮大なヒーローの二項に、第三項目のヒーローとして試験的に仲間入りさせてみたポールではあるが、彼は、大文字、小文字のヒーローとつかず離れずの関係を保ちながら、かつ、（逆説的に響くかもしれないが）「非英雄的なヒーロー」としての存在をも確保している変貌自在な、紛れもないシャーロットのヒーローである。隠れロマンティック・ヒーローといってもよい。そしてストーンマンの論文における両ヒーローに劣らぬ存在感を発揮する、「生きている人間」でもあるのだ。

伝記は六つか七つの自分《セルフ》を描けば十分だと考えられているが、人には優に数千もの自分があるといってもよい。（278）

スティーヴンの娘であるヴァージニア・ウルフの観察である。それではヒーローそのもののなかであれ、あるいはその背後であれ、そしてまた、賛美としてであれ、あるいは批判としてであれ、「現実の人間」が透けてみえる「ポール」には、いくつの「自分《セルフ》」があるのだろう。当然、「数千」ではない。（彼は登場人物であり、生身の人間ではない。）しかし、そう断言した端から、今いったばかりのことを取り消してみたくもなる。ひょっとすれば、彼には「数千」、あるいはそれ以上の「自分《セルフ》」さえあるかもしれない。というのも、ポールのヒーロー像としての二転、三転する変容――シャーロットの作家としての技巧、つまり彼女の自在な遠近運動ゆえに可能となった変容のメカニズム——それがこの登場人物を「生かして」いる、生かし続けているとも思われてくるからである。『ヴィレット』には文学の「永続性」、「本質」といったものが圧倒的に不足している、とスティーヴンは指摘した。しかし、もしかすれば、シャーロットの場合、この作家が繰り出す「ポール」の変容から変容へのダイナミズム、そのあわいに読者がふと察知するもの、それがあるいは文学の「本質」と深く関わっている可能性もある。

だが、「ここで休もう。ただちに休むのだ」——ちょうど『ヴィレット』の結末でシャーロットがしたように。というのも、シャーロット自身、ふと本音を漏らしているからである。「その問題はあるがままにそっとしておこう」——。

シャーロットは、『ヴィレット』の結末に関して本当のところを知りたいとせがむ、手の焼ける読者への対処法をふと洩らしている。

［明確な結末を「要求」する読者に対して］その問題はあるがままにそっとしておきなさい、といったような内容の返事をすでにお送りしております。そのちょっとした謎がご婦人がたを楽しませているのですから、種明かしでその興《きょう》（sport）をそぐなんて酷というものですわ。（23 March 1853, *LCB* III 139）

シャーロットのいう『ヴィレット』の結末のみならず、この作品のヒーローの存在自体も、読者にとっては、あるいはまた謎を残しておくべき貴重な“sport”であるのかもしれない。

＊　本章は、シンポジウムにおける口頭発表「Patsy Stoneman, "Rochester and Heathcliff as Romantic Heroes" を読む」の議論を大幅に発展させたものである。

## 注

（1）　ポールに関しては、以前このストーンマンと同じ英国『ブロンテ・スタディーズ』掲載の拙論（ゴシックをテーマとした『ヴィレット』論）（二〇〇三）で部分的に言及したことがあるが、今回はストーンマンの「ロマンティック・ヒーロー」論に関連させて、ポールを「ロマンティック・ヒーロー」の俎上にのせ、議論を発展させている。

## 引用文献

Barthes, Roland. *S/Z*. Trans. Richard Miller. New York : Hill and Wang, 1974.
Brontë, Charlotte. *Villette*. Ed. Mark Lilly, Intro. Tony Tanner. London : Penguin, 1989.
Brontë, Charlotte. *Jane Eyre*. Ed. and Intro. Margaret Smith. Oxford : Oxford UP, 1991.
Brontë, Charlotte. *The Letters of Charlotte Brontë*. 3vols. Ed. Margaret Smith. Oxford : Clarendon, 1995, 2000, 2004.
　本章では *LCB* と略記。
Byron, George Gordon. *Lord Byron : The Complete Poetical Works*. vol. 4. Ed. Jerome J. McGann. New York : Oxford UP, 1992.
Cecil, David. *Early Victorian Novelists*. London : Constable, 1966.
De Rougemont, Denis. *Love in the Western World*. Trans. Montgomery Belgion. New York : Schocken Books, 1983.
Eliot, George. *The George Eliot Letters*. vol. 2. Ed. Gordon S. Haight. New Haven : Yale UP, 1954.
Heilman, Robert B. "Charlotte Brontë's 'New Gothic'." *From Jane Austen to Joseph Conrad*. Ed. R. C. Rathburn. Minneapolis : U of Minnesota P, 1958.

Stein, Atara. "'I Loved Her and Destroyed Her': Love and Narcissism in Byron's *Manfred.*" *Philological Quarterly* 69 (1990): 189-215.
Stephen, Leslie. "Hours in a Library: No. 17.—Charlotte Brontë." *The Cornhill Magazine* 36. London: Smith Elder, 1877.
Stoneman, Patsy. Introduction. *Wuthering Heights* by Emily Brontë. Oxford: Oxford UP, 1998. vii-xxxvi.
Stoneman, Patsy. "Rochester and Heathcliff as Romantic Heroes." *Brontë Studies: The Journal of the Brontë Society* 36-1 (2011): 111-118.
Soya, Michiko. "*Villette*: Gothic Literature and the 'Homely Web of Truth.'" *Brontë Studies* 28-1 (2003): 15-24.
Woolf, Virginia. *Orlando. A Biography.* London: Hogarth, 1928.
バイロン、ジョージ・ゴードン『マンフレッド』小川和夫訳、岩波書店、一九九〇。

# 第15章　アーサー・ハンティンドン『ワイルドフェル館の住人』

――英国紳士の言い分――

植松みどり

近代市民社会と時を同じくして出現し成熟していった英国小説のストーリーは最終目標、結婚にたどり着いた女の子とともに完成することが多い。だが、アン・ブロンテの『ワイルドフェル館の住人』[1]においては、結婚のあとの夫と妻の関係が、妻の日記という形で一方的に語られ、夫アーサー・ハンティンドンとの結婚生活が克明に記録されている。一方、夫の側からのこの結婚生活の実情は述べられていない。だが、その時代の現実は登場人物のヒロインの言い分ばかりではないことは、現代の読者にとっても容易に想像できよう。それとも作者はヒロインの言い分すべてに共感して、アーサーというひどい男を告発しているのだろうか。

この著書の二刷には作者からの序文がつけられ、そこでしばしば言及される文言「わたしは『真実(truth)』を語りたい[2]」と、著者アン・ブロンテの小説家としての姿勢が強調されている。悪の「人物を描写するとき、そうあるだろう姿ではなく、本当にある姿を書くことの方がよいと確信している」(iii)と述べ、この作品の登場人物アーサー・ハンティンドンがひどい人物であるとの言を付け加えることも著者は忘れない。

## 1　小説家の真実

### 時代の真実

では、小説家の「真実」とはなんであろうか。「本当にある姿を語る」とはどういうことなのか。ありのままの姿ということは、この作品の場合ヒロインの視点からする「ありのまま」なのか、それともその時代に存在した男のありのままの姿を写実したものなのか。『ワイルドフェル館の住人』における男たちの姿を見るとき、現実そのものでありながらさすがに同時代の人々が書き綴ることのできなかった事実をアンは意識して書いているのかもしれないという気になる。一方、当事者であるヒロイン、ヘレンの日記によって暴露されている現実は、ヘレンの一方的な夫への告発ではないかという疑問も生じてくる。さらにその日記を受け、読者へ報告するギルバートはヘレンを女神のように崇めているので、読者はそのままヘレンの夫アーサー・ハンティンドンが現実離れしたひどい男であるとの印象を受ける。少なくとも極端な悪の男の存在を示し、ヘレンのような無垢な「女の子を守ろう」とアンは述べているのだから。「好ましくない真実を書くのが義務だと思っている」(iii)。その時代が隠したい現実は、同時代の許容を超えるのであえて道徳を教えるために誇張したといい、「本当のこと」を書いているのをわざと作者が隠しているのかもしれない。シャーロット・ブロンテは、アンが「他の人の警告のためにすべての詳細（もちろん小説の登場人物、出来事、状況）を再現する義務を感じ、正直に語らねばならない。強調したり、和らげたり、隠したりしてはならない」と考えていると述べている(3)。

### 記憶の場

小説が時代の証人となることを示すのがアン・ブロンテの目的ならば、『ワイルドフェル館の住人』においては、同時代の「記憶の場」(4)が何よりも、その状況、出来事ではなく、この登場人物の造形のなかに存在すると考えられよう。その時代の人たちが何か口にするのをためらっている現実がここに描き出され、アン自身が極端な例であると断って当時の実態をこの小説にあぶりださせているのだろうか。著者本人が時代を正直に書いているので、「アンは、エミリよりもシャーロットよりも〃勇敢〃である」(Sinclair 47-48)。

そして、極端なひどい男であると宣言することが、実はその時代によくいた普通の男を提示する作者の巧妙なトリックだとすれば、デレク・スタンフォードのいう「道徳的リアリスト」(5)にアンはとどまらない。「記録や報道を超えて普遍性を有する芸術」――人が見たくない「真実」、隠したい「現実」、その時代の実相をその時代から反発を受けないように意識し創り上げた作者の力量が見えてくる。『ワイルドフェル館の住人』のなかにこのように「記憶の場」が存在するとしたら、アンの文学の意味も倍加するだろう。

## 2　結婚――妻と夫

### ヘレンという人

ヒロイン、ヘレンが少女のころに出会ったアーサー・ハンティンドンと、伯母の大反対にあいながら結婚した新妻時代、夫の不在に耐えるさびしい妻、出産、子育てに追われる若い母、夫と悪友たちのハチャメチャな遊興、夫の不倫を経験しながらカントリー・ハウスで客人たちをもてなす令夫人、夫に顧みられないときに言い寄る男たち、夫のさらなる悪行、乱痴気騒ぎ、夫の不倫に耐えかね、子どもの教育のためにと家出を決行した美しき隠遁者、ヘレン・ハンティンドン（グレアム夫人）が、現実を記憶するという小説の世界では、決してこの世から遊離した非の打ちどころのない天使であるはずがないという暗黙の了解がある。

アーサーにとってヘレンとはどんな娘、妻、母親なのだろうか。どんな女なのだろうか。アーサー・ハンティンドンはヘレンが述べるままのこんなにひどい男なのだろうか。冒頭、ヘレンの人となりが、彼女が隠れ住む館の周辺の村人たちから寄せられている。ごく平凡な彼らの評は、ヘレンの実態をついているのではないだろうか。それに対応するアーサーの言動を読み、読者の想像力を用いてさらに深く探ると、当時の夫の言い分、英国紳士の言い分が現れ出てくると思われる。

村の若き農場主ギルバート・マーカスは彼女の美しさに見とれてもその冷たさに「……ぼくの趣味からすると、頑なすぎて、厳しすぎ、激しすぎる」（傍点は引用者、以下同）（52）と批判的であった。村の女たちにとってはさらに彼女は評判がよくない。人を寄せ付けない厳しさのうえに、たとえば子どもの教育に関する自己主張、頑なさを女たちはすぐにみてとる。そのうえ、ただの未亡人ではなく夫を捨てて、恋人との逃避に走ったふしだらな女、社会的にはとうてい許されない女であるなどの噂話が立つ。

誤解を解くためにヘレンはギルバートにこれまでのいきさつを語る日記を渡す。その中で彼女の夫アーサーも村人と同じようにヘレンの欠点を指摘している。結婚生活がうまくいかない原因としてヘレンの特徴に強い自己主張、情熱的で、強情、過激、教条的、狂信的な宗教心、自信過剰、傲慢さが指摘されている。

## ヘレンの頑なさ・厳しさ

ギルバートの母親は男子教育に対するヘレンの頑なさ、間違いを指摘、男の子を過保護に育てる弊害をたしなめる。息子に「アルコール」を過度に禁じるその激しさに異を唱える。グレアム夫人はこれに対し「誘惑に負けないところにいけるまで、手を取ってやる」ことが義務だと信じ毅然と反論する。階層および階級の差はあっても村人たちの意見は当時の一般的なものであろう。

同様、ギルバートの母が述べる好もしい夫と妻の役目は、ヘレンたちとは正反対の像を語る。「おまえは、自分のつとめを果たし、奥さんは、もしおまえにふさわしい人であれば、彼女のつとめをはたすだろう。おまえが思い通りにふるまうことがおまえのつとめ、そうさせるのが妻のつとめなんだからね」(72)。当時の一般的な妻の役目は夫に盲目的に従うことだと述べている。

だが、ヘレンにとっては「神の意向」「自分の思い」が第一である。夫の不正は正さなくてはならない。これは、夫にとっては不愉快なことである。「ぼくは女に指図されたくない」(331)と夫は主張する。あまりにも頑ななヘレンの態度には、あながち彼女が理想的な女、妻、母として描かれてはいないことがうかがえる。

「狂信的」と夫は批判するが、ヘレンにとっては「神の思し召し」のままにというキリスト教徒の純粋な原理に従っている。神に恥じない振る舞いを自分にも相手にも求め、夫を矯正する使命感に燃え、子どもを教育する責任感を主張するヘレンの姿に夫はいらつく。これら自体は非難することができない女の役目なのだが、それを過剰に信じ込み修正に走る自信に満ちた女の姿がヘレンのなかに描かれている。これは生身の人間にとってはどれほどの真実があるのだろうか。その時代に生きた男アーサーにだって言い分がある。

徹底的に夫の非を追求し、そのように育てたアーサーの母親がしたことを矯正するのが神の思し召しなのだとヘレンは主張し、夫の行動の、特に、飲酒と賭け事に関して容赦のない弾劾を行う。「あの人のお母さんのしたことを妻がなおしていく」（244）。あの人を悪徳から救うのは喜び、神が自分を遣わしたと述べる言葉の極端さはいたるところにちりばめられている。

### ヘレンの激しさ

ヘレンについてその激しさは目に余るものである。情熱的な女の子ヘレンは偶然出会ったかっこいい若者アーサー・ハンティンドンに夢中、保護者である叔母からの忠告を受け付けない。彼の怪しさに多少は気付いていても、自分の価値判断に自信を持っているヘレンは、自分をとても愛し、また財産などを目当てにしない潔いアーサーを矯正すれば立派になると信じている。「間違いを犯しているとしても、それはただ若者にありがちなこと」（206）と、ごく普通の男であるとしている。ヘレンのプライドと思い込みの激しさはその気質の特徴である。夫の若いときの間違い、彼の母親の教育、友人たちの悪影響のせいで起きる放蕩を直す役目を自分は負うている。全身全霊をかけて彼を救うのだ、「内心の本能がわたしは正しいと断言している」（210）。「万一彼の罪を憎んでもわたしは罪びとは愛するの」（207）と主張する。この自信にはかえって不安な要素すら感じられる。一方、「彼はわたしをこよなくかわいがってくれる」（281）に付け加え、わたしにはそれを燃え続けさせる力があると、アーサーがヘレンを愛していることも繰り返され、彼が極悪非道の人間ではないことが巧妙に作者からも提示されている。

一方、ヘレンの言動の過激さ、直情はその恋の最中にも周到に作者から描かれ、ヘレンの言い分のみを信じることの危険性を読者は警告されている。ヘレンはこっそりと描いた彼の肖像画をみつけられ、自分の恋心を知られはずかしく、その証拠を示す絵を「二つに裂き火の中に投げ入れ」(222) 燃やしてしまう。

ヘレンの激しさは、さらに自分の子どもの飲酒を直す方法にも示されている。「アルコール飲料から来る、完璧な嘔吐感を彼に与えることに成功した。――どのグラスにもこっそりと少量の吐酒石をいれた」(527)。そしてもし教育に成功しなかったら、「わたしたちの計画がいかに台無しにされたか……この子は生まれてこなければよかった」(524) とまで、堂々と言い切るヘレンの姿は異様である。矯正できないならばそんな子はいらないとさえ言いきる。普通の母親なら抱かないような激しい思いを宗教心にたくして述べている。

> 「もし彼が生きてわたしの希望を打ち砕き、あらゆるわたしの努力を台無しにするのであれば――罪の奴隷となり、悪徳と悲惨さの犠牲になり、他人も自分も呪うようになるのなら……いまわたしから彼を引き離し、まだ彼に罪がなく、穢れのない子羊のうちに、わたしの胸からあなたさまの胸におつれくださいまし」(338)

アーサーにはアーサーの言い分がある。それが当時の勝手な紳士の言い分であっても、紳士階級の男の言い訳は、その時代の社会と時代にサポートされている。たとえ、宗教的にはヘレンの言い分が正しくとも。

## 夫、アーサー

「ぼくに対して弱い者いじめしようとして、ぼくを脅し、攻め立て、追剝よりもひどいと言っている！　……ぼくは女に指図はされたくない、たとえぼくの妻であっても」（331）。

非難することのできないヘレンの直情型の情熱は、夫アーサーには常に煩わしい。従順な妻としておさまっていてほしいのである。立派な教育者として自分の上に立ってほしくなどない。アーサーは弱みを見せたくないし、妻は夫の「欠点に目をつぶることはできない」（257）。「彼は悪い夫ではないが、結婚の義務や安らぎに対する彼の見解がわたしのそれと異なるのだ」（344）。「あなたがしたことが悪かったといわせてみるわ」（363）と、妻はあくまでも強気だ。

ヘレンは自分の思いに忠実に愛しすぎたのかもしれない。夫には疎ましい。「あふれる涙も不思議なほどに感動的だ。けれどもあまりたびたびその手をつかうと……うんざりさせる」（367）とアーサーは彼女の涙に感じないような冷酷な男とも妻から描写される。だが、夫にも言い分はある。結婚によって友人たちの仲間を捨てた。おまえへの愛と引き換えに。だからおまえは、愛してくれるだろうな。結婚することで「ぼくが最初に愉快な友人との仲間関係を壊した」（254）のだから。いつまでも悪友の男たちと自由に遊びたい、大人になれないアーサーの気持ちが妻には理解できない。夫アーサーを取り巻く悪友たちは、狩猟のシーズンになると紳士の館に集まってくるか、妻を遺棄してロンドンに行ってしまう夫と自堕落な生活を送る。このようなことすべては当時の男たちの間では普通のことだが、ヘレンにとっては立派な家庭を作ることを邪魔するものである。自分たちだけを見つめてほしい。

友人との乱痴気騒ぎ、暴力沙汰などはとどまるところを知らないが、彼らにとってはそれこそ、青春、若さ、男の活気なのである。当然ヘレンは見過ごすことはできない。交友についてヘレンが忠告したのは友人の堕落を笑わないでという至極まっとうなことである。これに対して自分で対処しなければいけないのが男なので、誘惑されようがどうしようが自分の意志の薄弱さを恥じるべきだというのがアーサーの言い分である。

## 夫の悪徳

賭け事を無理強いするグリムズビーのロウバラ卿に対する仕業を楽しみ、借金の苦しさから酒に狂いアヘンにまで手を出す彼をさらに悪行へと誘惑しようとする夫の態度にヘレンは憤る。酒、ブランディー、ワインと極度の飲酒にふけり、だがどうにか立ち直ろうとする卿の努力、苦闘をせせら笑う彼らに耐えられない。アーサーに言わせればそれはすべて卿の弱さであり、自分は領地を博打にかけるようなばかなことはしない。借金だって妻ヘレンの持参金その他で少しずつ返していけるぐらいのものだ、何も責められることではない。

一方、ヘレン自身は自分は間違っていない、神が定める運命を歩むのだと強調する。夫はこのような自信過剰の妻にへきえきし、自分には自分の言い分があるし役目はきちんと果しているという思いである。ヘレンの根本は、「わたしはペットでいるよりも、パートナーでいたい」(281) ということであるが、このようなことをアーサーは望まない。望まないのが普通の紳士階級の男であるのは、ミリッセントと結婚したハタズリーがしめしている。彼と比べれば、アーサーはどこも悪くはない。それなりに妻を愛し、満足させ、意図して暴力を振るったこともない。妻の自信過剰の善良さについていけず、ヘレンは夫を信じられないからますます恐怖が募る。純粋そのものの妻をもてあましているごく普通の夫であるのにというのが夫の言い分である。

**妻の遺棄**

グラスデイル・マナーでの日々に夫は飽き、紳士階級の男の常、都会に行ってしまう。最初は妻を同行したが煩わしい。以後、同行をせがむ妻をおいてロンドンに仕事と称し長滞在。手紙のやり取りはしているし、約束は守られなくとも適当なときには戻ってくる。子どもを連れてはいけないと単独行だ。妻は何か月も遺棄されたような状況で、地元でさびしく過ごすが「長いこと不在であればあるほど、帰ってきたときにいっそう愛する」(308)のだからいいではないかというのが夫の言い分である。何も責められることではない。

ヘレンが夫の行状をたしなめるたびに、夫は「冷たい」、「頑固」とののしる。ヘレンが宗教でもある純な生き方を厳しく主張するかぎり、夫と妻の食い違いは埋められない。「ぼくはきみにあまり満足していないよ」(283)、「宗教的すぎるんだ——女の信心が夫への献身を減じるようなものであってはいけない」(283)、「神への嫉妬を焼かせるほど没頭」(284)、「きみのいうことはみな文句がつけられない真実」(286)。「ぼくにどうしてほしいんだ」と問う夫に妻は「誘惑に強くなってほしい」(287)と言い続ける。彼は挑発するように口にする。ヘレンの「冷酷な無関心」「わたしの異常で女らしくない態度が、彼をそこへ追いやるのだといっている。しまいには彼は破滅するだろうが、それはすべてわたしのせいなのだという」(459)。

**夫の不誠実、不倫**

アナベラ・ロウバラ卿夫人との戯れを、ヘレンは嫌悪する。「ぼくが誰かのこと考えたって、たぶんきみはそれを許すだろう。……それは、気まぐれにすぎない。きみへの愛は、しっかりと永遠に、太陽のように燃えている」(329) と夫。「あまりの厳しさできみから追い払われない限り」(332)。アナベラとの不倫だっていっときのこと、家庭生活に不満を持つ同士、共通の楽しみを追うのがなぜ悪いのだ。また、ロウバラ卿に対するアナベラのかげ口をアーサーから聞き、それを卿に伝えるべきだと主張するヘレンに、アーサーはアナベラの信頼を裏切ることはできないという。ヘレンはこのような不誠実な夫の態度を許すことができない。あくまでも不正は正すというヘレンと、余計なことはしないといういい加減な男との差は縮まらない。ロウバラ卿に不誠実なアナベラのことを忠告するべきだといさめるヘレンに、アーサーは、そんなおせっかいなことはできない、「じゃ彼女の計画も期待もすっかり台無しにしろっていうの。そんなの信頼の裏切りだ」(275)。またアナベラと夫の破廉恥な行動に対して妻が激しく怒るとき、夫は妻に問う。「結局のところ、ぼくは何をしたんだ。何にもなかったんだ。――きみがそれを非難や悲嘆の種にしようとしなければね」(330)。罰せられることは何もしていない。騒ぎ立てる妻の方が異常ではないかと。

## 暴力と虐待

アーサーの非道の一つに暴力があげられる。だが、実際にそれほどの暴力を彼はふるっていない。「彼は、痛烈な一撃でコッカースパニエル犬、ダッシュを追い払った。……さっと重い本をつかむと、犬の顔めがけてほうり投げた」。「……でも、たぶんわたしに向けてしたかったのでしょう」(295) と彼女が考えたとしても。実際は犬に投げたものが妻に当たり、彼女はかなりひどいすり傷をおったが、ハタズリーのようなミリッセントへの暴力虐待とはまったく異なっている (394)。夫として法的に許されない範囲の虐待など行ってはいない。夫が「別居の法的根拠」を与えない (186-187) と慎重だった『嵐が丘』のヒースクリフが発作的にふるった顔に傷が残るほどの、「悪魔のような慎重さ」(187)を忘れた暴力や、「七色に顔が変わるもの」(145)[6]とはまったく異なる。夫を信じられないからますます不信は募るのだが、夫の方も妻に対して不信が募る一方である。「この女はぼくを殺してしまう、彼女の鋭い感情と珍しいほどの強い性格でね」(363)。その一方、妻は夫のことをかばうこともある。「わたしが当惑したのは、夫のためというよりもわたしのためだったのかどうか、――それは、彼とわたしは一体だからであり、そのようにわたしを彼と同一視しているので、堕落、弱点、道ならぬ行為をわがことのように感じるからである」(370)と。

結局アーサー・ハンティンドンの場合、辛うじて「別居」の根拠になるものはアナベラとの戯れと不倫、また住み込み家庭教師との関係だ。ヘレンがいなくなっても「だれか別の人がそこにすわる」(553)のような夫の言葉による精神的虐待は根拠にはならない。ヘレンが堂々と別居を主張し続けられないのは、当時の社会ではイザベラ(彼女もひそかに姿を隠していたが)ほどの根拠もないからだ。

### 子どもへの嫉妬

同時代の理想的な家族の絵に、父親と母親とかわいい子どもの関係が描かれている(図15-1)。だが、アーサーは、妻の愛情が子どもに向けられていることを嫉妬し、現実には子どもが決して理想的な夫婦のかすがいにならないことが示されている。「立派な跡取りになることをのぞんでいる」(339)子どもへのやきもちはヘレンを凍らせる。恋人同士のような関係を楽しんできた若い夫婦の生まれてきた子どもへのやきもちは、どの時代にも起こりうる家庭の小さな悲劇、もしくはコメディーである。父親が叫ぶ。「そんなちっちゃな感覚もない、恩知らずのしゃべりもしないやつ」「愛せないんだ――どうやって愛する?」(342)。妻は夫を育てるのと同じに子どもを立派な相続人に育てあげる使命感に燃えているだけなのだ。未熟な若い夫は自分の方を優先して愛し面倒を見てほしい。その何が悪いのかと、新しい家族の構成にとまどっている。こんな夫を妻は激しく嫌悪する。また、夫の子どもを甘やかす無責任な育児態度を許すことができない。

「わたしの幼いアーサーは彼の膝の間に立って、彼の指に光るルビーの指輪を嬉しそうにもてあそんでいた。あの汚れた影響から息子を救い出すのだという、どうにもならない衝動に駆られて、わたしは彼を両腕に抱き上げて、部屋から連れ出した」(462)

**図15-1**　「幸福」

19世紀核家族の意識が高まっていった。当時，子どもを育てる幸せな家族像ができあがり，宣伝されていた。

(出典：Joanne Bailey. *Parenting in England: 1760-1830*. Oxford UP, 2013)

母親のこの激しさは子どもにも伝わり、子どもは父親を慕う。「わたしのちいさな愛する者が、わたしよりも彼の方を必要とするなんてつらいことである」(463)。「もちろん子どもは見かけが楽しく、面白く、絶えず甘やかすパパによくなつき、いつでも喜んで相手をわたしから父親に取り替えようとする」(465)。「子どもの堕落を促す父親」(499)のせいで、母親はばかにされているとへレンは耐えられない。夫を信じられないから子どもを失ってしまうと心配は募るばかりなのだ。当時の法律でも子どもの監護権は当然父親のものだった[7]。夫の反対にもかかわらず跡継ぎとなる男の子との逃避行、ヘレンの行為は子ども誘拐の罪にさえ問われるものだ。

## 友人への嫉妬

夫の行状を耐えかねている妻に、その友人ハーグレイヴは同情と思惑で近寄ってくる。彼に対する夫のやきもちを妻は軽蔑するが、実際にヘレンですら恋人を作ろうと思えば作れるのだと、以下のような感想をもらしている。「わたしはその気になれば仕返しだってできるかもしれない――ハーグレイヴさんは、女主人としてのわたしに大変礼儀正しく……」（322）。「だが、アーサーはわたしが彼と話すことをいやがり……」（323）と、二人の関係が相手に嫉妬を抱かせるようなものであることが暗示されている。妻は毅然としているように日記につづるが、実は、二人の関係はかなり微妙な部分を隠していることも暗示されている。ヘレンは告白している。

「夫の友人とわたしの間に、秘密の了解が夫に知られずに存在するなんてことは、その目的が夫であっても、よからぬことのようであった。しかしわたしの次の考えは、たとえこれが不正であっても、アーサーのはそうであって、わたしのは違う」（370）と。

夫からすればなぜか自分自身に寛大なヘレンの態度には疑問を抱くところだろう。「恥知らずの卑劣漢のように書いているけれど、……あなたをこれほど愛さなければ、――これほどの不満を書くでしょうか」(371)と、二人の間に愛が存在すると妻は語る。その意味では少々わけのわからない夫婦であるが、これこそが現実と著者は捉えている。

## 3　一九世紀の現実——結婚とそのあと

### 妻の売買・移譲

この作品の中でおそらくアーサーの邪悪さの一番に数えられることは、「妻の売買・移譲」に関する彼の言及であろう。ロウバラ卿に「お望みならばぼくの女房をとってもいいんだよ」(494)と、妻を友人に移譲するようなそぶりを夫は示す。さらに妻と親しそうなハーグレイヴに、「ぼくは彼女をすこぶる高級と認めているので、きみたちの中で彼女に気があるものはあれを手にして迎えてもいいんだよ」(505)と、堂々とすすめていることだ。おぞましいようなアーサーの言動である。だが、当時「妻の移譲、売買」は、法的に離婚できない夫婦の便宜的な方法としては、まれではあるが効果的な解決法の一つにあげられている。(8) 合法的に妻を人に譲り、妻の方からも元夫の方からも経済的な負担、請求が以後一切こないように契約証書をかわすこと、離婚訴訟法がないなかで教会裁判所が出す「別居離婚」の判決ですら再婚は認めていない。夫と妻の合意のもと以後のトラブルを避けるために、主に子どもの監護権や妻の年金、財産の請求権などを両者の承諾のもと、きちんと設定し、すっきりと他の人と一緒になれる方法である。当時ひそかに行われていた逃げ道である。そうすると、このような言を吐いたアーサーを救いがたい悪人とは一概に言えない。夫にとっては妻に勝手に出ていかれては、当主の沽券にかかわるのだから。

### 別居結婚

当時、破たんした夫婦の最大の解決方法「別居」について、アン・ブロンテは仔細に描いていた。別居を決心して夫に申し出る妻の申し出は、ことごとくはねつけられる。さらに譲歩して子どもだけでも連れて行きたいという提案を夫は断固、拒絶する。

「子どもと、わたしの財産の残りをくださって、出て行かせていただけませんか？」……「それならあの子を渡してくださいませんか？　お金はいりませんから」

「だめだ――子どもなしだってだめだ。君の気難しい気まぐれのため、ぼくがここいらの噂の種になろうとしてるとでも思うのかね？」（435）

さらに、自分の方からは決して妻を放棄していないことを示し、別居の許可を出さない。妻が以後の自活の唯一の手段にしようとしていた画材道具をすべて取り上げ、破壊してしまう。妻の財産はすべて夫のものなのだから、責められることは何もない。

「これからは、月毎の少額の手当てを出そう」……「きみはぼくに恥をかかせようと思ってたね。逃げ出して絵描きになって、自分の手で稼いで自分を養う、そうだね？　それにぼくから息子を奪って、彼を薄汚いヤンキー商人のようにだが、低級な乞食絵描きに育てようとおもってたんだろうな？」

「ええ、彼が父親のような男性になるのを未然にふせぐためです」（522-523）

夫の飲酒、借金、不倫などを根拠に、別居を主張する妻を認めるほど時代は寛容ではない。これだけで教会裁判所での「別居訴訟」を勝ち取るだけの根拠はない。訴訟をせずに、もっと手軽に行われていた「私的別居契約証書（The Private Separation Deed）」（Stone 149-181）は、妻と夫の合意のもと公証人によって作成される半ば公式のものだが、特に夫が承諾しない限り締結するのは不可能だった。

このような状況のヘレンの「秘密の逃避」（506）は、財産を持てない妻にとって不可能に近い。誰もが「逃避行の相手は誰だ」（507）と疑問を抱くのである。ハーグレイヴに代表されるアーサーの友人である男たちのヘレン評は「異常、冷たい」。「夫と離婚することになっても――あなた（ハーグレイヴ）とは、結婚しません」（510）とそれまで親しく付き合ってきた彼にヘレンは断言する。自分の力のみでやっていこうとするヘレンの自立の精神は、賞賛されない。妻の「女盛りをくい散らしているのは、妻自身の気難しい気質だ」（488）というのが夫の本心である。ハタズリーはいう。「ロンドンで彼女（ミリッセント）と暮らしているように、もしここであなたとやっていくとすれば、あなたは時に厳しすぎて、ぼくなどいられない家にしてしまうんでしょうね」（411）。このような周囲の人たちの姿には、当時の英国社会における「真実」の男たちの姿が投射されていると考えられよう。

結局夫への別居請求に際して、根拠となるものはアナベラとの不倫、怪しげな家庭教師を住み込ませ、おかしな関係を結んだことのみ。暴力も、遺棄も行われていない。もっとひどい男の裁判の判例が示されている。(9) アーサーとしては当然の矜持と力で、妻を黙らせたかった。自分の浮気くらいは認めてもいいではないか。夫としての務めはできる範囲でまっとうしていることは社会的に認められることだろう。

## 破たんした結婚の現実

結論としてアーサーがいうのは、ヘレンは夫に厳しすぎるということ。アーサーの友人たちは彼女の美しさには魅力を感じるも、その品行方正、教育者としての厳しい態度を快く思わない。このような周囲の人たちにとっては、アーサーはおもしろい場、機会を提供する普通の男、それほどの極悪非道の主ではないだろう。しかし彼らの自由気ままな行為、アーサーの破廉恥な言動は、同時代にも未来にも明るみに出したくなかった時代の暗部である。読めば読むほど、唾棄したくなる夫の行動がごく普通の当時の紳士の行為としたら。「時代の真実」を赤裸々に語っている。

エミリ・ブロンテの創りだした同様の横暴な夫ヒースクリフの存在は謎めいているが、アーサーは現実に存在した一人である。そこに一九世紀の現実が見いだされるのは、当時の社会における女性、家族関係の法改正の動きと比べてみると明白になる。非難されるべきアーサーのために翻弄されるヘレン、明らかに正義は妻の方にあるように見られがちである。だがなぜアーサーのような男がいすわり、たとえ悲惨ではあっても堂々と最期の死を戻ってきた妻にみとらせることができたのか。

その時代、破たんした結婚には、以下の五つの解決法が挙げられる（Stone 141-183）。

一、国会での議案としての離婚許可——国会に議案として提出、完璧な離婚を獲得するもの。再婚は可能、だが一八五七年までの間、約五〇年の間に成立したものは、夫側からのものだけであり、成立数は十指に満たず妻の不倫が根拠であった。

二、教会裁判所による別居離婚——寝室と住まいを別にするもので、再婚は認められない。この根拠には不倫と生命を脅威にさらす暴力があげられる。

三、専門弁護士による私的別居契約証書——夫と妻、両者の合意のもと弁護士によって証書を作成。

四、遺棄、逃避――ほとんど財産を有さないものにより行われていた、遺棄もしくは逃避、駆け落ち。

五、妻の売買（移譲）――公けにされた「妻の移譲、売買契約」。別居にあたって夫、妻、妻の相手、三者による証書を作成。夫が妻ばかりかすべての法的責任と権利を、他の男に公式に譲り渡すというものである。離婚訴訟法がなく再婚できない時代の窮余の策である。

　このうち前二者が法的に許可された正式なものであり、残りの三者はもっと簡便な方法と考えられていた。

## 「私的別居契約証書」

一九世紀は、「改革の世紀」ともいわれ旧態依然たる法、法廷の整備、すべての案件を文書、筆記により記録する制度改革が進められていた。だが、議会に加わることのできない女性関係の法律、未成年者監護法、離婚訴訟法、既婚女性財産法の三つの法案の成立の歩みは遅々たるものであった。このため、女性ばかりか関係する男性にとっても苦悩は大きくなり社会的問題となっていく。特に既婚女性財産法案は三〇年代から毎年国会に提出され却下され続けて成立するのは一八七〇年、さらに満足する形に整うには一八

**図15-2**　「パンチ・ファンシー・ポートレイツ」(1882)。「既婚女性財産法」成立に協力したモーガン氏に感謝する女性たち

（出典：Martha Vicinus ed. *A Widening Sphere.* Indiana UP, 1977）

八二年まで待たねばならなかった[10]（図15-2）。

コモン・ローの不備を補う衡平法、また、教会裁判所などでは別居離婚裁判が行われていたが、夫の場合は妻の不倫、妻は夫の不倫とひどい暴力というダブル・スタンダードで訴訟が進行し妻にとって決してたやすいものではなかった。裁判にはかけないで、「私的別居契約証書」を作成してなかば正式な別居を認めさせることもあった。この方策は一七九〇年頃から一八三〇年にかけ現実に英国社会で広く行われた。だが一九世紀英国においてコモン・ロー、衡平法、教会の裁判所、三者それぞれが離婚訴訟法、財産法、監護法などを別々に担当していた。各裁判所が分離した法母体となっており、その進捗と経緯と判決、使用言語すら異なっていた。当該証書に対する三種の裁判所の判決および見解は一致せず、何十年もの間、合意のないままこの証書自体が合法的かどうか非常に不安定なものであった。結論は行きつ戻りつする。だが、一八五七年離婚訴訟法が議会を通過するころまでには、契約証書による別居は一般大衆に普及し、どの裁判所もこの証書での別居を無視できなくなる[11]。

## ハンティンドン夫妻と「私的別居契約証書」

『ワイルドフェル館の住人』で作者は結婚の破局の解決法に言及している。ヘレンは、病床のアーサーに同意書にサインもさせていた。アーサーは戻ってきたヘレンに頼む。「あの子にあわせてくれ」「わたしには同意書が必要です。あなたは証人のまえでそれに署名なさらなければいけませんのよ」(613) とヘレンは同意書を要求する。子どもの監護権は父親の承諾なく母親のものにはならなかった。これに承諾したのはアーサーの病気による弱気によるものか、もしくは根本的には彼の性格の優しさとも考えられよう。「アーサー、わたしは『逃げ出す』んじゃないわ。わたしは望むところはどこへでも息子を連れて行ってもいいという、あなたの約束をとりつけてますのよ」（625）と、以後ヘレンは堂々と別居に言及している。

　ヘレンが病床の夫のもとに帰っていったのを「自ら夫のもとに帰っていっただの、和解を考えていただの考えられない」（604）とギルバートは考えるが、彼女は最後まで妻としての義務を果たし夫をみとる。当時の法律のもとでは別居の請求権を有していないからだろう。ヘレンが女の義務、妻の義務から逸脱していないヒロインとする工夫でもある。そのとき夫は妻に、「子どもを妻の許可なく取り上げることはできない」という契約を結んでいる。子どもの監護権が夫の許可を受けて妻に許される未成年者監護法案が議会を通過したのは一八三九年なので、作者はこの法律の成立は知っていただろうが、作品の舞台は一八二〇年代におかれているので、ヘレンの行動は相当強引なものである。

## アーサーの遺言書

アーサーの優しさを示すもう一つの例に彼の遺言書がある。死後の財産贈与に関して妻の権利を認め「息子が未成年の間は、所有財産の維持管理は全面的に彼女に委ねられた」（679）。ジョージ・エリオットの『ミドルマーチ』のカソーボンは妻ドロシアの再婚を禁じる遺言を残す。また、『嵐が丘』の二代目ヒースクリフ（一代目ヒースクリフの息子、リントン・ヒースクリフ）は妻キャサリンにではなく保護者にすべて委譲すると遺言を書いている。彼らと比べてもアーサーは決して無慈悲な男ではないことが明白である。

　結局、アーサーは当時の紳士階級の基準からみてもごく一般的な家父長である。同時代の人々にとってそのような紳士の身勝手な行動、その現実は見るのはつらいし、未来に示すようなものでもないだろう。だが、妻の日記に描かれた現実離れしたひどい男が実は作者が巧妙に描きだした当時はどこにでもいた、ふつうの男だとしたら。作者はその時代の「真実」の記憶をアーサー・ハンティンドンのなかに描き、このような男がまかり通っている時代そのものに対してこっそりと何らかの告発を行っていたのかもしれない。アン・ブロンテは、夫と妻の真実の物語を読み取る力量を読者に求めていたのかもしれない。作者の真実は「記憶の場」としてアーサー・ハンティンドンに生き残り、『ワイルドフェル館の住人』に永遠に記録されている。

注

（1）アン・ブロンテ『ワイルドフェル・ホールの住人』山口弘恵訳。本書の翻訳を参考にした。なお、題名は『ワイルドフェル館の住人』と変更した。以後、引用は山口訳の頁数をカッコに入れた。

（2）『ワイルドフェル館の住人』、アン・ブロンテによる序論。

（3）Charlotte Brontë, "Biographical Notice of Ellis and Acton Bell (1850)," in *Wuthering Heights*.

（4）『記憶の場』。「記憶の場」"les lieux de memoire"、「集合的記憶が根付いている重要な場所」（15）、「歴史的現実のかなたにシンボリックな現実を発見し、それが支えてきた記憶を甦らせる」（18）。そのような場所を編著者ピエール・ノラが命名したもの。

（5）スタンフォードは "moral realist"（Harrison and Stanford 238）とアンを評する。

（6）『エミリ・ブロンテ』荒正人、植松みどり訳。本書の翻訳を使用。植松みどり「『嵐が丘』論——遥かなる脱出の祈り」「ヒースクリフの頌詩《うた》」で、ヒースクリフの「法の範囲ぎりぎりの復讐」を考察。とくにイザベラが別居に至った経緯を述べている。*Law and the Brontës* にもブロンテ姉妹と法律の関わりの中での言及がある。

（7）“Victorian Wives and Property,” *A Widening Sphere* (8) 子どもの監護権を妻に与える法案が成立するまでの、Caroline Norton の果たした役割について言及。

（8）ストーンは当時の新聞などの記事から、“wife sale”（141）という言葉を用いている。

（9）当時の裁判記録における、別居離婚の裁判、訴訟、示談、判決などを研究したものである。Foyster, *Marital Violence* にも妻虐待のすさまじい実例が述べられている。

（10）“Victorian Wives and Property,” *A Widening Sphere*（3-28）において、Lee Holcombe がこの経緯を詳しく述べている。

（11）ストーン（149-182）「私的別居契約証書」の各裁判所、裁判官の受容の歴史が詳細に語られている。

## 引用文献


Bailey, Joanne. *Unquiet Lives: Marriage and Marriage Breakdown in England, 1660-1800*. Cambridge: Cambridge UP, 2003.

Bailey, Joanne. *Parenting in England: 1760-1830*. Oxford: Oxford UP, 2013.

Brontë, Anne. *The Tenant of Wildfell Hall*. Harmondsworth: Penguin, 1978.

Brontë, Charlotte. “Biographical Notice of Ellis and Acton Bell (1850)” in *Wuthering Heights*, A Norton Critical Edition, New York: Norton, 1972.

Brontë, Emily. *Wuthering Heights*, Ed. Vogler Thomas. New Jersey: Englewood Cliffs, 1968.

Eliot, George. *Middlemarch*. Harmondsworth: Penguin, 1965.

Foyster, Elizabeth. *Marital Violence: An English Family History, 1660-1857*. Cambridge: Cambridge UP, 2005.

Harrison, Ada and Derek Stanford, *Anne Brontë: Her Life and Work*. London: Methuen, 1959.

Sinclair, May. *The Three Brontës*. Port Washington: Kennikat Press, 1967.

Stone, Lawrence. *Road to Divorce: England 1530-1987*. Oxford: Oxford UP, 1990.

Vicinus, Martha, Ed. *A Widening Sphere.* Bloomington & London : Indiana UP, 1977.
Ward, Ian. *Law and the Brontës.* Baingstoke : Palgrave Macmillan, 1912.
赤松淳子「アーチ裁判所における離婚裁判史料」『史境』60（2010）: 103-108.
赤松淳子「十八世紀イングランドの離婚訴訟に関する弁護士の記録」『史潮』73（2013）: 93-110.
赤松淳子「近世イングランドにおける夫婦権回復訴訟――婚姻の軛と妻の権利」『人間科学総合研究所紀要』16（2014）: 67-85.
植松みどり「『嵐が丘』論――遥かなる脱出の祈り」『英文学研究』62-1（1985）: 35-47.
植松みどり「ヒースクリフの頌詩《うた》」『和洋女子大学英文学会誌』20（1986）: 17-27.
植松みどり「嵐が丘という記憶の場」『和洋女子大学英文学会誌』47（2013）: 209-226.
植松みどり「記憶の場の住人、アン・ブロンテ」『ブロンテと一九世紀イギリス』大阪教育図書、二〇一五。
ノラ、ピエール編『記憶の場――フランス国民意識の文化＝社会史』、谷川稔監訳、岩波書店、二〇〇二。
ブロンテ、エミリ『エミリ・ブロンテ　嵐が丘』荒正人・植松みどり共訳、学習研究社、一九七九。
ブロンテ、アン『ワイルドフェル・ホールの住人』ブロンテ全集9、山口弘恵訳、みすず書房、一九九六。

# あとがき

シャーロット・ブロンテが大西洋を渡る。来年、二〇一六年、生誕二〇〇年を記念して、巡回展覧会「セレブレイティング・シャーロット」が、ロンドンのナショナル・ポートレイト・ギャラリーを皮切りに、ニューヨークは、モーガン・ライブラリー&ミュージアムへと旅する。祝賀ムードいっぱいの大々的な旅になりそうである。

それに比べれば、四年前、わたしたちのところにまで飛来してきた旅は、なんとささやかなものであったろう。英国ブロンテ協会の学会誌『ブロンテ・スタディーズ』、英国で撒かれた種のその小さな一粒が、日本にまで旅してきたのだった。本書の出発点――ブロンテの「男」たち、この指とまれ――は、無謀といえば無謀、大胆かつ斬新な試みだが、このアイデアの出所は(「まえがき」にもあるように)その学会誌の特集にある。英国生まれのその種が、日本ブロンテ協会のシンポジウムで芽吹き、そして本書では思い思いに枝葉を伸ばすまでにいたったのである。

ところで、立ち聞きする人間の反応は、その四分の三以上が解釈行為で成り立っているという。しかもその解釈反応の大半は、聞き手自らが物語を創り上げることによって占められている。漏れ聞いた話の辻褄合わせをするためである。言語学者グレアム・マグレガーの研究ではそうなる。それにしてもなぜここで唐突にマグレガーなのか。それは本書にずらりと勢揃いしたブロンテの一五人の男たちのゆえである。

伝記にしろ、文学作品にしろ、そうしたものに潜む（ヘンリー・ジェイムズ風にいえば）「貴重な粒子」を前にした読者は、ある意味、立ち聞きしながら解釈し、めまぐるしく自ら物語を構築していく人間にも似ている。そしてそういう意味では、執筆者とは、読者の最たる者、いわばさらに積極的な読者ともいえると思うのだが、そうした彼らによって思い思いに持ち寄られた男たちの肖像をつらつら眺めていると、執筆者自身の物語もまた透けてみえてくるような気がする。

「解釈」というと、すぐにスーザン・ソンタグのあの「反解釈」がちらついて困るのだが、ここでいう解釈とは、ソンタグが批判しているような解釈、つまり、他に手ごろな「代替物」を見つけ、それで言い換えすることによって一件落着とするようなものではない。そうではなくて、もっと素朴で原初的な、いっそいってしまえば創造的ですらある積極的行為のことを想定している。たとえば、C・S・ルイスは「文学において、わたしは自分自身を超える。しかも自分を超えるときほど、わたしが自分自身であることはないのだ」と語るとき、ここで彼が噛みしめている文学の喜びは、人間の習性といってもよいようなもの、つまり読み手自らが物語を創り上げるという（意識的であるよりは、おそらくむしろ）無意識的な行為ともいくぶん関係しているように思われるのである。

聞く（読む）という行為がそうであるとするなら、語る（書く）行為のほうはどうだろう。人を語ることは自分を語ることだという、一種の経験知、暗黙知がある。語ることは、語られている当人より、むしろ語っている本人のことをより雄弁に語ってしまう。われわれは聞いて（読んで）自ら物語を構築し、また語る（書く）ことによって意図していない自分をも露呈させてしまうわけだが、両者は、自分（の物語）を紡ぎ出すという点においてはふと面影を似せてしまう。

伝記と作品——本書で語られるブロンテの男関係は、文字通り虚実こもごも、多彩だが、各執筆者の語りもそれに劣らず多彩である。ここには物語が溢れている。

伝記におけるブロンテの物語があり、もちろんブロンテ作品における物語があり、また、それを語る者の物語がある。ここにあるのは、ブロンテの「男」を語る物語ともなろう。そして「その後」はまた別の物語にゆだねたい。これを読まれるかたがたが紡ぎ出すそれぞれの物語に引き継いでいってもらえればと願っている。これもまた旅と呼べるかもしれない。

「シャーロット」の大西洋横断の旅は、すでに予告の段階からネット情報の海へと船出し、公然、厳然たるものとなっている。だが、その一方で、シャーロットを含むブロンテ姉妹、そしてその作品には、「その後」を辿るという、読者側のきわめて個人的で、かつ密やかな旅もありそうな気がする。この地図なき旅は、あるいは、大西洋よりもっとはるかなものを超えていくかもしれない。

読者の旅はちょうどもう一つの、あの密やかな旅を思わせる。一八四七年八月二四日、ヨークシャーの牧師館からロンドンのスミス・エルダー社へとついに飛び立った『ジェイン・エア』の原稿——いささか不安げな、しかし溢れんばかりの思いを内に秘めたジェイン・エアの、そしてシャーロットのひとり旅である。

執筆者の皆様には、さまざまな方面、視野からの「ブロンテの男たち」を掘り出し、ご寄稿いただいた。こちらの微力ゆえに編集には手間取ったが、第一読者としてこうした「男」たちと日々出会いを繰り返しながら、ブロンテが、伝記作家が、そして執筆者自身が紡ぎ出す物語をたゆとうように旅する思い、この喜びはなにものにもかえがたいものであった。その本書が刊行される運びとなったいま、それぞれの「ブロンテの男たち」に息を吹き込んでくださった皆様に、この場を借りて改めてお礼を申し上げたい。最後になったが、ここは『マクベス』のアントニーの台詞にならって "Though last, not least ..."——本書が産声をあげるそもそもの契機となった日本ブロンテ協会、刊行をお引き受けくださったミネルヴァ書房、そして有益な助言をくださった編集の河野菜穂さんに心からの謝意を表したい。

二〇一五年八月二四日

惣谷美智子

## マ・ヤ・ラ・ワ行

## サ　行



## タ　行



## ナ　行



## ハ　行

# 索　引

原則として，人名に続けて作品名，作品の登場人物・関係項目を列記している

中尾真理（なかお・まり）第Ⅱ部第12章

奈良大学名誉教授

著　書『イギリス流園芸入門』晶文社，1995年
『素人園芸家の12ケ月』講談社，1997年
『英国式庭園』講談社選書メチエ，1999年
『女性と文学』（共著）英宝社，2000年
『ジェイン・オースティン――小説家の誕生』英宝社，2004年
『ジェイン・オースティン――象牙の細工』英宝社，2007年
『あらすじで読むジェイン・オースティン』（共著）大阪教育図書，2012年
『ジョイスを訪ねて』彩流社，2013年 他

訳　書 ポール・コリンズ『古書の聖地』晶文社，2005年
ポール・コリンズ『自閉症の君は世界一の息子だ』青灯社，2007年
ジョン・スペンス『ビカミング・ジェイン・オースティン』キネマ旬報社，2009年 他

山内理恵（やまのうち・りえ）第Ⅱ部第13章

神戸市看護大学准教授

著　書『ジェイン・オースティンを学ぶ人のために』（共著）世界思想社，2007年
『ブロンテ姉妹の世界』（共著）ミネルヴァ書房，2010年
『ことばが語るもの――文学と言語学の試み』（共著）英宝社，2012年
『あらすじで読むジェイン・オースティンの小説』（共著）大阪教育図書，2012年

訳　書 キャロル・シールズ『ジェイン・オースティンの生涯――小説家の視座から』（共訳）世界思想社，2009年
サラ・フェルミ『エミリ・ブロンテの日記』（共訳）大阪教育図書，2013年

*惣谷美智子（そうや・みちこ）第Ⅱ部第14章

奥付編著者紹介参照

植松みどり（うえまつ・みどり）第Ⅱ部第15章

和洋女子大学名誉教授

著　書『ブロンテ研究』（共著）開文社出版，1983年
『ヒロインの時代』（共著）国書刊行会，1988年
『「ジェイン・エア」と「嵐が丘」』（共著）河出書房新社，1996年
『詩女神の娘たち』（共著）未知谷，2000年
『ジェイン・オースティンと「お嬢さまヒロイン」』朝日出版社，2011年

訳　書 キャサリン・フランク『エミリー・ブロンテ』河出書房新社，1992年
アンジェラ・カーター『ブラック・ヴィーナス』河出書房新社，2004年 他

馬渕恵里（まぶち・えり）第Ⅱ部第8章

関西外国語大学講師

著　書　『あらすじで読むジェイン・オースティンの小説』（共著）大阪教育図書，2012年
『移動する英米文学』（共著）英宝社，2013年
『イギリス文学と文化のエートスとコンストラクション』（石田久教授喜寿記念論文集）（共著）大阪教育図書，2014年

訳　書　キャロル・シールズ『ジェイン・オースティンの生涯——小説家の視座から』（共訳）世界思想社，2009年
サラ・フェルミ『エミリ・ブロンテの日記』（共訳）大阪教育図書，2013年

永井容子（ながい・ようこ）第Ⅱ部第9章

慶應義塾大学准教授

著　書　『ブロンテ文学のふるさと——写真による文学鑑賞』（共著）大阪教育図書，1999年
『ジョージ・エリオットの時空——小説の再評価』（共著）北星堂書店，2000年
『英語・英米文学のフォームとエッセンス』（佐野哲郎教授喜寿記念論文集）（共著）大阪教育図書，2009年
『あらすじで読むジョージ・エリオットの小説』（共著）大阪教育図書，2010年

訳　書　ジョージ・エリオット『詩集』（ジョージ・エリオット全集　第10巻）（共訳）彩流社，2014年

市川千恵子（いちかわ・ちえこ）第Ⅱ部第10章

茨城大学准教授

著　書　『ギャスケルの文学——ヴィクトリア朝社会を多面的に照射する』（共著）英宝社，2001年
『ギャスケルで読むヴィクトリア朝前半の社会と文化』（共著）渓水社，2010年
『エリザベス・ギャスケルとイギリス文学の伝統』（共著）大阪教育図書，2010年

訳　書　ジュリエット・バーカー『ブロンテ家の人々』（共訳）彩流社，2006年
『ギャスケル全集別巻　Ⅰ・Ⅱ　短編・ノンフィクション』（共編訳）大阪教育図書，2008-2009年

鵜飼信光（うかい・のぶみつ）第Ⅱ部第11章

九州大学教授

著　書　『背表紙キャサリン・アーンショー——イギリス小説における自己と外部』九州大学出版会，2013年

訳　書　ガヤトリ・C・スピヴァック『文化としての他者』（共訳）紀伊國屋書店，1990年
ブラム・ダイクストラ『倒錯の偶像——世紀末幻想としての女性悪』（共訳）パピルス，1994年

＊岩上はる子（いわかみ・はるこ）第Ⅰ部第４章

奥付編著者紹介参照

江﨑麻里（えさき・まり）第Ⅰ部第５章

明治大学講師

著　書　『〈インテリア〉で読むイギリス小説』（共著）ミネルヴァ書房，2003年

『〈食〉で読むイギリス小説』（共著）ミネルヴァ書房，2004年

『イヴリン・ウォー』日本図書センター，2004年

『フランケンシュタイン』〈もっと知りたい名作の世界⑦〉（共著）ミネルヴァ書房，2006年

『現代イギリス文学と場所の移動』〈二十世紀英文学研究Ⅸ〉（共著）金星堂，2010年

（すべて旧姓「山田」で執筆）

谷田恵司（やた・けいじ）第Ⅰ部第６章

東京家政大学教授

著　書　『ジェイン・オースティンの世界』（共編著）鷹書房弓プレス，2003年

『〈私〉の境界——二〇世紀イギリス小説にみる主体の所在』（共著）鷹書房弓プレス，2007年

『あらすじで読むジェイン・オースティンの小説』（共著）大阪教育図書，2012年

『〈平和〉を探る言葉たち——二〇世紀イギリス小説にみる戦争の表象』（共著）鷹書房弓プレス，2014年

『イギリス文学と文化のエートスとコンストラクション』（石田久教授喜寿記念論文集）（共著）大阪教育図書，2014年

訳　書　アントニー・トロロープ『ピラミッドに来た女』（共編訳）鷹書房弓プレス，2008年

ジョージ・エリオット『詩集』（ジョージ・エリオット全集　第10巻）（共訳）彩流社，2014年

新野　緑（にいの・みどり）第Ⅰ部第７章

神戸市外国語大学教授

著　書　『小説の迷宮——ディケンズ後期小説を読む』研究社，2002年

『〈異界〉を想像する——英米文学におけるジャンルの変奏』（共編著）英宝社，2006年

『名作はこのようにはじまるⅠ』（共著）ミネルヴァ書房，2008年

『〈私〉語りの文学——イギリス十九世紀小説と自己』英宝社，2012年

*Dickens in Japan: Bicentenary Essays*（共編著）大阪教育図書，2013年

訳　書　ヘンリー・メイヒュー『ヴィクトリア朝ロンドンの下層社会』（共編訳）ミネルヴァ書房，2009年

《執筆者紹介》（執筆順，＊は編著者）

奥村真紀（おくむら・まき）第Ⅰ部第１章

京都教育大学准教授

著　書　『ブロンテ姉妹を学ぶ人のために』（共著）世界思想社，2005年
『ブロンテ姉妹の世界』（共著）ミネルヴァ書房，2010年
『あらすじで読むジョージ・エリオットの小説』（共著）大阪教育図書，2010年
『あらすじで読むジェイン・オースティンの小説』（共著）大阪教育図書，2012年
訳　書　ジュリエット・バーカー『ブロンテ家の人々』（共訳）彩流社，2006年
キャロル・シールズ『ジェイン・オースティンの生涯——小説家の視座から』（共訳）世界思想社，2009年

廣野由美子（ひろの・ゆみこ）第Ⅰ部第２章

京都大学大学院教授

著　書　『十九世紀イギリス小説の技法』英宝社，1996年
『「嵐が丘」の謎を解く』創元社，2001年
『批評理論入門——「フランケンシュタイン」解剖講義』中公新書，2005年
『視線は人を殺すか——小説論11講』ミネルヴァ書房，2008年
『ミステリーの人間学——英国古典探偵小説を読む』岩波新書，2009年
『一人称小説とは何か——異界の「私」の物語』ミネルヴァ書房，2011年
訳　書　ティム・ドリン『ジョージ・エリオット』彩流社，2013年

木村晶子（きむら・あきこ）第Ⅰ部第３章

早稲田大学教育・総合科学学術院教授

著　書　『美神を追いて——イギリスロマン派の系譜』（共著）音羽書房鶴見書店，2001年
『ギャスケルの文学——ヴィクトリア朝社会を多面的に照射する』（共著）英宝社，2001年
『ギャスケル文学にみる愛の諸相』（共著）北星堂，2002年
『ギャスケル小説の旅』（共著）鳳書房，2002年
『ギッシングを通して見る後期ヴィクトリア朝の社会と文化』（共著）渓水社，2007年
『英米文学の精神分析的考察』（共著）啓文社，2009年
『メアリー・シェリー研究』（編著）鳳書房，2009年
『ギャスケルで読むヴィクトリア朝前半の社会と文化』（共著）渓水社，2010年
『エリザベス・ギャスケルとイギリス小説の伝統』（共著）大阪教育図書，2010年
*Evil and Its Variations in the Works of Elizabeth Gaskell*（共著）大阪教育図書，2015年

《編著者紹介》

岩上はる子（いわかみ・はるこ）

滋賀大学教育学部教授

著　書　『ブロンテ初期作品の世界』開文社，1998年
『楽しく読める英米女性作家』（共著）ミネルヴァ書房，1998年
『シャーロット・ブロンテ論』（共著）開文社，2001年
『〈インテリア〉で読むイギリス小説』（共著）ミネルヴァ書房，2003年
『英語文学事典』（共著）ミネルヴァ書房，2007年
『〈私〉の境界——二〇世紀イギリス小説にみる主体の所在』（共著），鷹書房弓プレス，2007年

訳　書　クリスティーン・アレグザンダー『シャーロット・ブロンテ初期作品研究』ありえす書房，1990年
シャーロット・ブロンテ『アングリア物語』ブロンテ全集第11巻（共訳）みすず書房，1997年
シャーロット・ブロンテ『秘密・呪い　シャーロット・ブロンテ初期作品集Ⅰ』（監訳）鷹書房弓プレス，1999年
シャーロット・ブロンテ『未だ開かれざる書物の一葉　シャーロット・ブロンテ初期作品集Ⅱ』（監訳）鷹書房弓プレス，2001年

惣谷美智子（そうや・みちこ）

神戸海星女子学院大学現代人間学部教授

著　書　『ジェイン・オースティン研究——オースティンと言葉の共謀者達』旺史社，1993年
『ブロンテ文学のふるさと』（共著）大阪教育図書，1999年
『シャーロット・ブロンテ論』（共著）開文社，2001年
『虚構を織る——イギリス女性作家　ラドクリフ，オースティン，C. ブロンテ』英宝社，2002年
『ブロンテ姉妹を学ぶ人のために』（共著）世界思想社，2005年
『ブロンテ姉妹の世界』（共著）ミネルヴァ書房，2010年

訳　書　ジェイン・オースティン『「レイディ・スーザン」——書簡体小説の悪女をめぐって』（訳著）英宝社，1995年
アン・ラドクリフ『ユードルフォの謎——抄訳と研究』（訳著）大阪教育図書，1998年
バーバラ・ホワイトヘッド『シャーロット・ブロンテと大好きなネル』（共訳）開文社，2000年
ジュリエット・バーカー『ブロンテ家の人々』（共訳）彩流社，2006年

MINERVA 歴史・文化ライブラリー㉗
ブロンテ姉妹と15人の男たちの肖像
――作家をめぐる人間ドラマ――

2015年9月20日　初版第1刷発行　〈検印省略〉

定価はカバーに
表示しています

| | |
|---|---|
| 編著者 | 岩上はる子<br>惣谷美智子 |
| 発行者 | 杉田啓三 |
| 印刷者 | 坂本喜杏 |

発行所　株式会社　ミネルヴァ書房
607-8494　京都市山科区日ノ岡堤谷町1
電話代表　(075)581-5191
振替口座　01020-0-8076

　冨山房インターナショナル・新生製本

ISBN 978-4-623-07416-7
Printed in Japan